見習い警官殺し　上

レイフ・GW・ペーション

死体の第一発見者は、早朝の犬の散歩から戻ってきたマンションの住人だった。被害者の名はリンダ、母親のマンションの部屋に滞在していた警察大学の学生だ。彼女は強姦されたうえ絞殺されていた。県警本部長は腕利き揃いの国家犯罪捜査局の殺人捜査特別班に応援を要請する。それに応じて派遣されたのはエーヴェルト・ベックストレーム警部、伝説の国家殺人班の中では、少々外れた存在だ。現地に入ったベックストレーム率いる捜査チームは、早速捜査を開始する。CWA賞・ガラスの鍵賞など５冠に輝く『許されざる者』の著者の最新シリーズ第１弾。

登場人物

エーヴェルト・ベックストレーム……国家犯罪捜査局殺人捜査特別班の警部
ヤン・ローゲション……同、警部補
ヤン・レヴィン……同、警部
エリック・クヌートソン／ピエテル・トリエン……同、巡査部長
スティエン・ニィランデル……同、長官
エヴァ・スヴァンストレーム……同、行政職員
ベングト・オルソン……県警犯罪捜査部の警部
エノクソン……ヴェクシェー署の鑑識課長、警部
ニルス・サロモンソン……同、警部補
グスタフ・フォン＝エッセン……同、生活安全部の警部補代理
アンナ・サンドベリィ……同、巡査部長
パトリック・アドルフソン……同、生活安全部の巡査
リリアン・オルソン……心理カウンセラー
カーリン・オーグリエン……ヴェクシェーのラジオ局の記者

リンダ・ヴァッリン……………………殺害された警察大学の学生
リセロット・エリクソン………………リンダの母
ヘニング・ヴァッリン…………………リンダの父
マルガリエータ・エリクソン…………}リンダと同じマンションの住人
マリアン・グロス………………………
エリック・ローランド・レーフグリエン……リンダのクラスメート
ベングト・アクセル・モーンソン………市の文化芸術振興課のプロジェクト担当者
ベングト・カールソン…………………市の男性シェルターの代表

見習い警官殺し 上

レイフ・GW・ペーション
久　山　葉　子　訳

創元推理文庫

LINDA—SOM I LINDAMORDET

by

Leif GW Persson

Published by agreement with Salomonsson Agency
This book is published in Japan
by TOKYO SOGENSHA Co., Ltd.
Japanese translation rights
arranged through Japan UNI Agency, Inc.

見習い警官殺し　上

マイ・シューヴァルとペール・ヴァールーに捧げる
我々ほとんど全員が恩恵を受けたことに対して

1　七月四日（金曜日）の朝、ヴェクシェー

リンダの死体を発見したのは同じマンションの奥さんで、ともあれリンダの母親がみつけるよりはそのほうがずっとよかった。それに警察もかなり時間を節約することができた。というのも母親は日曜の夜まで別荘から帰らないことになっていたし、そのマンションの部屋に住んでいたのは彼女と娘だけだったからだ。警察としてはとにかく発見が早いほうが助かる。ましてや殺人事件の場合は。

朝の八時五分過ぎには、ヴェクシェーにあるクロノベリィ県警通信指令センターに通報が入り、ちょうどその界隈《かいわい》にいたパトカーが無線の呼びかけに応じた。その三分後、もうパトカーから指令センターに連絡があった。現場に到着し、通報をした女性をパトカーの後部座席に収容したという。パトロール警官の二人はマンションの中に入って状況を確かめるつもりだった。本来ならばこの時間、パトカーは警察署のガレージに停まっているはずだった。ちょうど夜勤

と昼勤が交代する時間帯で、勤務中の警官は基本的に全員がシャワーの下に立っているか、休憩室で朝の祈禱《きとう》の時間――つまり出動ブリーフィングを待っているところだった。

通報を受けたのは夜間責任者だった。夜間責任者の呼びかけに応じた若い警官は、署内ですでに数々の風評が飛び交っている二人だった。残念ながら全員一致で高評価というわけではなかったし、責任者自身は彼らの倍も歳がいっていて、この仕事に就いて三十年、その間ひっきりなしに苦境に立たされてきたと自負しているから、最初は現場に応援を送ろうかと考えた。こんな時間に誰を送ればいいのかは別としてだが。しかしその最中にまたパトロール警官から連絡が入った。まだ八分しか経っていない上に、この話が不必要に他の耳に入らないようにと、わざわざ責任者の携帯にかけてきた。時刻は八時十五分で、殺人現場にいる彼らが最初の報告をするのにわずか一分しかかからなかった。

ことさら不思議だったのは、今回にかぎっては、年齢・経験・風評にもかかわらず、二人が完璧に正しく行動をしたことだ。やるべきことをすべてやった上に、うっかりそれ以上のことまでやってのけた。職務態度表に小さな金の星がつき、おまけにヴェクシェー署でこれまで知られていないやりかただった。

マンションでは寝室で女性の死体がみつかった。ありとあらゆる点が殺人だというのを示唆していて、つい数時間前に殺されたばかり――どこからそんな確信が湧いたのかはわからないが――だという。一方で犯人の痕跡と思わしきものは、マンションの裏に面した寝室の窓が開けっぱなしになっているということだけ。確かに、そこから犯人が逃走したのではないかと推測はできる。

残念ながらそれ以外にも問題があった。夜間責任者に報告を行った若い警官は、被害者を知っているという確信があった。彼の主張が正しいとすれば、夜間責任者自身もこの夏、数えきれないほど被害者と挨拶を交わしたことになる。もっとも最近ではつい昨日、仕事から帰るときに。

「困った。実に困った……」夜間責任者はそうつぶやいたが、どうやら独り言のようだ。それから、小さな忘備リストを取り出した。職場での最悪の事態に備えてのリストで、A4の半分のサイズがラミネート加工されている。そこにやるべきことが十点列記されていて、なかでもとりわけ目を引くのが〝職場で×××が換気扇に入ってしまったら〟という見出しだ。彼はシフトに入るときに必ずそのリストをデスクマットの下に入れるのだが、それを取り出す理由ができたのはおおよそ四年ぶりだった。

「それではきみたち」夜間責任者は言った。「こうしようじゃないか」

それから彼自身もやるべきことをすべてやった。しかしそれ以上のことはやらなかった。彼の歳ではそんな冒険心はないからだ。

殺人現場にいちばん乗りしたパトカーには、ヴェクシェー署生活安全部の二人の年若き警官が乗っていた。一人はグスタフ・フォン＝エッセン警部補代理、三十歳。その苗字のせいで警察署では〝伯爵〟と呼ばれているが、本人はつねづね「いえ、しょせん男爵ですから」と訂正する手間をいとわない。四歳年下の同僚パトリック・アドルフソン巡査のほうは遺憾ながら、苗字だけではない理由でアドルフと呼ばれている。

緊急通報に応じたとき、二人は署に戻る道中で、殺人現場となった場所からほんの数キロのところにいた。朝のその時間帯は交通量が皆無に等しいので、アドルフが百八十度旋回を決め、アクセルを底まで踏みこみ、サイレンや青い回転灯なしでももっとも早く着くコースを選んだ。その間伯爵は、反対車線の車に不審な動きがないか鋭く目を光らせていた。

二人合わせて総計二百キログラムの最高級国産在来種パトロール警官で、主成分は筋肉と骨。各感覚器、運動機能とも最高レベルで、つまるところ、何かあったときに——例えば、三人組の悪党が玄関をけ破って入ってこようとしているときに——助けに来てほしい警官ナンバーワンだ。

事件が発生したペール・ラーゲルクヴィスト通りにパトカーが曲がりこんだとき、中年の女が興奮して道路の真ん中に走り出てきた。両腕を振り回しているが、言葉がうまく出てこない。アドルフが先にパトカーから降り、優しく彼女の腕を取り、後部座席に座らせて「もう大丈夫ですからね」と慰めた。万が一悪党がまだ現場にいて逃亡を図ろうとしている場合に備えて、伯爵は拳銃を構えたままマンションの裏手に回り、アドルフのほうは正面入口の安全を素早く確認してから、マンションの中に入っていった。入口は大きく開いたままだったから、その点に関してはなんの問題もなかった。

アドルフはここで小さな金の星を手に入れたのだ。人生で初めて、ストックホルムの警察大学で教わったとおりにすべてをやり遂げた。まずは銃を抜いた状態で、マンションの中を調べた。鑑識のことを考えて、無駄に現場を荒らさないよう壁ぎわをつま先立ちで歩く。それは万が一まだ犯人が中にいて好機をうかがっていた場合に、みすみす得点を与えないための対策でもあった。しかしその場にいたのは被害者だけだった。寝室のベッドに横たわり、身動きひとつせず、血のついたシーツにくるまれている。シーツが彼女の頭部、上半身、そして腿の半分まで覆っていた。

アドルフが開いた寝室の窓から伯爵に階段は安全だと伝え、拳銃をホルスターに戻し、左の脇に挟んでいた小さなデジタルカメラを取り出した。それからシーツにくるまれてじっと動かない死体の写真を素早く三枚撮影してから、被害者の頭部を覆うシーツを慎重に広げ、まだ生きているのかもう死んでしまったのかを見極めようとした。

右手の人差し指で、首の脈を探した。首にかかっている紐と被害者の目を見れば、それはまったく無駄な行為だというのは明白だ。それからそっと彼女の頰、そしてこめかみに触れたが、彼がこれまでにそんな触れかたをした女の肌とはちがって、指先には硬く命のない感触だけが残った。

確かに死んではいるが、それほど長くこの状態だったわけではなさそうだ――。

そのとき突然、彼女を知っていることに気づいた。ただ誰だか知っているというだけでなく、実際に知り合いだった。話したこともあるし、なんとそのあと妄想したことまである——いや、まったく不思議な話だが。もちろん、そのことを他人に話すつもりはない。今ほど事件の渦中にいるという感覚を強く感じたことはなかった。まさにど真ん中にいるのに、同時に脇に立って自分自身を眺めているような気分でもある。まるでこれが自分にはまったく関係のない出来事で、ベッドで死んでいる女にとってはもっと関係のないことみたいに。つい数時間前までは、彼に負けないくらい生き生きしていたはずなのに——。

2

警察に通報をした女性は、参考人としてその日の午前十時には県警犯罪捜査部の警部補らによって事情聴取が行われた。その内容はテープに録音され、同日中にプリントアウトされたものはA4用紙約二十枚分にも及んだ。マルガリエータ・エリクソン五十五歳、未亡人、子供はなし。被害者およびその母親と同じマンションの最上階に住んでいる。

事情聴取の供述調書の最後に、裁判法二十三章十条〝発言の禁止〟を参考人に申し渡したことが明記されている。その一方で、事情聴取で話したことは他言してはいけない、話した場合〝処罰の対象になる〟と言われたときの彼女の発言は、調書の中で触れられてはいない。まあ、とりたてておかしなことではないのかもしれない。通常、調書にはそういったことは書かないし、彼女も他の多くの人々とまったく同じ反応を示したからだ。「あたしはもちろん、こんなことを言いふらすような人間じゃありませんよ」

　マンションは地上四階、地下一階、さらに屋根裏がついており、参考人が理事長を務める管理組合の所有だった。一階から三階までは各階に二戸、参考人が住む最上階だけは倍の大きさの一戸。つまり合計七人のマンション居住権者がいて、いずれも中高年で、独り暮らしか子供が独立して夫婦二人暮らしだった。事件が起きた当時は夏の休暇でその大半が旅行に出ていた。

　殺人が起きたのは被害者の母親が住んでいる部屋で、参考人によれば被害者はよくそこに泊まりにきていたという。ここ最近は母親が夏休みでヴェクシェーの南数十キロのところにあるシルク島の別荘に引っこんでおり、娘のほうをマンションで見かけることが多かった。

　その部屋は4Kで、正面玄関のある道路側から見ると一階だが、マンション自体が斜面に建っているため、裏に面した側は二階になっている。裏には小さな緑地があって、その周りを一軒家や賃貸アパートが取り囲んでいる。

　参考人は犬を飼っており、事情聴取時の本人の証言によれば、犬は長年彼女の生きがいだった。ここ最近はラブラドールとスパニエルを飼っていて、散歩は日に四度行くことにしている。毎朝七時にはもう、最低一時間の散歩に出かけるという。

「あたしは朝型で、早起きを苦に思ったことはないんですよ。だらだらと遅くまで寝ているのは苦手でね」

散歩から戻ると、犬たちに〝朝のおまんま〟をやってから、彼女も朝食を摂り、朝刊を読むことにしている。十二時になるとまた散歩の時間だ。一時間ほど、犬たちと二度目の散歩に出る。戻ると昼食を食べ、その間、四足の友人たちはご褒美《ほうび》の〝豚の耳を乾燥させたおやつやその他のおやつ〟を嚙み嚙みしているという。

五時になるとまた散歩の時間だが、これはもっと短くて半時間ほどだ。というのもテレビでニュースが始まる前に夕食をすませて、ペッペとピッゲにも落ち着いて〝夜のおまんま〟をあげたいから。最後は〝夜のおしっこ〟に出るだけで、テレビでどんな番組がやっているかによって十時から十二時の間のどこかだった。

規則正しいとはいえ、どう見ても犬に支配されている毎日。その合間を縫って町で用事をすませたり、知り合いに会ったり――知り合いといっても基本的には女友達か、他の犬好きの人たちだけなんですけどね――自宅で仕事をしたりしている。

夫は十年前に亡くなっているが、会計事務所を経営する会計士だった。彼女もずっとそこでアルバイトをしていて、夫が死んでからも顧客数人の経理業務を手伝っている。とはいえ主な収入源は夫の遺した年金だった。

「ラグナルはそういうことには細かくてね。おかげであたしはお金に困ったことはありませんよ」

事情聴取は彼女のマンションで行われた。警官たちはちゃんと見える目をもっていたから、その点について彼女の発言を疑う理由は一切なかった。目に入るものすべてが、ラグナルが今でも妻の面倒をしっかり見ていることを裏付けていた。

参考人は昨夜十一時ごろ、〝夜のおしっこ〟のさいに、被害者がマンションから出て町の中心へと歩いていくのを見かけたという。

「今から夜遊びしに行くような格好をしていたけれど、最近の若い人たちは昼夜関係なくそういう格好なんでしょう?」

参考人自身は同じ道を三十メートルほど行ったあたりに立っており、挨拶はしなかったが、それが被害者だったことに確信があった。

「こちらを向かなかっただけよ。急いでたんでしょう。じゃなきゃいつもは挨拶してくれるのよ」

五分後、参考人は自分の部屋に上がり、いつもの日課をすませてから、床に就いた。すぐに眠ってしまい、その晩のことで覚えているのはそれですべてだった。

今年は信じられないような夏で、早くも五月には夏が始まり、まるで永遠に終わらないみたいだった。来る日も来る日もそよ風ひとつ吹かず、バーベキューグリルのような太陽が町を焦がし、空は無慈悲なまでに青く、雲も日陰もなかった。連日最高気温の記録が更新される中、参考人は翌朝六時半にはもう犬たちと散歩に出かけていた。

普段よりも早い時間だが、「まったく信じられないような夏でしょう……そう思っているのはあたしだけじゃないんだろうけど……少しでも涼しいうちにと思って」外が暑すぎるときに犬を無理に散歩させるのはよくない。責任感の強い飼い主なら、そんなことくらい当然知っている。

この日もいつもと同じルートをたどった。マンションの門を出て左へ進み、建物を何軒か過ぎると、右の散歩道へと曲がりこむ。マンションからほんの数百メートルの距離なのに、その奥は大きな森が広がっている。しかし三十分後にはもはや耐えられない暑さになり、家に引き返すことに決めた。ペッペもピッゲも見ていて心配になるほど息を切らせていて、彼らの飼い主のほうもさっさとマンションに戻り、冷たい飲み物を飲みたいと熱望していた。

踵《きびす》を返して家に戻ろうと決めたそのとき、急に雲行きが怪しくなり、空が真っ暗になり、突風が木々や藪《やぶ》を引き裂き、雷が短い間隔で鳴り始めた。重い雨粒が落ちてきたときには、家まであとわずか数百メートルで、参考人は小走りに駆けだした。しかしそれは無駄な行為だった。というのも、あっという間に豪雨になり、裏の緑地の側からマンションに入ったときには、びしょ濡れになっていたからだ。ちょうどそのときに、下の階の寝室の窓が開けっぱなしで、風に吹かれてひらひら揺れ、部屋の中のカーテンもぐっしょり濡れていることに気づいたのだった。

マンションに入るなり、「あたしの計算に間違いがなければ、もう七時半にはなっていたんでしょうけど」下の部屋の呼び鈴を何度鳴らしても、ドアが開くことはなかった。

「あの子が前の晩遅く帰ってきて、窓を開けっぱなしで寝てしまったのかと思って。そんなことしてなんの得になるのかさっぱりわかりませんけどね。だって外のほうがずっと暑いんだから。夜のおしっこに出たときは、少なくとも窓は閉まってましたよ。そういうことにはよく気づく性質なので」

しかし誰もドアを開けないので、参考人はエレベーターで最上階に上がった。とりあえず犬を拭けるところまで拭き、自分も乾いた服に着替えた。そしてかなり機嫌を損ねていた。

「ここは管理組合が所有するマンションで、床に雨が染みてしまったら笑い事じゃすみませんからね。それに泥棒が入る可能性だってあるでしょう。確かに窓の桟《さん》までは三、四メートルの高さがあるけれど、このところ連日のように新聞で、壁を伝って侵入して、所有物をすっかり持ち去ってしまう泥棒の話を読むんですから。クスリなんかをやっていて、お友達から梯子《はしご》を借りたりもするんでしょう？」

でも、じゃあどうすればいい？　今度会ったときに娘に説教する？　それとも母親に電話して文句を言う？　ちょうど二週間前にもこういう豪雨があったが、そのときは十分もしないうちに不意に止んだ。雲ひとつない青空に太陽が再び輝き始め、よく考えてみれば芝生や森にとってはいいことだ。しかし今回は十五分経っても、参考人が犬に餌をやったり自分のためにコーヒーメーカーのスイッチを入れたりとバタバタしている間にも、雨は相変わらず激しい勢いで降り続いていた。そして参考人は不意に心を決めたのだった。

「言ったとおり、あたしは管理組合の理事長で、ここの人たちとはお互いに家の安全を見守り合っているんです。とりわけ今みたいに夏で皆が旅行に出かけている時期はね。だからマンション内のほとんどの部屋の合鍵を預かっているんですよ」

参考人は被害者の母親から預かっていた合鍵を摑み、エレベーターで一階まで降りると、もう一度呼び鈴を鳴らした。「念のためにね。やっぱり家にいたってこともあるでしょうから」それから玄関の鍵を開け、部屋に入った。

「親がいないときの若者の部屋っていうのはこんなものだろうと思い、深くは考えなかったわ。まず、誰かいらっしゃいますか、と大声で訊いたと思う。返事がないから、寝室の中に入ったのだけど……そうしたら……それが目に入った。何があったのかはすぐにわかったわ。それで……あたしは部屋を飛び出し、道に走り出たんです。まだ男が中にいるかもしれないと思って、死ぬほど怖かったのよ。運よく携帯を手に持っていたから、すぐに電話をかけた。お宅の通報番号にね。ほら、あの1、1、2ってやつ。そうしたら意外にもすぐにつながったのよね。新聞には、警察は常時ひどい人手不足に悩まされていると書いてあるのに」

開けっぱなしの寝室の窓を閉めるには至らなかったが、それはもうたいした問題ではなかった。というのも最初のパトカーが到着したときには雨は止んでいたし、こうなってしまった今、床に雨が染みることへの関心度は極端に低くなっていた。アドルフソン巡査も窓を閉めることは思いつかなかった。その代わりと言ってはなんだが、窓の外側の桟にけっこうな量の雨がかかった血痕が残っていることに気づいた。しかし雨はもう止んでいたから、その点についても鑑識課の先輩たちに任せることにした。

人類の歴史上いちばん暑い夏。毎朝犬を散歩に連れていく同じマンションの奥さん。おまけに被害者宅の合鍵を持っていた。突然の豪雨に、開いたままの窓。そういった状況が重なり――もしくは偶然の産物と言えばいいのか――とにかく、このような形で事件が発覚したのだ。他に考えうる可能性と比較しても、最悪の状況とは言い難かった。

3

夜間責任者は自分の仕事はきっちりやった。だから二時間後には、いるべき人間は全員、犯行現場にいた。不幸なことに、他の場所にいてくれたほうがましだった人間も大勢押しかけたが、それは彼にどうにかできる問題ではなかったし、マンションの周りはしっかり封鎖しておいた。前の道路も、二車線とも。

パトロール警官たちが近隣の建物やその周辺をひとつひとつ捜索し、警察犬には犯人がマンションの裏の開いた窓から飛び降りたなら残っているはずの匂いを追わせようとしたが、結果は振るわなかった。数時間前の豪雨のことを考えれば、ちっとも驚くことではないが。

鑑識がマンション内の捜査を始め、法医学者も別荘から車で向かっている。県警の犯罪捜査官たちが被害者を発見した参考人の事情聴取を行い、被害者の母親と父親も事件のことを知らされ、車で警察署へと連れてこられた。間もなく付近の聞きこみが始まり、夜間責任者の忘備リストは、少なくとも最後の項目以外は手筈が整い、チェックマークがついた。

パズルのピースはすべて正しい位置にはまった――まあ、もうすぐはまるはずだ。そう思ったとき、夜間責任者はとうとうチェックリストの最後の項目に取りかかることにし、県警本部長に電話をかけた。実に奇妙なことだが、永遠に終わらない夏の、しかも金曜日だというのに、おまけに休暇を申請しているというのに、県警本部長はヴェクシェーから百キロのオスカシュハムンの海岸にはおらず、自分の執務室のデスクにいた。夜間責任者がいるのと同じ建物内の、数階上なだけだった。二人は午前九時半ごろ、十五分近く通話を行った。その大半は被害者の身元についてで、通話を終えたとき、経験豊かにして打たれ強い警官にもかかわらず、夜間責任者は急に、説明がつかないほど気分がふさいだ。

まったく不可解だった。前回その手書きの忘備リストを取り出したのは、隣県の所轄であるカルマル署で責任者代理を長く務めていた当時だったが、どちらかというと興奮を感じたほどだったのに。それは、町いちばんのワルが二人、激しく撃ち合った事件だった。それも昼日中に、町のど真ん中で、善良な市民が行き交う真っ只中で。ありとあらゆる方向に二十発。しかし神の起こしたもうた奇跡か、弾は本人たちにしか当たらなかった。そんな奇跡はスモーランド地方でしか起きない――当時、そう思ったものだ。

県警本部長も決して愉快な気分ではなかった。自分は殺人捜査官ではないし、座右の銘は〝無駄に悲しむな、無駄に落ちこむな〟なのに、この事件は非常にまずい。典型的な未解決殺人事件の特徴をすべて網羅しているし、被害者の素性を考えても、最悪なことになる可能性が高かった。つまり、彼がいつも任務上で不条理さを感じるときのように、気分が落ちこむはめになるのだ。

その前の週に晩餐会の席でスピーチをしたとき、県警本部長は人手不足について長い時間を割き、県警をスモーランド地方の農場を取り巻く木の柵に例えた。「朽ちた木の柵は間隔すらあまりに広く、日に日に残忍化する犯罪に対して充分な防衛機能を果たしていない」

そのスピーチは高く評価され、彼自身もとりわけ木の柵の比喩は機知に富み的を射ていると満足していた。いや彼だけではない。その晩餐会に出席していた地元大手新聞の編集長も、コーヒーとコニャックのさいに賛辞を贈ってくれたのだ。しかしそれももう過ぎたことであり、今後数時間の間にその編集長の意図がどういう方向に向かうかは考えたくもなかった。

なかでも最悪なのは、彼の個人的な、つまり純粋にプライベートな感情だった。彼は被害者の父親と知り合いで、その娘――つまり被害者――にも何度も会っていた。非常に魅力的な若い女性として記憶に留めており、自分が娘をもつとしたら見た目も中身もあの子のような娘がいいと思っていたほどだ。いったい何が起きているのだ――。神の名の下において、なぜここヴェクシェーで？　未解決殺人事件など、自分がここで働き始めてから一度も起きていなかったのに。なぜわたしの管轄下で——。おまけに夏の盛りのこの時期に。

県警本部長が肚を決めたのもそのときだった。彼の木の柵の間隔がどれほど広かろうと、今が夏の休暇の時期だろうと、それ以外の組織内の惨状も間隔をちっとも狭めてくれはしないが、最悪の事態を覚悟する時が来たのだ。だから県警本部長は自ら受話器を取り上げ、旧知の友人でかつては級友だった国家犯罪捜査局《RKC》長官に助けを求めた。だって、この状況において他に誰に頼めばいいというのだ——。

通話のあと——それは十分もかからない通話だったが——県警本部長は先ほどよりずっと心が軽くなり、安堵したと言っても過言ではなかった。応援が来ることになったのだ。考えうるかぎり最高の助っ人が。国家犯罪捜査局の殺人捜査特別班、つまり伝説の国家殺人班から。そこのいちばん上のボスが、今日じゅうに援軍をよこすと約束してくれたのだ。

そして県警本部長までもが、任務の開始にあたって、昂然といつもとはちがった行動に出た。金の星はもらえないだろうし、銀の星もだめかもしれない。それでも、どうでもいいとは言い切れない現実的な策を思いついたのだから、小さな銅の星くらいはもらえるはずだ。ともかくすぐに秘書にスタッツホテル（十九世紀末に各町の鉄道駅付近に建てられたホテル）に電話をかけさせ、当面の間シングルルームを六部屋確保するよう命じた。部屋は並びで、人目につかないフロアにとのリクエスト入りで。

スタッツホテルは歓喜した。夏枯れが訪れていて、空き部屋ならいくらでもあったからだ。

しかし数時間後には状況が一変した。ヴェクシェーの中心部のホテルには、空き部屋などひとつもなくなっていたのだ。

4 七月四日（金曜日）の午前、ストックホルム

時間はまだ朝の十時――それも、五月に始まり永遠に終わらないような夏なのに、国家犯罪捜査局殺人捜査特別班の偉大なる伝説の捜査官はすでに職場に到着していた。他の誰でもない、エーヴェルト・ベックストレーム警部だ。同僚たちとは一線を画し、休暇を取って田舎の別荘に引っこんだり、蚊や不機嫌な妻や泣きわめく子供と格闘したりはしていない。ましてや奇怪な隣人に汲み取り式の便所、ガソリン臭のするバーベキュー、ぬるいピルスナーなど、もってのほかだった。

ベックストレームは背が低く、太っていて、偏狭な男だったが、必要に応じては抜け目なくも執念深くもなれた。自分では脂ののりきった年齢の、賢明な男だと信じている。誰に束縛されることもなく自由で、都会の静かな暮らしを謳歌《おうか》している。都会には彼と同じ価値観をもつ貪欲にして薄着のご婦人方がいくらでもいるわけだから、それを遺憾に思う理由など何もない。

夏の休暇など、洞察力のないやつらのための娯楽だ――。同僚のほぼ全員がそんな輩《やから》なのだから、この時期職場に残る価値はある。やっと自分のペースで仕事ができるのだ。最後に来て、最初に帰る――それをモットーに。それでも後ろ指をさされたりはしない。そこにこそ意義があるのだ。警察本部外で諸々の雑用をすませる時間まである。オフィスに取り残された上役がうっかり覗きにきた場合に備えても、準備は万端だった。

直属の上司が休暇に入る前日、ベックストレームは上司にこう伝えた。最悪の事態が起きてしまった場合には当然、実質的な処理のために現場に向かうが、それでも余った時間を利用して、残念ながら冷えきってしまった古い事件を洗い直すつもりだと。上司はそれに対してなんの異論もなかった。とにかくクングスホルメンの警察本部の建物をさっさとあとにしたかったし、ましてやベックストレームとは話すのも嫌だった。だから今、ベックストレームのデスクには、知能に恵まれない同僚たちが無駄に食い散らかした古い未解決事件の山ができている。

毎朝職場に到着してまっさきにやるのは、誰かに詮索された場合に備えて、書類の山を右から左に動かすことだった。書類を満載したデスクで、かなり座り心地の良い椅子に座ってその日の予定を立てると、次は職場の電話に適当な不在メッセージを設定する段だ。メッセージの選択肢は数えきれないほどあり、いつも同じだと思われる危険性を避けるためにも、サイコロを振って、その日の残りの時間を〝会議〟〝職務上の所用〟〝一時外出〟〝外部での所用〟のどれにするかは偶然に任せることにしている。毎朝この手順を繰り返したあとは、もう次の仕事が待ちかまえている。つまり昼食だ。それは人間の根本的欲求であり、労働者の権利として労働法にも記されていて、もちろん警察本部の電話にも専用コードが設けられている。だからサイコロを振る必要もなかった。

唯一の現実的な問題は、夏の間、残業手当その他のささやかな臨時収入が滞ることだった。これまで何度となくそうだったように、給料が振りこまれてまだ一週間なのに、もはや懐が寂しい。だがなんとかなるだろう——。この素晴らしい夏の天気と、街に半裸のご婦人方が氾濫しているだけでよしとするしかない。どこかのバカ者がどこかの三ツ星程度の場所でどこかの誰かを殴り殺してくれれば、出張に行けるはずだ。そうすれば残業手当に出張手当、それにありとあらゆる非課税特典がしがない警官の懐に転がりこんでくる。ちょうどそんな癒しの考えに耽《ふけ》っていたときに、突然電話が鳴りだした。

国家犯罪捜査局長官《RKC》スティエン・ニィランデル——普段は八百人の部下たちの間で通称RKCと呼ばれている彼もまた、ヴェクシェーの県警本部長からの電話を受けて、考えに耽っていた。今取り組んでいる高度な軍事作戦よりも深刻な悩みが突然浮上したのだ。なお、その作戦は今、彼の中央指揮室——彼自身はむしろオペレーション・センターと呼ぶのを好んだが——の巨大なプランニングボードの上に鎮座している。具体的に言うと、国際テロリストがストックホルム郊外のアーランダ空港で航空機をハイジャックしようなどというどうにも冴《さ》えない計画を思いついた場合に、特殊部隊をどう編制するかという問題だった。

ヴェクシェーの元級友は明らかに、大事と小事を見極める能力がないようだ。しかしその対応に貴重な時間を費やすつもりはないし、迅速に殺人捜査特別班から応援を送ると約束したのだ。もし誰も手が空いていないなら、優先順位を変更させるしかない。そう思いながら受話器を置き、秘書を呼び、「殺人捜査特別班の、いつも名前を忘れてしまうあのチビのデブを呼んでくれ」と頼んだ。そして、より重要な任務へと戻っていった。

「夏の休暇の時期だというのに、RKCは多忙を極めているようだな」ベックストレームは長官の秘書に親しげに微笑みかけ、彼女の背後で閉まったままのドアにうなずいてみせた。ここが国家犯罪捜査局のオペレーション・センターか――。

「ええ、多忙を極めています」秘書が面倒そうに、書類から顔も上げずに答えた。「季節に関係なくね」

そうだろうな、とベックストレームは思った。もしくは何かの研修で、彼のような人間はおれのような人間をあえて十五分待たせて朝刊紙スヴェンスカ・ダーグブラーデットの社説を読めばいいとでも教わってきたのだろう。

「この有事の時代にね……」ベックストレームは出まかせを言った。

「ええ」秘書はやっと顔を上げて、ベックストレームのほうを訝しげな顔で見つめた。

まったくRKCだなんて、聞こえのいい肩書をもってるもんだ。男らしくて軍人のような響き。確実に、国家警察委員会《RPC》（スウェーデンの警察庁）長官よりいい。そっちは鶏舎《けいしゃ》でいちばん威張っている雌鶏で、国家警察委員会長官と呼ばれるが、誰がRPCなどと呼ばれたいものか。まるでやばい女と夜遊びして、ハズレを引いたみたいな響きじゃないか。

「入ってもいいそうです」秘書が閉じた扉に向かってうなずいた。

「これはありがたい」ベックストレームは座ったまま頭を下げた。待たされた時間はきっかり十五分——そんなのガキでも予測がついたことだ。お前みたいな高飛車な女でもな——ベックストレームは秘書に無邪気な笑顔をふりまいた。秘書のほうは何も言わなかった。ただ怪訝《けげん》な顔でベックストレームを見つめ返しただけだった。

ベックストレームのいちばん上の上司はまだ思索に耽っていた。思案顔のまま、くっきりした男らしいアゴを右手の親指と人差し指で撫でている。ベックストレームが部屋に入ってきたときも、何も言わずにうなずいただけだった。

変わった輩だ——とベックストレームは思った。おまけになんて格好だ。外の気温は三十度だというのに。

国家犯罪捜査局長官は、例によって非の打ちどころのない制服姿だった。今日にかぎっては黒い乗馬ブーツ、騎馬隊の青い乗馬ズボン、まぶしいほど白い制服のシャツまで投入していた。さらには楢《なら》の葉と金の四本線が王冠を戴いた肩章、左胸に四本の縞の略綬、右胸には国家犯罪捜査局のエンブレム——なぜか十字に重ねた金のサーベル——が鎮座している。もちろんネクタイも、国家犯罪捜査局のネクタイピンで一ミリたがわぬ正しい角度に収まっている。背骨は火かき棒さながらにまっすぐに伸び、腹を引っこめ胸を張り、その姿勢はまるで身体の中でもっとも出っ張った部分に対決を申しこんだのかと思うほどだった。

それにしても、なんてアゴだ——。顔に石油タンカーがくっついているみたいじゃないか。

「わたしの服装を不思議に思っているんだろう」ＲＫＣは視線を上げることなく、今ベックストレームの脳内を支配している顔の一部から手を離すこともなく、こう言った。「今夜は炎の《ブランド》駿馬《クリッパレン》に乗る予定なのだ」

なかなか勘の鋭い男のようだ。用心しなければ。

「王家の名を戴く、高貴な馬だぞ」ＲＫＣが説明を補足した。

「ええ、確か十二番目のカッレ（カールの愛称）の馬でしょう」ベックストレームはわかったような口をきいた。歴史の授業はいつもさぼっていたが。

「カール十一世と十二世の愛馬だ。もっとも、実際には同じ名前の別の馬だろうがな。ところで、これがなんだかわかるかね」ＲＫＣは巨大なプランニングボードに鎮座するプラスチックの模型にうなずきかけた。

ターミナルや格納庫や航空機があるということは、ポルタヴァの戦い（カール十二世の時代に大北方戦争でスウェーデンの敗北を決定づけた会戦）ではなさそうだな——。ベックストレームは賭けに出た。

「アーランダ空港でしょうか」上空から見たアーランダがどんなだかは知らんが。

「そのとおりだ。しかしきみを呼んだのは、これとは関係ない」

「どうぞ長官、続けてください」ベックストレームはクラスいちの優等生の顔を作ってみせた。

「ヴェクシェーだ——」ＲＫＣはその町の名に余韻を残した。「犯人不明の殺人事件。被害者は若い女性。今朝自宅で絞殺されているところを発見された。おそらく強姦されてもいる。ヴエクシェーに応援を送ると約束したから、同僚を集めてすぐに出発してくれ。詳細はヴェクシェー署に訊くがいい。この建物内で異論を唱えるやつがいたら、すぐにわたしにつなげ」

素晴らしい――。三銃士の時代よりずっといいじゃないか。三銃士なら読んだ。まだ少年の頃、学校をさぼったときに。

「お任せください、長官」ベックストレームが請け合った。ヴェクシェーか。確か海ぞいじゃなかったか？　スモーランド地方の南のほうだ。この季節、女がうようよしているんじゃないか？

「ああそれと」国家犯罪捜査局の長官が言った。「もうひとつ言っておくことがある。実はちょっとした問題があるのだ。被害者の身元なのだが――」

さてさてそれでは――。三十分後自分のデスクに戻ったベックストレームは、大急ぎで事務的な手配を進めていた。まず何よりも、夏の休暇時期の金曜日だというのに、かなりの額の流動資産を小切手という形で入手することができた。さらにそれを強化するために、暴力課の情報提供料用の小口金庫から千クローネ札を何枚か抜き取った。その金庫は急な入用のために用意されていて、ベックストレームはとりわけその存在をよく覚えていた。これで彼のデリケートな給与口座の状況がどうあれ、この先しばらくは困窮《こんきゅう》せずにすむ。

それから五人同僚をかき集めた。そのうち四人は本物の警官で、一人だけ女だった。とはいってもその女はただの行政職員で、書類関係を担当するだけだからまあ我慢するとしよう。それに警官のうちの一人はこの人選に感謝するはずだ。そいつは不機嫌な妻から一定の距離を置いたとたんに、その行政職員の女を押し倒すのだから。純然たるエリート集団とは言えないかもしれないが――とベックストレームは自分の選んだメンバーのリストを眺めながら思った。夏の休暇シーズンにしてはましなほうだ。おまけにおれ自身が現場に赴くのだし。

あとはヴェクシェーまでの移動と、かの地で各種の任務をこなすための車両だけだった。なぜかこの時期車はいくらでも空いていて、ベックストレームはその中でもっとも高級な三台を選んだ。自分のためには、いちばん大きな型の四駆のボルボ。いちばんパワフルなエンジンで、特別装備がたっぷりついている。この車を発注したとき、車両購入担当のやつらは相当ラリっていたにちがいない。

これですべて準備が整った――。ベックストレームの短いリストにはすべてチェックが入った。あとは自分の荷造りをするだけだ。そう思ったとき、急に気分がふさいだ。いや、酒についてはなんの問題もないのだ。今回にかぎっては、蒸留酒がいくらでも家にある。後輩が週末エストニアのタリンに買い出しにいき、ベックストレームは彼から大量に酒を買い受けたのだった。ウイスキーにウォッカ、それにダイナマイトみたいに強いピルスナーを二ケース。

だが何を着ればいいんだ――自宅に戻ったベックストレームは、壊れた洗濯機の前で考えこんだ。洗濯籠は洗濯物で溢れ、さらには寝室にもバスルームにもうずたかく積まれてもう一カ月になる。今朝なども、仕事に行く前にちょっとした災難に見舞われた。シャワーを浴びてきれいになった状態で、彼はそこに立ちつくした。珍しく、二日酔いも一切残っていない。それなのに、会った相手がデンマークのチーズ売りを連想しないですむシャツとトランクスを探すために地獄を見たのだ。だがなんとかなるだろう——。その瞬間、不意に天才的なアイデアがひらめいた。まずは聖エリック通りのショッピングモールへ赴き、清潔でおしゃれな服を購入した。なにしろ今日のベックストレームは流動資産には事欠かないのだ。家にある洗濯物は、どうせならヴェクシェーまで持参してホテルでクリーニングに出せばいい。おれはなんて賢いんだ——。しかしまずは食事だ。空っぽの胃で未解決殺人事件を捜査するなど、まったくもって職務上の過失に当たる。

　ベックストレームは近くのスペイン料理店でパワーランチを摂った。何種類ものタパスに、夏らしい絶品グルメ。この状況では雇用主がすべて支払うべきだと判断したベックストレームは、領収書に実在しない情報提供者《ＵＬ》の名前を書いた。グルメなＵＬはビールをジョッキで二杯注文したが、ベックストレーム自身は勤務中につきミネラルウォーターにとどめておいた。満腹になり表に出たとき、ずいぶん久しぶりなくらい気分がよかった。太陽が輝き、未来は明るい。そして自宅へと足を向けた。タクシーに乗る必要もない。数年前からイーネダル通りの居心地の良い小さなアパートに暮らしており、クロノベリィ公園の警察本部の建物からは歩いてほんの数分なのだ。
　このアパートは、もうずっと前に引退した先輩で、ベックストレームがストックホルムの暴力課にいた頃に知り合った警官の所有物だった。先輩は引退を機に、誰にも邪魔されずに酔っぱらうために群島にある別荘へと引っ越した。そこなら酔っぱらう合間に魚釣りもできるからだ。だから街中にアパートをもっている必要がなくなり、ベックストレームに名義を書き換えたという次第だ。

ベックストレームのほうは、自分が住んでいた小さなアパートを県警犯罪捜査部の後輩に売りつけた。生活安全部の警官と浮気をしたせいで、家を追い出されたやつだ。しかし生活安全部の警官のほうも機動隊所属の警官とすでに結婚していたし、状況が逼迫《ひっぱく》するとすごく邪悪になるタイプの女だったので、彼女の家に転がりこむわけにはいかなかったのだ。

代わりに彼はベックストレームの小さなアパートを購入した。闇で現金払い、さらにはベックストレームの引っ越しを手伝うという条件でのお手頃価格だった。ベックストレームの新しい部屋は二階で、二部屋にキッチンとバスルームがついていた。アパートの住人は年寄りばかりで、騒ぎを起こすようなこともない。ベックストレームが警官だとは夢にも思っていないので、今のところこの上なく快適だった。

ひとつだけ問題があるとすれば、掃除したり洗濯をしたりしてくれる女がいないことだった。それをやってくれれば、安定感抜群のイケア製パイン材のベッドで強いのを何発か与えてねぎらうのに。

というのも、アパート内は惨状を極めていた。いちばん大きなスポーツバッグに洗濯物を詰めこみながら、さすがのベックストレームもそれを自覚していた。このバッグはそのままヴェクシェーのスタッツホテルに運びこまれ、最寄りのクリーニング工場へと送られることになっている。

いっそアパートごと運んでホテルのフロントに出せればよかったのに。いいや、そんなことはどうでもいい。きっとなんとかなるだろう。ベックストレームはそう判断すると、冷蔵庫からよく冷えたピルスナーを取り出した。それからもうひとつのバッグに必要なものをすべて詰めたとき、恐ろしい考えが頭をよぎった。それはまるで、後ろから突然襟首を摑まれたような感覚だった。残念ながら最近ではそういうことがしょっちゅうありすぎるのだが。ああ、イエゴンをどうすればいいんだ――。


イエゴンという名前は、アパートを譲ってくれた先輩にちなんでつけたのだが、それ以外は二人の間にとりたてて共通点はない。というのも、ベックストレームのイエゴンは世にも平凡な金魚だった。七十歳の元警官から名前をもらったというだけで。

イエゴンと水槽は、半年前に付き合っていた女からプレゼントされたものだった。そもそものきっかけは、ネット上で恋人募集の広告を出していた女に連絡をしたことだった。ベックストレームをその行動に走らせたのは、一部には広告に記載された彼女の自己紹介文のせいもあったが、何よりも〝制服好き〟というキーワードだった。実際のベックストレームは、警官としてある程度の地位についてからは護身のために警察の制服を着るのを極力避けてきたが、そんな細かいことまで気にする女はいないだろう。

最初のうちはとてもうまくいった。彼女の自己紹介にあった〝自由でオープンな性格〟というのもまったくの誇大広告だったわけではない。少なくとも初めのうちは。しかししばらく経つと、ベックストレームの人生を通り過ぎた他の口うるさい女たちと驚くほどよく似ていた。かくしていつもと同じ結末になり、例外だったのはイエゴンがベックストレームの家に居座り続け、おまけにベックストレームがその金魚に対して愛着を感じ始めたことだった。

イエゴンとベックストレームの精神的な絆が強まったのは、数カ月前のことだった。一週間ほど田舎で殺人事件の捜査をしなければいけなくなり、毎日金魚に餌をやることができない状況になったのだ。

ベックストレームはまず、泳ぎ回る頭痛の種を蒔いた女に電話をかけたが、彼女はベックストレームに対して暴言を吐き、ガシャンと電話を切った。こうなったらあとは運を天に任せるしかない。ベックストレームは金魚の餌の缶にある注意書きをものともせず、出かける前に大量の餌を水槽に流しこんだ。殺人事件の捜査に向かうために車に座ったときには、これぞ金魚を飼うことの最大のメリットだと思った。これが犬だったら、腹を上にして浮かんでいても、トイレに流して捨てるわけにはいかない。それに水槽をネットで売れば、きっと数百クローネくらいにはなるだろう。

十日後家に帰ってみると、イエゴンはまだ生きていた。出張前よりは元気がなかったし、最初の数日はなんとなく斜めに泳いでいたものの、まもなく元の元気なイエゴンに戻った。

ベックストレームはそのけなげな姿に感動し、職場の休憩室でイエゴンの話をしたほどだった。「ずいぶんのんびり屋の小僧でね」だいたいそのくらいから、ベックストレームはイエゴンに愛着を感じ始めた。長く辛い労働に明け暮れた一日のあと、静かにグロッグのグラスを傾けながら、金魚を眺めることすらあった。イエゴンは右に左に、上へ下へと泳ぎ回り、そばに小さなご婦人がいないことなどちっとも気にしていない様子だ。お前、幸せな人生じゃないか――。テレビでやっている悲惨なネイチャー番組に比べると、イエゴンは当然のように勝ち組だった。

さっさと捜査がすむといいが――ベックストレームは多少の罪悪感を感じながらも、缶を逆さまにして大量の餌を寡黙で小さな友達に振りかけた。もし長引きそうなら職場に電話して、同僚の誰かに世話を頼めばいい。

「元気でな。パパは仕事に出かけねばならない。だが、またすぐに会おう」

十五分後、ベックストレームは国家犯罪捜査局の犯罪捜査特別班の同僚二人と共に、ヴェクシェーに向かう車に座っていた。

5

ベックストレームの旅のお供は、まだ年若い巡査部長エリック・クヌートソンとピエテル・トリエンの二人だった。この二人は頭が冴《さ》えているとまでは言わないが、少なくともいつも指示したとおりには動く。職場ではクノルとトットと呼ばれており、クノルが金髪でトットが茶髪だということを除いては、二人は取り換えてもわからないくらいよく似ていた。いつも二人一緒だったし、ひっきりなしに二人で会話を続けている。実のところ、目をつぶれば今どちらが話しているのかわからないほどだった。

ハンドルを握ったのはクヌートソンで、トリエンが助手席に座り、ネットからプリントアウトしたヴェクシェーの観光案内を声に出して読んでいた。ベックストレーム自身はこの事件について落ち着いて考えをまとめるために、よく冷えたピルスナーを手に後部座席に寝そべっている。

「ベックストレーム、残念ですが」とトリエンが言った。「ヴェクシェーは海ぞいではないようですよ。バルト海からは百キロも離れている。大聖堂と県太守の公邸と大学があるらしい。

ひょっとしてヴェステルヴィークと混同したんじゃないですか？　それともカルマルかな？　カルマルもヴェステルヴィークも海ぞいですからね。同じスモーランド地方ですけど。ほら、アストリッド・リンドグレーンの出身地として有名でしょう。人口は約七万五千人、ああこれはヴェクシェーの話です。ということは、彼氏募集中の女性はどのくらいの数になるかな。なあ、エリックどう思う？」

「事件のことについて少し知りたいと思うのは贅沢《ぜいたく》だろうか」クヌートソンが苦々しい声で言った。「だがまあ、数千人ってとこだろうな」そう言ったとたん、声が明るくなった。

「ヴェクシェーの同僚たちが、内容をまとめたものをファックスしてくれると言ってたが」ベックストレームは運転席と助手席の間のインスツルメントパネルに向かってうなずいた。

「そうはいっても、少しくらい情報はないんですか」クヌートソンが食い下がった。

ああまったくうるさいやつだ。ベックストレームはため息をついた。

「今朝、若い女性が自宅マンションで死んでいるのがみつかったんだ。絞殺だ。田舎の保安官どもの予測では、強姦殺人らしい。犯人は不明という典型的なパターンだ。運が良ければやつらは間違っていて、我々はすぐに被害者の恋人を連行できる」

「わかっていることはそれだけなんですか」クヌートソンが信用していない様子で言った。

「で、恋人はいるんですね？」

「いないようだ」ベックストレームはゆっくりと言い放った。「それと、ひとつ問題がある。被害者は我々の仲間なんだ」

「なんですって！」クヌートソンが声を上げた。「同僚なんですか？」

「それはひどいな」トリエンも言う。「同僚だって？　それは毎日起きることじゃない。ましてや強姦殺人なんて」

「未来の同僚だ」ベックストレームが訂正した。「ヴェクシェーで警察大学に通っていて、あと一年残っていた。この夏はヴェクシェー署で受付のアルバイトをしていたらしい」

「いったい何が起きているんだ……」クヌートソンが頭を振った。「未来の警官を強姦して殺すなんて、どんなやつの仕業だ」

「これが知り合いの仕業なら、同僚が犯人だという線が妥当だぞ」ベックストレームはあきれたように言った。しかしクヌートソンの怪訝《けげん》な顔がバックミラーに映り、こう付け足した。「だがそこまでひどい話である必要もないな」

「普通の売春婦殺人よりは楽な捜査のはずだ。つまり、前向きに考えるなら」トリエンが慰める。「おかしな顧客や犯罪組織なんかに関わらずにすむだろう」

今回の最大の問題はその点ではないだろうから、お前は夢を見てりゃいい。

「そうだといいが」ベックストレームは言った。「そうだといいがな」

ノルシエーピンまで来たあたりで、ヴェクシェーの同僚たちからファックスが届いた。その内容は、送ってこなくてもいいようなものだった。まず一枚目はヴェクシェーの町の地図で、殺人現場に丸がつけてあり、ホテルには矢印があった。まったく無駄なことだ。すでにトリエンが同じ地図をネットからプリントアウトし、クヌートソンが取り急ぎホテルの住所を車のナビに打ちこんだのだから。


ヴェクシェー署の捜査責任者からの短いメッセージには歓迎の挨拶と、捜査が始まったこと、まったく普段どおりの手順で進んでいること、それ以外の情報は入り次第送ること、捜査班の第一回目の会議は翌朝九時にヴェクシェー署にて行われることが書かれていた。

「県警犯罪捜査部のベングト・オルソン警部というのがどうやら捜査責任者らしいな」ファックスのいちばん近くに座っていて両手が空いているトリエンが言った。「ベックストレーム、あなたはご存じですか?」

「会ったことはある」ベックストレームはピルスナーの缶から最後の一滴を飲み干した。ちょっと頭の弱いやつだが、ベックストレームにしてみれば、願ってもないことだった。もう頭の中で捜査をどう進めていくかは決めたのだから。

「どういう人なんです?」クヌートソンが尋ねた。

「いわゆる共感力の強いタイプだ」

「殺人捜査はできるんですか」クヌートソンがしつこく訊いた。

「そうは思えんが、山ほど研修に通っているはずだ。女性や子供に対する暴力、近親相姦やら精神的支援《デブリーフィング》の重要性やらの研修だ」

「でも、一度くらい殺人事件の捜査をしたことはあるんでしょう?」トリエンが食い下がった。

「何年か前に、暗黒の地スモーランドで幼い移民の少女を生贄《いけにえ》に捧げている連中がいると騒いだやつがいた。頭のおかしな情報提供者が、自分もその場にいたと証言したんだ」

「それでどうなったんです」クヌートソンが訊く。

「もれなくうまくいったさ。事件はうちで引き取り、翌日には捜査を終了した。当該の殺人事件は一度も起きていませんと丁寧《ていねい》な手紙を送ってね。ご興味をお持ちいただきありがとうございました。またキャンプ中に怪談話を思いついたら、どうぞご連絡ください」

「それ覚えてます」トリエンも言う。「自分が入る前のことですが、そのベングト・オルソンは、うちの年配の先輩たちが〝生贄殺人担当〟って呼んでる人じゃ？」

「ああそうだ。あの男の担当分野みたいなもんだ。妖怪に変質者、煙をくゆらせるお香。長い牙に地面まで届くマント。そして最後は必ずデブリーフィングで締める。疲れきったお巡りさんたちがよろよろとおうちに帰る前にね」その年配の先輩ってのはなんだ。年齢差別か――？

「いったい何が起きてるんだ。警察組織はどこへ行ってしまうんだ」トリエンが嘆いた。

「行先についてはすでに教えたと思うが」とベックストレームがあっさり切り捨てた。「というわけで、悪いがちょっと静かにしてもらえないか。疲れた頭を休めたいのでね」トリエン、お前までそんなことを言うのか。運転席と助手席に、バカが二人並んで座っているようなもんだな。

その後のドライブは比較的静かだった。もうそれ以上ファックスは来なかったし、クヌートソンとトリエンはまだおしゃべりを続けていたが、ボリュームは低かったし、ベックストレームを会話に引き入れようともしなかった。ヴェクシェーのホテルに着いたとき、時刻は午後五時で、ベックストレームはまだ少々疲れていたので、夕食の前に一、二時間ほどベッドで横になろうと決めた。どうせ他の同僚はまだ到着していないのだから。

ベックストレームには先見の明があり、事前にホテルに電話して、到着したらフロントでチェックインせずにその足で部屋に上がれるように手配しておいた。ホテルのロビーにはすでに、第四権力から派遣されたヒルどもが集まり始めていた。そうでもしなければ、彼らを追い払うところから始めなければいけない。それから各人に任務を割り振った。なんといっても彼がボスなのだから。クヌートソンはヴェクシェー署の同僚に連絡を取り、ベックストレームからの挨拶を伝えるという任務を与えられた。今のところ別の用件で立てこんでいるが、できるだけ早く連絡するし、明日朝の会議には出席するからという内容だった。トリエンのほうはベックストレームの洗濯物の処理を引き受け、それから殺人現場にもちょっと立ち寄ってくる。ベックストレーム自身は、しかるべき休息を取ろうと決めていた。

「どうせ他のやつらが、今朝早くから必死でやってるんだ」ベックストレームはすでにベッドに身体を投げ出していた。「それと、下のレストランの目立たないテーブルを八時に予約するのを忘れるな」やっとか——トリエンとクヌートソンがドアを閉めて出ていくと、ベックストレームは枕の位置を調整し、たちまち眠りに落ちた。

6

ディナーの三十分前、打ち合わせのために一同がベックストレームの部屋に集まった。彼がボスなのだから当然だ。ボス抜きで相談などしようものなら、それは謀反行為に当たる。ベックストレームはそのことを、ふたつの側面から知っていた。暴力課で捜査官をしていた歳月の間に、船頭も船員も経験しているのだ。とりあえず今のところは平和だった。メンバーは全員揃い、各人とも元気で機嫌がよく、ちょっとわくわくしすぎではないかという気もする。殺人捜査ではなく、カンファレンスでフィンランドにやってきたみたいな雰囲気だった。

最初にベックストレームの部屋に現れたのは、旧知の同僚ヤン・ローゲション警部補だった。以前ストックホルムにあった暴力課で同僚だったのだ。ローゲションは一人で車を運転してきて、途中ニィシエーピン署に寄り、現在では平和に眠っている昔の事件の捜査資料を返却してきた。被害者の未亡人がこのたびついにこと切れて、法務監察長官に苦情の手紙を書くのをやめたのだ。ローゲションはベックストレームの二時間ほどあとにホテルに到着した。ベックストレームと同年代の白人で、今回一緒に働くチームで、プライベートでも付き合うに足る唯一のメンバーだった。

昼寝したての上シャワーも浴びたてのベックストレームは、活力を取り戻して機嫌もよく、ローゲションと二人でピルスナーを一本ずつ空にし、他のメンバーが現れて平和を破る前にと、手堅いやつも二杯ほどあおっておいた。クヌートソンとトリエンは当然一緒に現れた。クヌートソンは警察署へ行き、そこの同僚たちと話し、書類の山を抱えて戻ってきた。トリエンはベックストレームの洗濯物をホテルのクリーニングに出し、殺人現場も訪れたが、ベックストレームの部屋に現れたとき、二人ともビールや強い酒は勧められはしなかった。彼らがドアをノックすると、ベックストレームはドアを開ける前に瓶やグラスを片付けた。酒など勤務時間外に飲めばいいだろうが――そう思いながら。

最後に到着したのはヤン・レヴィン警部で、女性の行政職員エヴァ・スヴァンストレームを伴って現れた。不思議なのは、この二人が他の皆よりも前にストックホルムを発ったことだった。なぜ四百キロのドライブに七時間もかかったのか。しかし全員がその答えを知っていたので、面と向かって質問する者はいなかった。

「快適な旅だったようだな」ベックストレームは無邪気な表情でそう声をかけ、チーム内唯一の女性を見つめた。活気に溢れ、頰を紅潮させ、さっき乗っかられたばかりというところか――。しかしベックストレームの好みにしては痩せすぎている。だからここは口を閉じておいて、二人には好きにさせておけばいい。

「ええ、とても」スヴァンストレームが小鳥のようにさえずった。「ヤンネ（ヤンの愛称）が途中ですませなければならない用事があったので、時間がかかったんです」

「そうかい、そうかい。先にここでちょっと話を進めておこうと思ってね。そうすれば、下のレストランでヒルどもに交じって食事をしながら仕事の話をしなくてすむだろう。エリック、きみはずいぶんたくさん書類をもらってきたようだな。全員分あるのかね？」まったく役に立たないやつばかりだ——。

クヌートソンは警察署から、プリントアウトしてあったものをすべて持ち帰った。各人に配れるように六部ずつコピーしてある。通報記録、最初に到着した警官の取った記録、現場やその周辺の写真、被害者が発見されたマンションの見取図、被害者について簡単にまとめた資料、起きた出来事を時系列にまとめたタイムログ、そして同僚たちがすでにどういう対応をしたかのリストだった。

ベックストレームはそれに目を走らせ、軽い落胆を覚えた。ヴェクシェー署のやつらは、やるべきことはすべてやってしまったようだ。少なくとも、今のところは。まあどうせ自分がこれから捜査を引き継ぐのだから、何も問題はないはずだ。

「質問は？」ベックストレームが問いかけると、全員揃って首を横に振った。

「まだ飯の時間じゃないぞ」ベックストレームは皮肉な笑みを浮かべた。この怠け者どもが。頭の中にあることといえば、食うか飲むかやるかだけなのだから。

「法医学者や鑑識からの報告がいつ入るのかはわかってるのか？」ローゲションが尋ねた。

「被害者の検死は明日行われます」クヌートソンが答えた。「遺体はすでにルンドの法医学センターに運ばれました。鑑識は最善を尽くしていますが、自分がさっき話した同僚によれば、とりあえず犯人の精液は採取できて、寝室の窓の外の桟《さん》に血痕もあったらしい。しかも犯人のものと思われる服まであったそうです。逃げるときに忘れたんでしょうね。大急ぎで逃げたようだ。その同僚は、犯人が寝室の窓から飛び降りて逃げたと確信していました。おそらくそのさいに窓の桟でこすった」

「服がどうしたって？」ベックストレームがあきれたようにうめいた。「まさか幸運なことに、ズボンをはき忘れて逃げたなんてことはないだろう？」

「それがですね」クヌートソンが言う。「被害者宅に来たときにどういう服装だったのかはわかりませんが、どうもトランクスをはき忘れて逃げたみたいなんです」

「それはうかつだったな。だがまさかトランクスに運転免許証が入っていたわけじゃないだろう？　まさかそこまでの幸運には恵まれていないよな」いくらなんでもそこまで間抜けなやつはいない。だがこの犯人は充分に頭が悪そうだし、それはいい兆候だ。

「ベックストレーム、覚えてるか」ローゲションが急に機嫌のいい声を出した。「ほらあの頭のおかしなやつが、ヘーガリード通りの自宅にいた女性を絞殺した事件を。リトヴァ殺害事件だ。被害者がリトヴァという名前の女性だったんだ。犯人は自分の指紋を消すために家じゅうを掃除して、壁も床も天井もきっちり雑巾《ぞうきん》がけしてから逃げた。数時間は拭き掃除をしてたんじゃないかな。リトヴァが生きてたときに掃除をしてあげればよかったのになあ」

「ああ、覚えてるさ」ベックストレームが言う。「おれもお前も捜査に参加してたし、ここ二十年ほどお前はその事件の話しかしないじゃないか」毎日ブレンヴィーンばっかり喉に流しこんでるからだろう。

「そうだな、そうだな。昔話はやめよう」ローゲションの声はそれでも明るかった。「ただ、どういう気分だったんだろうと思ってな。ドアをばたんと閉めた瞬間に、自分が何を忘れたかに気づいて……」

「まあ、楽しい気分ではなかっただろうな」ベックストレームが言う。「さて、トリエンは犯行現場を確認してきたんだろう？」そこでトリエンのほうにうなずきかけた。「どうだった？」

「どういうオチだったんです？」トリエンが尋ねた。「年端もいかず無知な自分をお許しください。でもオチは？」

「オチってなんのことだ」こいつはいったいなんの話をしている。こんな簡単な質問にも答えられないのか？

「ヘーガリード通りの犯人ですよ」トリエンが食い下がった。

「ああ、そのことか。そいつは財布を忘れたんだ。免許証とか、ほら財布に普通入っているものが全部入った財布を。被害者のベッドサイドテーブルの上にだ。だがそれ以外はシミひとつ残さずに逃げたわけだ。実際のところ、鑑識は髪の毛一本みつけられなかった。さあ、そろそろ我々が担当する事件の話に……」

「嘘でしょう！」クヌートソンが噴き出し、ローゲションと同じくらい幸せそうな顔になった。

「さあ今回の事件の話だ」ベックストレームが思い出させた。「犯行現場はどんな様子だった？」

ごく普通でした——というのがトリエンの報告だった。通常女性が強姦されて絞殺されたときのようなやるせない雰囲気だった。ただひょっとすると、今回は通常より悲惨だったかもしれない。犯人は、被害者の自宅で被害者と二人きりだった。だから彼女をまるっきり好きなように支配し、時間もじっくりかけたようだ。

残念ながら現状では、典型的な犯人候補者は挙がっていなかった。過去もしくは現在の恋人や、被害者が信頼していた人物のことだ。リンダはしばらく彼氏はいなかったようだし、近所にも知り合いにも異常者として知られる人間や、とりたてて怪しいとされる人物はいなかった。そして残ったのは、警察にとっての悪夢だけ。つまり、犯人は被害者の知り合いではない。それまで存在も知らなかった人間で、最悪の場合、他の誰も彼のことを知らない。

「まさに未解決殺人事件の様相を呈してきましたね」トリエンがそう締めくくった。

「よし」ベックストレームが言う。「だがなんとかなるはずだ。それでは食事に行こう。そうすればきみたち全員、寝る前にゆっくり書類を読みこむ時間があるだろう。書類はしっかり管理するんだぞ。その内容を新聞で読むはめにはなりたくないからな。この建物内にはジャーナリスト他、墓荒らしがうようよいるんだ。だがわたしはともかく食事が必要だ。死ぬほど腹が減ってる。今朝から何も食べてないんだからな」

「それぞれ書類に名前を書いてもらえれば、食事中はわたしの部屋の金庫にしまっておきますよ」スヴァンストレームが申し出た。

「素晴らしいアイデアだ」ベックストレームが言った。この出しゃばり女め。おまけに痩せすぎときた。


夕食のあと、各人が自室へと引き揚げ、事件の書類に目を通し始めた。少なくとも口ではそうすると言っていた。クヌートソンとトリエンはもちろん一緒にやるつもりなのだろう。ローゲションですら、普段ならごくまともなやつなのに、今日ばかりは読書欲が芽生えたらしい。しかしまずはベックストレームの部屋に寄り、ピルスナーを二本拝借した。その一方で、今日という日を締めくくるために寝酒を一杯やらないかというベックストレームの誘いは断った。

「ロッゲ、お前大丈夫か？　病気なんじゃないのか？」ベックストレームが訊いた。この腰抜けめ、心配になるじゃないか。

「いやあ」ローゲションが頭を振った。「平気さ。明日一日もちこたえるために、今日はもう寝ようかと思ってね」

というわけで二人はベックストレームの部屋で別れ、それはそれで都合がよかった。というのも、ベックストレームはこっそり町を一周してみようと思っていたからだ。基本的には状況を確認するために。そういうことは独りでやったほうがずっと都合がいいのだから。

ベックストレームはスタッツホテルの裏口からこっそり外に出ると、町の中心部をあてどもなく歩き回った。県太守の公邸や大聖堂、歴史ある美しい建物が手厚く保存されている通りを抜けた。いくつものレストランが外に席を設け、そこに座る夏の装いの人々は、ベックストレームをこの町へいざなった事件になんの影響も受けていないようだった。こんな町で、なぜあんなふうに人が殺されたりするのだろうか。ともかく地元の犯罪史においては初のことだろうし、ベックストレーム自身これまでヴェクシェーを訪れたことはなかった。職務上でも、プライベートでも。

道中にはいい感じの店がいくつもあったし、もう夜の十一時を過ぎているのに気温は二十度以上あっただろう。それでもベックストレームは自分に鞭打ち、ホテルに戻るまで我慢した。ホテルのテラス席でやっとビールを注文し、誰にも邪魔されないよう、いちばん奥の暗がりに座る。どちらにしてもさほど客はいなかった。同僚たちがそこにいないのは明らかだ。単純な理由としては、さっき誓ったとおりのことをやっているのだろう。レヴィンとスヴァンストレーム嬢に関しては読書が優先順位の上のほうにあるとは思えないが、クヌートソンとトリエンは確実にもっと単純なタイプだ。今ごろどちらかの部屋で殺人事件の捜査のことを話し合っているのだろう。邪魔が入らなければ、夜中まででもそうやっているにちがいない。誰に邪魔されるわけでもないし、おまけにあの愚鈍《ぐどん》な坊やたちときたら、完全にしらふにちがいない。ベックストレームはそんなことを考えながら、ビールに舌鼓《したつづみ》を打った。しかし彼の思索はそこで中断された。

「この席、空いてます?」

そう声をかけてきたのは女だった。三十五歳から四十五歳のどこかで、女としての賞味期限は当然切れている。だがとりあえず痩せぎすではない。どちらかというとたわわに実っているほうだった。

「それは誰が訊いているかによるね」どうせジャーナリストなんだろう。

「あら。じゃあまず自己紹介したほうがいいわね」女はそう言いながらもう自分のビールをテーブルに置き、空いている椅子に腰を下ろした。「カーリン・オーグリエンです」そう言って名刺を差し出す。「この町の地元ラジオ局で働いているんです」

「これはまた奇遇な」ベックストレームは笑みを浮かべた。で、カーリン。おれに何ができるのかな？　部屋に上がって、お前さんに一発突っこむ以外に。

「でしょう？」カーリンは白い歯を見せて笑った。「まったくの偶然なんだけど、あなたの顔を知っていたの。数年前に見かけたことがあるんです。ストックホルムのTV4で働いていたときにね。あなたが証言に立った裁判を取材してて。強盗目的で年配の夫婦を殺した三人のロシア人の事件だったわ。この町で国家犯罪捜査局の殺人捜査特別班が何をしているのか、尋ねてもいいかしら？」

「わたしにはまったく想像もつかないよ」ベックストレームはそう言って、ビールをごくりと飲んだ。「アストリッド・リンドグレーンの生家を訪れようと思って来ただけで」

「また会えるかしら」カーリンは笑顔で言った。さっきと同じように満面の笑みを浮かべて、同じように白い歯を見せて。

「おそらくね」ベックストレームは名刺をポケットにしまった。相手にうなずきかけ、ビールを飲み干す。それから立ち上がり、ベックストレームなりに効果的な笑顔を浮かべた。大都会からやってきた傷だらけの警官。日々悪党どもに立ち向かうが、世界いち心の美しい男。ソフトに接して、正しい場所を撫でてやりさえすれば。
「約束ね」カーリンが言う。「じゃなきゃあなたを追いかけるわよ」そう言ってグラスを上げ、三度目の笑顔を浮かべた。

もちろん彼氏募集中なのだろう——。十五分後にホテルの部屋の鏡の前に立ち、歯を磨きながらベックストレームは思った。ここは冷静に、正しい手順を踏めば、あの女にもベックストレーム産スーパーサラミを味わわせてやることができるかもしれない。

7

ベックストレームの推測とはうらはらに、ヤン・レヴィンは独り静かに事件の捜査書類を読もうと、夕食後は自分の部屋に籠った。いい点と悪い点を総括してみると、あくまでまだ暫定的な情報ではあるが、彼と仲間たちにとって有利になる点がいくつもあることがわかった。

被害者の身元はわかっているし、殺害現場もわかっている。少なくともおおよそは、犯行の経緯も摑めている。警察は被害者が殺されて二十四時間以内に現場に赴くことができた。国家犯罪捜査局の殺人捜査特別班にいると、そんな甘い話ばかりではないのだ。犯罪は屋内で行われ、それは言うまでもなく、屋外よりもいい。それに被害者はごくまともな若い女性で、とんでもない人脈や趣味をもっているわけではない。

それにもかかわらず、いつもの疼くような不安が消えてくれなかった。最初、イメージを組み立てるために、ペール・ラーゲルクヴィスト通りの現場を自分の目で見にいこうかと思ったが、どう考えても今は鑑識が必死で作業している最中だろうから、邪魔はしないことにした。他に何も思いつかなかったので、なんとなくパソコンを立ち上げた。インターネットを開き、ノーベル文学賞受賞作家であるペール・ラーゲルクヴィストに関する情報を探して読んだ。ペール・ラーゲルクヴィストがこの事件にどう関係あるっていうんだ——もう三十年近く前に死んでるのに。

彼がここヴェクシェー出身であるという事実は、驚くまでもない。一八九一年に七人兄弟の末っ子として生まれたが、一家は経済的に苦しかった。父親はヴェクシェーの鉄道駅の線路巡回員で、極めて優秀だった末息子だけは学業を続けさせてもらい、十八歳でヴェクシェー後期中等学校を卒業している。

それから青春を過去に葬り、そこから旅立ち、作家になった。一九一六年に二十五歳で詩集

『苦悩』を発表し、詩人としての地位を確立した。ほどなくしてスウェーデン・アカデミーの会員となり、一九五一年にノーベル文学賞を授与されている。

地元ではその栄光をたたえて、受賞の数カ月後には生まれ育った通りに彼の名前をつけた。亡くなるより二十年も前のことだ。普通なら偉業を称えるのは死んだときなのに。しかもその道ぞいに立ち並ぶ建物は、まだ都市計画図の中にしか存在しなかったのに。

現在ではそのうちの一軒がヤン・レヴィンの最新の捜査対象になり、状況と時間が許し次第、そこを訪れるつもりでいる。しかし今夜はやめておこう。今夜は。鑑識課の同僚たちが仕事に集中できるように。

レヴィンはその代わりに町に散歩に出た。夜で空っぽの道は、四百メートル後に彼を新しい警察署へと連れてきていた。今まで訪れたことはないが、今後しばらく彼の職場となる場所だ。

警察署はオックス広場ぞいのサンドヤード通りに建っていた。新ミレニアムの始まりに間に合うよう建てられた、現代の正義の神殿だ。数えかたによっては四階建てにも五階建てにもなる箱型の建物で、外壁は褪せた黄色。警察以外にも検察庁、裁判所の勾留質問室、拘置所そして矯正局が入っていて、正義製造所とでもいったところか。ここだけで法の鎖の先端までいって余りあるくらい現実的に編成されている。そこにある含意も明確だった。ここに送られた者に癒しはない。疑わしきは——ありとあらゆる人的逡巡《しゅんじゅん》をしのいでその逆が証明されないかぎり——罰せず。その建前を裏付けるにはかなり貧弱だ。

正面入口の左側についた小さな銅板が、かつてここに乳業所と家畜販売用の牛小屋があったことを語り伝えている。ペール・ラーゲルクヴィストが住んでいた頃も、ノーベル賞を受賞したずっとあとまでも。すべてひっくるめて考えると、レヴィンは急に気分がふさぎ、踵《きびす》を返してホテルに戻り、真剣勝負が始まる前に数時間は眠ろうと努めた。

眠りにつく前に、レヴィンはなぜかその〝苦悩〟について考えた。若き詩人にとっては、とりたてて目新しいテーマでもなかったろう。彼が生きた時代背景は言わずもがな。ヨーロッパ全土が燃え上がった世界大戦の折、それは作家にとって年齢を問わずごく当たりまえのテーマだったはずだ。

ヤン・レヴィンは苦悩についてよく知っていた。ごく個人的な苦悩なら、子供の頃から感じている。歳を取るにつれそれに苛まれることは減ったが、それでも恒常的にそこに存在し、彼を惑わせ、避けるだけの強さがないとみるとすぐにでも襲いかかってこようとする。毎回不意に、未知の送信者から送られてくるのだ。メッセージも内容も理由も薄闇に隠されているとはいえ、影響だけははっきりしていた。

それに加えて、職務上で目撃した苦悩もある。暴力を生み出す苦悩——手に負えなくなった邂逅、ねじれた関係、それが恐怖と憎しみの温床になる。そんな事件が時折、ストックホルムの国家犯罪捜査局殺人捜査特別班のヤン・レヴィンのデスクにたどり着くことがあるのだ。

そして最後に挙げておきたいのは——誰よりも残忍で良心をもたない犯人でさえ、自分の犯した罪の重さを理解したとき、不意に苦悩に襲われることがある。もちろん警察にみつかったという前提で、そうなったらあとは闇の中に隠れているしかない。ヤン・レヴィンのような警官が、自分を捜すためだけに、同じ闇にやってきたことを知りつつも。

それは自分自身の苦悩を和らげるためでもある——そう考えながら、ヤン・レヴィンはやっと眠りについた。

8

七月五日（土曜日）、ヴェクシェー

おれは正しいだろうか、それとも、間違っていないのだろうか。土曜日の朝、ベックストレームはそうつぶやきながら、朝食を食べるためにホテルの一階に下りた。タブロイド紙はすでに届いている。時間はまだ八時十五分なのに、フロントの脇の新聞立てに並んでいる。ベックストレームは二紙とも摑むと、朝食と同僚たちの方向に舵を切った。これが小さな問題だとしたら、これ以上大きい問題にぶち当たらないことを切に祈りながら。

一面も中のページも彼が担当する殺人事件のニュースで占められており、その切り口はまさにベックストレームの予測どおりだった。〝女性警官強姦殺人〟二紙のうちの字の大きいほうの見出しはそうわめいていたし、僅差で小さな字のほうはもっと大声で〝若き女性警官殺害

――絞殺、強姦、拷問〟と怒鳴っていた。ベックストレームはため息をついた。そして新聞を脇に挟むと、盆と皿を取り、そこに朝食をよそい始めた。空っぽの胃で殺人捜査はできぬ――そう思いながらスクランブルエッグとベーコンとプリンスソーセージ（五～七センチ程度の小さなソーセージ）を山のように盛った。

「ベックストレーム、タブロイド紙の見出しを見たか」ベックストレームが皆と同じテーブルに着くなり、レヴィンが訊いた。「これを読んだら、被害者の遺族がどんな気持ちになるか……」

お前は頭が悪いのか――？　ベックストレームはすでに左手で新聞をめくりながら、右手でスクランブルエッグとソーセージを口に運んでいた。

「これはまったく……クソくらえだ」普段滅多に悪態をつかないトリエンも同調した。

トリエン、お前もか。ベックストレームは食べ物を噛む合間にため息をつき、紙面を読み続けた。

「なぜ政治家は動かないんだろうか」クヌートソンも応援に入った。「こういう行為は法律で取り締まるべきだ。同じくらい酷い侮辱じゃないか……つまり被害者がすでに受けた侮辱と」

はいはい。ではなぜ政治家のおじさんたちは新聞がクソみたいなことを書き散らすのを法制化しないのかな？　ベックストレームはそう思いながら、さらに紙面に目を走らせた。

こうやって五分は経っただろうか。食べるのに忙しく黙ったままのベックストレームの口だったが、やっと朝食の皿と新聞を向こうへやった。その間一言も発さなかったのはローゲションだ。彼はもともとこの時間帯にはさして言葉を発さなかった。

少なくとも一人は沈黙の美を理解しているやつがいる——ベックストレームがそう思ったとき、第四権力の代表者の一人目がテーブルに近づいてきて名を名乗り、いくつか質問してもいいですかと訊いた。するとさすがのローゲションも口を開いた。

「だめだ」彼はそう言った。その目つきとセットで考えると完璧な返答だったようで、質問者は即座に尻尾を巻いて立ち去った。

ロッゲはいいやつだ——ベックストレームは思った。牙をむいて唸る必要もなかったか。本当はそれがやつの得意分野なんだがな。

「そんなことよりもっと憂慮《ゆうりよ》すべき点がある」ベックストレームは言った。「だがその話は我我だけになってからだ」

そのチャンスは、錠つきの門をくぐって警察署の中庭に駐車したときにやっと訪れた。

「皆、タブロイド紙には目を通したな?」ベックストレームが尋ねた。

「わたしなど、テレビまでつけてしまったよ。ちっとも慰めにはならなかったが」レヴィンが言った。

「正しいスウェーデン語で言うと、クソくらえだ」トリエンが同意した。必要に迫られて、印象深い単語の中でも比較的温和なものを使い始めたようだ。

「わたしが懸念しているのは」ベックストレームが言う。「昨日の夜きみたちと話したことがすべて新聞に書かれていることだ。論点や憶測については無視して、どういう事実が書かれているかを考えてみろ。そうすれば、唯一のまともな結論は、この船はまるでザルのように水漏れしているという事実だ」ベックストレームはそう言いながら、当面彼らの職場となる警察署のほうにうなずいてみせた。「我々がそれを阻止しなければ、必要以上の地獄を見ることになるぞ」

誰もそれに異存はなかった。

まずベックストレームは県警本部長と、ヴェクシェー署の警官でこの事件の捜査責任者、つまり彼らの直属の上司になる男とミーティングを行った。上司といってもあくまで形式的にだが。だって必ずそういう序列なのだ。国家犯罪捜査局が地方に派遣されて、田舎の保安官の尻ぬぐいをするさいは。

「このような悲惨な事件が起きてしまったわけだが、きみたちに応援に来てもらえて光栄だし、何よりも心から安堵したところだ。何が起きたかを知った瞬間に、そちらの長官に電話をかけたんだ。ＲＫＣのニィランデルにね。そして支援を要請した……実は学生時代からの友人でね。無駄に狼だと騒いだのだとしたら、完全にわたしの責任だ。だが協力に感謝する、ベックストレーム。心から礼を言わせてくれ」

ベックストレームはうなずいた。なんという腰抜け親父だ。ジアゼパムを二錠飲んで、可愛い奥さんの待つ家に帰りゃいい。このベックストレームおじさんが、狼の毛皮をはいでやるから。

「まさに本部長が申し上げたとおり」オルソンが上司に続いた。「きみたちの登場を待ちわびていましたよ」

こいつもか――。いったいどこからこんなやつらが湧いてくるんだ？

「これはこれは、恐縮ですな」ベックストレームが答えた。同じ枝に二羽の弱虫が止まり、一緒にさえずっているというわけか。そろそろ仕事に取りかからせてもらえないものだろうか。

しかしその前に、それぞれの任務の領域をはっきりさせなければいけない。

「教科書どおりに進めますね？」ベックストレームが訊いた。教科書の音読くらいはお前らでもできるだろうからな。

「ベックストレーム、きみさえかまわなければだが、わたしが外界とのやりとりを担当しようかと……マスコミへの情報提供などだ。あとは人事やその他の事務も。全員でかなりの人数になりますからね。あなたがたが六人と、我々のほうが二十人程度。イェンシェーピン署とカルマル署からも人員を借りたので、総勢三十人以上がこの捜査に携わることになる。それで問題ないといいが？」

「まったく」ベックストレームが答えた。そいつらがおれの指示に従うならの話だが。

「それと、ひとつ現実的な問題が……」オルソンはそこで上司に目配せをした。「本部長、わたしから話してもよろしいですかな？」

「ああ、そうしてくれ、ベングト」

「これは大きな動揺を与える出来事……つまり、非常に残酷な類《たぐい》の事件だ。おまけに今は夏の休暇の時期で人手が足りない。臨時に出てきてもらった警官は若手が多く、つまりそれほど経験を積んでいない。そこで本部長とわたしで、すでに昨日ある決定をさせてもらった。捜査班のために、緊急事態カウンセラーを設置することをね。そうすれば、この事件の捜査に関わる警官はいつでもプロのカウンセラーの支援を受けることができる。この経験を消化するために……つまり、デブリーフィングだ」オルソンはそう締めくくると、重いため息をついた。まるで彼自身がすでにその支援を受ける必要があるみたいに。

自分の耳が信じられない――ベックストレームはそう思ったが、もちろん口には出さなかった。

「カウンセラーにはすでに心当たりが？」ベックストレームは果敢にも、部屋の中にいる他の二人と同じくらい懸念した表情を浮かべようとした。

「非常に経験豊かな女性の心理カウンセラーがいましてね。うちの署にも来てくれているし、ヴェクシェーの警察大学でもデブリーフィングの授業を受け持っている。おまけに長年、市のほうでも働いている。セミナー講師としてもとても評価されていてね」

「名前は？」

「リリアンです。リリアン・オルソン。皆からはローと呼ばれている」オルソンが言う。「だが親戚ではないですよ。彼女とわたしは。一切ね」

そうだろうな、親戚ではない、ただ瓜二つなだけで。しかしなんて便利なんだ。頭のおかしなやつが全員同じ苗字だなんて。

「まあ、問題ないでしょう」ベックストレームが言う。「カウンセラーが捜査に首を突っこまないかぎり」こういうことは先に言っておいたほうがいいからな。

「まさか。もちろんそんなことにはならない」県警本部長が言った。「最初の会議で自己紹介をするだけだ。どうやって彼女に連絡を取ればいいか、皆がわかるようにね。署内にはすでに彼女のオフィスを作っておいた」

意外に問題なく進んでるじゃないか――県警本部長とのミーティングがやっと終わったとき、ベックストレームはそう思った。自分の部下は皆、必要な場所に配置された。レヴィンがベックストレームのすぐ下につき、入ってくる捜査材料すべてに目を通す。大きなものと小さなもの、重要なものとそうでないものをふるいにかけるのだ。価値のある情報だけをフォローアップし、それ以外のゴミはすぐさまいちばん奥の棚へやる。

ローゲションは事情聴取を担当し、クヌートソンとトリエンは何をおいても隣同士に座って、警察署の内外で導き出される捜査結果を処理していく。おまけにスヴァンストレーム嬢にまで任務を与えることができた。殺人事件捜査の記録を作る事務を長年経験しているので、地元の行政職員らの上に立ち、早々に捜査班のフロアで洪水を起こしかけている大量の書類を整理することになった。

しかしここで何よりも重要なことがある。それは、ベックストレームが船頭を務めることだ。まあそれほど悪くはない——大きな会議室へと足を踏み入れたとき、彼はそう思った。今後はここで捜査を進めることになる。すでに捜査官の大半がその部屋に座って待っていた。意外にも、そう悪くない。またおかしな女が一人、自分たちの仕事に首を突っこむことになったとはいえ。そもそもそんな人間をこの建物に立ち入らせるべきではないのに——。少なくとも、おれの辞書にはそんなことをしていいとは書いていない。

ありがちなことに、会議は全員が他の全員に自己紹介するところから始まった。部屋には三十四人も座っていたからかなり時間がかかったが、それはまあいいとしよう。自己紹介さえ終われば、うち二人をさっさと追い出せるのだから。ヴェクシェー署の広報官の女と、捜査班専属の魂の救世主のことだ。わかりやすいことにその二人が最後に自己紹介をし、広報の女は驚くほど単刀直入にものを言う女だということが判明した。今後は彼女が——彼女だけが——捜査班の責任者らと相談の上、マスコミの対応をする。

「この部署に配属される前は、二十年間警官として働いていました。だからこの部屋にいる皆さんのほとんどと知り合いだし、あなたがたもわたしのことを知っているわけだから、わたしの機嫌を損ねるとどうなるかはわかっているわね？　今朝タブロイド紙を読んで、残念だけどもう一度ここにいる全員に、守秘義務の意味を再確認する必要を感じたわ。忘れたという人がいるなら、もう一度よくマニュアルを読んでください。もっと簡単な方法は、とにかく口を閉じておくこと。この事件のことは捜査班の人間とだけ、それも話す理由があるときだけ話すこと。質問は？」

誰もなんの質問もなかったので、彼女はうなずいてから、会議室を出ていった。どうやらやることが山ほどあるらしい。まったくなんと愛想のない女だ――。昔はどんな警官だったんだろうか。だがまあ、なかなかいい女だ。いちばん年寄りのカテゴリーに属するとはいえ。だってもう四十五歳近いんじゃなかろうか――それより十歳は年上のベックストレームは考えた。

捜査班の緊急事態カウンセラー、つまり心理カウンセリングの有資格者で心理学者でもあるリリアン・オルソンは、意外でもなんでもなかったが、広報の女よりもずっと長い時間を自己紹介に要した。まさにそういう女を想像していたベックストレームは、ちっとも驚かなかった。背が低くて、痩せこけた金髪の女で、少なくとも五十回は雨模様の秋を過ごしたように見える。

「そう、わたしが今ご紹介にあずかりました、リリアン・オルソンです……でも皆にはローと呼ばれているから、あなたたちもぜひそうしてね……つまり心理カウンセラーで心理学者で……わたしみたいな職業の人間はいったい何をしているのかと思われる人も多いでしょうね……心理学者で……セラピストで……セミナーや講演もやっているの……コンサルタントとしても……余暇には……複数のNPOでボランティアをしていて……DVシェルター……男性支援センター……犯罪被害者支援センター……今は本の執筆もしていて……ここにいる皆さんはほとんど……気分がふさいでもちっともおかしなことじゃないのよ……傷つきやすく、精神的に混乱していて、崩壊の一歩手前のような印象を受ける……マッチョ思考に走る人もいるんです……自分の殻に閉じこもったり、現実を受け入れないといった行動との組み合わせでね……それ以外にはアルコール依存やセックス依存に走る人も……自分と周りの人を……摂食障害になる場合も……皆助け合って生きる存在……お互いを受け入れなければ……自分の意識を開いて……そこに足を踏み入れて……あなたを阻み、負担をかけている過去から解放されて……弱さを見せる勇気を……助けを求める勇気を……そこから一歩踏み出す勇気を……つまりそういうことなの……心を解放するプロセスね……それより難しいことじゃない……だから実はけっこう簡単で当たりまえのことなの。わたしのドアは、あなたがたのためにいつも開いています」

ローはそう締めくくり、穏やかな微笑みで部屋にいる全員を包みこんだ。

そうかい、そうかい、そうですかい。ベックストレームは椅子の中で背筋を伸ばし、腕時計をちらりと見た。捜査班の貴重な時間がすでに十分以上も煙と消えてしまった。おバカさんの一人が、あけっぴろげにドアを開けてありますと言うためだけに。

「それでは」「では」カウンセラーがドアを閉めて出ていった瞬間に、ベックストレームはそう口火を切った。「では残された我々で、やるべきことをやるとしようか。表ではありえないようなバカ者が自由に走り回っていて、そいつを塀の中に放りこむのが我々の仕事だ。早ければ早いほどいい」早くそいつをぎゃふんと言わせてやりたい――とベックストレームは思ったが、その点だけは口にしなかった。そんなことくらい、鼻先に書いておかなくたって、本物の警官ならわかることだ。それに緊急事態カウンセラー女史の講演の間に、表情からしてなかなか有望そうな若手何人かに目をつけておいた。ひょっとするとこの部屋の中に未来のベックストレームがいるかもしれないのだ。まったく信じられないようなことだとはいえ。

9

「では始めるか」ベックストレームは大きな会議テーブルの議長席で身を乗り出し、手で両肘を摑んだポーズで、尊大にアゴを突き出した。それはまるで国家犯罪捜査局全体を束ねているのかと見まごうようなアゴの角度だった。

「まずは状況確認からだ」ベックストレームは言った。「被害者についてわかっていることは？　殺された当時、何をしてたんだ？　とりあえず今わかっていることを教えてくれ」

被害者はリンダ・ヴァッリンという名前だった。歳は二十歳で、殺された一週間後に二十一歳になるところで、秋にはヴェクシェーの警察大学の二年生に進級するはずだった。身長百七十二センチ、体重五十二キロ。青い目で、天然の金髪をショートカットにしていた。いい女だ——よく鍛えたガリガリタイプが好みならだが。ベックストレームはリンダの写真を見つめてそう思った。警察大学のIDカードの写真を引き伸ばしたもので、リラックスした笑みを浮かべたリンダが、まっすぐにカメラを見つめている。その瞬間への集中、そして今後の人生への期待。例えばこの夏への。ヴェクシェー署でアルバイトをしていて、受付の仕事とはいえ、しっかりこなしていた。見目麗《うるわ》しいだけでなく、サービス精神にも溢れ、能率的で、来客者や同僚からも好評だった。

　周囲は彼女のことを、有能で魅力的で社交的で頭がよくてスポーツが得意だったと評した。状況を考えると驚くようなことではないが、今回はそれを証明する書類まであった。高校でも、警察大学の座学や実技でも優秀な成績だった。おまけにその学年の女子で障害物走路をいちばん早く走り、大学の女子サッカーチームでは二番目に多くゴールを決めていた。社交的で、政治にも正しい方向に関心があった。大学では〝犯罪、人種差別、外国人恐怖症《ゼノフォビア》〟というテーマで小論文を書いている。殺人の犠牲者として典型的なタイプとは言い難いが、ただ単に、誰彼かまわず家にお持ち帰りする女だったのかもしれないし——。

　世界じゅうの子供という子供と同じくリンダにも両親がいて、その世代の多くの子供たちと同じく、両親は離婚していた。リンダの場合、十五年ほど前のことだ。リンダはその夫婦の一人娘で、離婚後、親は共同親権を有していた。離婚の前は家族で数年間アメリカに住んでいた。父親がニューヨークで会社を興《おこ》したからだ。夫婦の関係が破綻したとき、母親はリンダを連れてスウェーデンに帰った。

リンダの母親は現在四十五歳で、十五年前からヴェクシェーにある中学校で教師として働いている。父親は二十歳も年上で、成功を収めたビジネスマンだが、現在では引退している。リンダと母親がスウェーデンに帰国して数年後に、父親もまた故郷であるスモーランド地方に戻ってきて、現在はヴェクシェーの南東数十キロのロットネ湖畔にある荘園を改装した邸宅に住んでいる。

前の結婚で息子が二人いるが、失ったばかりの娘の倍ほどの年齢だ。リンダは年上の異母兄たちとほとんど付き合いはなかったが、両親とはどちらとも良好な関係にあった。両親同士は離婚以来、ほとんど会っていない。まあよくある結婚の泥沼だな――とベックストレームは思いながら、そろそろ質問をするタイミングだと考えた。

「つまり、被害者は母親と一緒に住んでいたんだな？　殺人現場となったマンションに」

「母親の家にも父親の家にも住んでいました。ただここ最近はほとんど母親のマンションにいたみたいです」被害者について調べを進めているヴェクシェー署の女性警官が答えた。

「では、殺される前、被害者は何をしていたのかな？」ベックストレームは関心のこもった優しい声を出そうと努めた。警官の女ってのはなぜみんなこういう顔をしているんだろう。偽の金髪で、いちばん上の引き出しが開きっぱなし（巨乳の意味）。明るくて感じがよくて、身体をよく鍛えた三十代。唯一の問題は、ここ田舎の保安官と付き合っている可能性が高いことだ。最悪の場合、同じ部屋に座っているかもしれない。だから、べらぼうに警戒しておいて悪いことはない。

「その質問なら任せてください」女性警官は笑顔になった。「わたし、実は被害者と同じ場所にいたんです。スタッツ――つまりスタッツホテルの〈グレース〉というナイトクラブです。木曜の夜には大きなイベントがあって。でもリンダはわたしより先に帰りました。わたしは閉店時間までいたんですが。ダンナと子供が田舎に引っこんでる隙に、人生を満喫しておかなきゃ」女性警官はそう言って、ちっとも罪悪感は感じていないようだった。他の皆も同意見らしい。捜査官の間に広がった秘密めいた笑みから察するに。

「そうなのかい」ベックストレームはまださきほどと変わらず、関心のこもった優しい声だった。この町はやはり小さすぎるのかもしれない。捜査班の誰かに一発かますなんてことは避けたほうがよさそうだ。例えばアンナ・サンドベリィ巡査部長三十三歳なんかに。目の前のテーブルに載っている捜査班のメンバーリストによれば、どうやらそれが彼女の名前のようだった。

「捜査は順調に進んでいます」サンドベリィが請け合った。「クラブにはかなりの数の客がいたんです。昨日エーランド島でユーレネ・ティーデル（ロクセットのペール・ゲッスルがヴォーカルを務めるバンド）のコンサートがあったから、いつもより人出が多くて。その場にいた警官――もしくは未来の警官も、わたしだけではなかった。客の証言から、全体像は把握できつつあります。簡単に報告しましょうか？」サンドベリィが探るような目つきで見つめると、ベックストレームは関心のこもった優しいうなずきを返した。

報告したまえ、お嬢ちゃん——詳細については、ぜひ二人きりになったときに。

木曜日、つまり殺される前の日、リンダは警察署の受付で働いていた。そして行政職員の女友達と一緒に署を出たのが午後五時過ぎだった。二人は町をうろうろして、店を何軒か覗き、六時半に中心部のサンドイヤーシュ通りのピザ屋でパスタサラダとミネラルウォーターを注文した。夜スタッツホテルのクラブに行く約束をしたのはそのときだった。

食事が終わると二人はいったん別れ、リンダは歩いて母親の家に帰った。その途中で、携帯から通話を三本かけている。一本目は七時半で、ヴェクシェーから南へ数十キロの別荘に滞在している母親だった。母親には日常的にこういう短い通話をかけていて、そのときにクラブに行く予定も伝えている。

二本目と三本目の通話は、警察大学の同級生の女友達にかけたものだった。一緒にクラブに行かないかと誘うために。同級生は考えさせてと答えたが、リンダが十分後にかけ直して、ちょうど家に着いたからシャワーを浴びる——だから電話に出なくても不思議に思わないでね——と伝えたときには、一緒に出かけることに決めていた。十一時十五分に、二人は大広場ぞいのスタッツホテルの前で落ち合い、一緒にナイトクラブに入った。

八時十五分から十一時前までリンダが何をしていたのかは正確にはわからないが、おそらくずっとマンションにいたと思われる。携帯からは誰にも電話をかけていないし、かかってきてもいない。しかし家の固定電話から九時前に父親に電話をかけていて、その通話は約十五分ほど続いた。父親によれば、会話の内容は日常的なもので、仕事の話や夜の予定などだった。その夜クラブでリンダ自身が知人に語ったところによると、九時半に始まったMTVの音楽番組を観て、そのあと十時のニュースを観るためにTV4にチャンネルを変えたという。

その約一時間後、リンダは上の階の奥さんに目撃されている。マンションから出て、中心部に向かってペール・ラーゲルクヴィスト通りを南に歩いていった。それを裏付けるのが、十一時十五分に大広場ぞいの大《ストール》通りの角のSE銀行のATMで五百クローネを下ろしたという情報だ。そこからスタッツホテルのナイトクラブの入口まで、わずか五十メートルだった。

「そういうことだったんだと思います」サンドベリィが総括した。「夜遊びに繰り出すとき、女性なら誰だって時間をかけておしゃれをするもの。リンダもそうだったんでしょう。父親と電話で話したり、テレビを観たり、ちょっとのんびりしたりもした。それ以外は、夜遊びのためにおしゃれをしてたんですよ」そこまで言ったとき、サンドベリィの表情が急に曇った。

「それで、クラブでは？」ベックストレームが尋ねた。中年女というのは皆同じだな。この調子じゃ、カウンセラーのおばさんは相当忙しくなることだろう。

クラブで何があったのかは、詳細まで判明していない。それにはしごく当然の理由があった。クラブの例に洩れず、その夜もとにかく人が多くて混雑していたし、まだ事情聴取できていない人間が大勢いる。おまけにその夜は地元アーティストによる演奏も行われ、普段より混雑していた。テレビのリアリティ番組に何本か出演し、最近ではクラブ業界でアーティストとして生計を立てている男だった。

一方で、その数時間後にリンダの身に起きたことを考えると、目を見張るような出来事があったわけではないし、興味をかきたてられるようなことも起きていない。リンダは普通クラブで皆がやるように、店内を回って色々な人と話をした。二種類のグループと一緒にソファに座っていたのを目撃されている。人と話し、踊り、楽しそうだった。誰とも喧嘩したり議論したりしていないし、誰も彼女に対して攻撃的な態度は取っていない。ひどく酔っぱらっていたわけでもない。ビールを一杯と、おそらくラズベリーのお酒をショットで一杯、そのあとは多くて白ワインを二杯飲んだだけ。ワインは警察署で一緒に働く女友達がおごったものだ。

夜中二時半から三時の間に、リンダは警察大学の同級生の元へやってきて、もう帰って寝るつもりだと告げた。ドアマンはリンダがクラブを出ていくのを見た。「確か三時前だ」そのドアマンによればリンダはしらふで、連れはおらず、とりたてて陽気なわけでも悲しそうなわけでもなかったという。広場を斜めに横切って、県太守の公邸の前を通り、ペール・ラーゲルクヴィスト通りの自宅の方角へと消えていった。

最悪の場合、捜査にとっての霧の中にかき消えてしまったのかもしれない。クラブと家の間は一キロもなく、目撃者もいない。少なくとも、まだ警察に連絡は入ってきていない。携帯を使った形跡もない。着信も、発信も。その上、町は人けのない時間帯だった。とりわけリンダが歩いて帰ったと思われる道は。

「よし」ベックストレームは捜査班を睨《にら》みつけた。「きみらもわかってのとおり、この部分が何よりも重要なんだ。クラブ内で起きたことを詳細に知りたい。その夜クラブに足を踏み入れた人間を全員聴取するんだ。客、スタッフ、それにもちろんリアリティ番組アーティストも――いや、むしろそいつらは特にだ。同じことが家までの道中についても言える。で、まだ目撃者は一人も現れていないんだな？」ベックストレームは問いかけるような視線でサンドベリィ巡査部長を見つめ、サンドベリィのほうは罪悪感に苛まれたような顔でうなずいた。

「防犯カメラだ……」ベックストレームは言葉を嚙みしめるように言い放った。「さっきATMと言ったな？　そこにカメラがあるはずだろう」この素人どもめが。

「その映像はすでに入手しました」サンドベリィが答える。「ただ、まだ観る暇がなくて。単に時間がなかっただけです」

「彼女の帰路に他のカメラはないのか？」ベックストレームは腕組みをし、難しい顔になった。

「今調べているところです。もちろん防犯カメラのことは考えましたが、とにかくまだ時間がなく」

「ではそれを優先しろ」ベックストレームが言い返した。「角の店の店主が、小さなカメラの設置許可を申請し忘れていたことを思い出して、あわてて金曜の明け方の映像を消してしまう前にだ」

「よくわかります」サンドベリィが答えた。

「よし。ではそろそろ自宅とナイトクラブの間の家のドアを叩き始めるとするか。被害者の住む地区ですでに聞きこみをやっているメンバーにそう伝えろ」

サンドベリィは今度はうなずいただけで、小さな手帳にメモを取った。


くそっ——ベックストレームは腕時計をちらりと見た。もはや三時間目に突入している。腹は食料の欠乏により音を立て始めたし、まだ殺人現場も見ていない。一日じゅうここに座って小言を言ってなきゃならないのか？　さっさと捜査を引き継いで、テンポを速め、捜査班にちゃんと仕事をさせたいのに。

「さて」ベックストレームはエノクソンという名の鑑識課の責任者にうなずきかけた。皆からエノクと呼ばれ、警部で課長だ。「エノクソン、わたしが間違っていたら指摘してくれ。殺人現場は、被害者と母親が住んでいたマンション。明け方の時間帯のどこかで起きた。金曜の早朝三時から五時の間だ。きみと同僚たちの見解によれば、絞殺され、強姦されてもいた。ほぼ確実に、単独犯による犯行」

「訂正する点は何もないね」そう答えたエノクソンの顔は、食事と睡眠の両方を必要としていた。「まさにそのとおり。それと、犯人が寝室の窓からずらかったのにはかなり確信がある。窓の桟《さん》から血液と肌の組織が採取された」

「なぜ表の玄関から帰らなかったんだ」

「被害者を発見した女性の話が正しいとすれば、玄関は中から鍵がかかっていた。ドアを閉めただけで施錠されるオートロックではないのにだ。我々は、犯人は新聞配達が朝刊を新聞受けに入れたときに逃げたんじゃないかと睨んでいる。誰かが部屋に入ってこようとしていると誤解してね。寝室は玄関からいちばん奥の部屋だから、そこの窓から飛び降りたんだ」

「新聞配達は何時に来た」

なんと話が長くてつまらない男なのか——。

「朝の五時過ぎ。これについては確かだ」エノクソンは今言ったことを強調するかのようにうなずいた。

「他にわかっていることは？」

「マンションの正面入口のコード錠は解除されていた。うまく作動しなくて、新聞配達から苦情が入ったからだ。だから水曜からこちら、誰でも入れる状態だった。鍵修理の会社が木曜までには直すと約束していたらしいが、間に合わなかったようだ」エノクソンはため息をつき、肩をすくめた。

「マンションの玄関のドアは？　どういう状態だった？」

「ドアにはこじ開けられた形跡はない。玄関先で争ったような跡もない。つまり被害者は自主的に犯人を部屋に上げたか、鍵をかけるのを忘れたということになる」

「もしくは被害者がマンションの建物に入った瞬間に喉にナイフを突きつけ、部屋の鍵を開けさせた。もしくは鍵を奪った」

「いやまったく、それも否定はできない。あと数日マンションの中を捜査すれば、全体像が見えてくるだろう。それにSKL（リンショーピンの国立科学捜査研究所）からの結果も届く。いつものように時間はかかるが、法医学者は明日には暫定報告を上げてくれると言っているから、司法解剖はすでに始まっているんだろう」

「ということは少しはいいニュースもあるわけだな」ベックストレームは急に気分が明るくなった。たまにはいつもとちがうのも悪くない。鞭をたっぷり、ときどき飴だ。

「血液と精液、犯人のものと思われる指紋も採取した。だからお先真っ暗というわけじゃない」エノクソンが言う。

「だが詳細を待ちたい──か」ベックストレームの顔には笑みが浮かんでいた。

「ああ、そうしたいね。わたしも、鑑識のメンバーも」エノクソンは、すべてに時間がかかるのだ、それはベックストレームも例外ではないと言わんばかりにうなずいた。「できるとしたら、途中経過で上がってきた意見を共有することくらいだろうか」

「続けてくれ」しかし一日じゅうは待てないぞ。なにしろ上半身と下半身の国境あたりで反乱が起きているんだからな。

「まず第一に、被害者は完全に自主的に犯人を家に上げたんだと思う。もしくは帰り道に会って、家に連れ帰った。ひょっとすると、もともと家に来る約束になっていた。部屋の中を見るかぎり、かなり平和に始まったようだからな」

「ほう、そうなのか……」ベックストレームはゆっくりとそう言った。やはり誰でも家に上げるような女だったのか。

「第二に、先ほど同僚のアンナが言ったことと矛盾してしまうが、被害者はあのマンションに暮らしていたとは思わない。調書は読んだから、母親がそう証言したというのは知っているが」

「ではなぜそう思わない？」

「被害者は母親のベッドで発見された。そこで殺されたというのは確実だ。それがマンション内にある唯一のベッドだった。リンダはおそらくリビングのソファで寝ていたんだろう。大きいソファだし。だが言ったとおり、長期に渡ってそこで暮らしていたことを示唆する点はない」

「でも母親は教師でしょう」サンドベリィ巡査部長が異論を唱えた。エノクソンの発言を、攻撃だと受け取ったようだ。「学校の夏休みが始まって、間もなく一カ月経つ。母親はその間、ずっと別荘に引っこんでいたんでは？　だってほら……今年の夏の気候を考えると」

まったく女ってのは絶対に折れないのだからな。必ず、必ずや、口答えをしてくる。

「アンナ、きみの言うことはよくわかるよ」エノクソンが言った。「ただ、母親のマンションに定住しようとは思っていなかったようなんだ。リンダの所持品と思われるものは、バスルームに旅行用の洗面用具ポーチがあったのと、平凡な布製のスポーツバッグが母親が書斎として使っている部屋のクローゼットのいちばん上の棚にみつかった。その中に入っていたのは洗濯ずみの下着一組とブラウス一枚だけ。だからリンダは、母親がいないときだけあのマンションに泊まっていたんじゃないかと思う。町で夜遊びしたいときなんかに。まさに、この木曜にクラブに出かけたときのようにね」

「その点はよく調べてみよう」ベックストレームが言い、サンドベリィに優しく微笑みかけた。

「さて、きみたちはどうか知らんが、とりあえずわたしは食べ物を口に入れなければ」

10

ベックストレームとローゲションは最初、こっそり町に出てどこか目立たないレストランで、昼食のお供に労働に見合った強いのをジョッキで頼もうと考えていた。しかし警察署の正面玄関で、そこに集うジャーナリストの群れを見た瞬間に踵《きびす》を返し、職員食堂へと向かった。いちばん奥に空いたテーブルをみつけ、仕方なくノンアルコールビールをお供に日替わりランチを堪能することになった。

「外は三十度近いというのに、ファールンソーセージ（ファールン地方が起源の赤くて太いソーセージ）とマカロニのミルク煮、デザートにはジャムを添えたスモーランド伝統のオストカーカ（小麦粉とチーズの入った甘くない焼きプリンのようなデザート）を出すなんて、どういう了見だ。まるで死体にわいたウジ虫みたいに見える」ローゲションはそう言って、不服そうにフォークでマカロニをつついた。

「そんなことおれに訊くな。ウジ虫は食べたことがない」ベックストレームが答えた。「だが日替わりランチは美味しかったぞ」

「だろうな」ローゲションは疲れた顔で答えた。「おれが言ってるのは、お前さんがおれみたいにごく普通のまともな人間だったとしての話だ」

「ウジ虫のことを言ってるなら、イエゴンに訊いてみるといい」幸運を祈るぞ。イエゴンはお前よりさらに無口だからな。

「イエゴンってのはどこの誰だ」

「おれのペットのイエゴンだ」

「ペットにウジ虫を与えてるのか？」ローゲションが怪訝《けげん》な顔でベックストレームを見つめた。

「マゴット、ハエの幼虫――どれも同じだ。だが特別な日だけだぞ。ハエの幼虫が一缶どれくらいするか知ってるか？」いくらイエゴンといえども限界がある。おれたち二人、警官の慎ましい給料で暮らしていかなきゃならないんだから。

「コーヒーは？」ローゲションが立ち上がりながら訊いた。

「ジョッキで、ミルクと砂糖入りだ」ああ、こんなに美味しいオストカーカを食べたのはずいぶんと久しぶりだ。

昼食のあとベックストレームは新たな活力を得て、自分の周囲に秩序をもたらし、捜査班が適切な作業を行っているかどうかを確認した。捜査責任者のオルソンもフロアに現れ、捜査班の部屋を一周し、なるべく多くの警官の仕事の邪魔をしようとしたが、ベックストレームの貴重な時間を無駄にすべく接近してきたとき、ベックストレームは電話トリックを使うことにした。受話器を取り上げ、発信音を聞きながら会話に集中している表情を作ってふむふむとうなずき、空いているほうの手を邪魔だというように振ってみせる。念のため、目の前にわざとらしくノートとペンを置いて。オルソンは仕方なく自室に戻り、ドアを閉めた。そのとたんにベックストレームはサンドベリィを呼びつけ、被害者の異性関係や性的嗜好について詳しい報告を聞くと同時に、疲れた目を休ませようとした。

「被害者のセックスライフについてだ、アンナ。それについて、何か見えてきたか？」ベックストレームはそう切り出し、相手にうなずきかけた。それはプロらしい重々しいうなずきだった。難しい話をしなくてはならないとき、ベックストレームがいつも使うやつだ。しかしこのお嬢さん、ちっとも悪くないおっぱいだ——と思いながら。

「ある程度は」アンナが冷静に答えた。

「興味深い点は？　つまり、捜査にとってという意味だ」ベックストレームはそう付け足した。凍ってまだ一晩の薄氷の上をおっかなびっくり歩くようなものなのだ。氷が割れないよう、ここは舌をしっかり口の中にしまっておいたほうがいい。


今年の春先まで、リンダにはその一年前に出会った彼氏がいた。

元彼は数歳年上で、ルンド大学の経済学部に通っていた。しかしクリスマスの前に卒業して——つまり今から七カ月前になるわけだが——すぐにストックホルムの企業に雇われた。そのためストックホルムに引っ越し、リンダとの仲は間もなく自然消滅した。

元彼は人間的にも、リンダとの関係においても、とりたてて怪しい点はなく、都合のいいことに殺人の起きた日時にも完璧なアリバイがあった。ストックホルム郊外の群島で、現彼女や友人と一緒にパーティーをしていたのだ。リンダの身に起きたことを耳にしてすぐ、彼は自主的にヴェクシェー署に電話をかけ、そのあと自分でストックホルムの警察にも連絡して、すでに事情聴取がすんでいた。もちろんショックを受けてはいるが、警察にしてみれば望んでも望みきれないくらいに協力的で、例えば、警察が彼のために無駄に時間を費やさないよう、自らDNAを提出しようと申し出てもいた。

「実に協調性のある若者だな」ベックストレームが評した。「しかしなぜそんなに早く知ったんだ？　リンダが殺されたことを」

「彼の母親がヴェクシェーに住んでいて、リンダの家族とも知り合いで、昨日の午後にはもう息子に電話をかけたんです。事件のことを聞いてすぐにね。息子はサンドハムン島にいたらしくて。確かストックホルムの群島の奥のほう——ああ、それについてはきっとあなたのほうが詳しいわね。サンドハムンがどこにあるかは。もし不思議に思っているなら、母親はその一家とも知り合いだったので、サンドハムン島の別荘に電話をしたんですよ。事情聴取をしたストックホルムの同僚とも話したけれど、元彼はこの事件とは無関係だと確信していました。それでも一応DNAを採取して、すぐにSKLに送ったそうです」

「そうか。では鑑定結果を待つだけだな。その経済系の男と別れて以来、リンダは彼氏がいなかったのか？」

「ええ、一人も」アンナは首を振った。「親友三人、それに警察大学のクラスメートとも話してみたのですが。両親には、話せる状態になったらすぐに訊いてみます」

「一夜かぎりの関係なんかは？」被害者の性的嗜好について話しているのだから、このくらい訊いてもおかしくはないな？

「ありません」アンナは断固として首を振った。「とりあえず、わたしが話を聞いた人たちの知るかぎりは。彼らの話では、リンダはまったく普通の女の子だったんです。普通の彼氏に、普通のセックス。何もおかしな点はなかった」

「半年間も、彼氏も一夜限りの関係もなかったと？」ベックストレームは怪訝な顔で頭を振った。そこにどのくらいの信憑性があるのだろう。若くて美人な二十歳。いくらベックストレームの好みにしては痩せすぎているといっても。

「世間が思うよりずっと普通のことですよ」アンナは知ったような口をきいた。「たまたま精神異常者に出くわしてしまったんだと思います。単にそういうことです」

「きみはそう思うのか……」ベックストレームがゆっくりと言った。それから突然「どうにかなるだろう」と付け足して、微笑みかけた。そう、どうにかなるはずだ。クローゼットに隠れて、カミングアウトしようかどうか悩んでいるやつはいくらでもいる。

サンドベリィは何も言わなかった。わずかに驚いた表情になり、うなずいただけだった。

これでお嬢ちゃんにも、しばらく考えるネタができたな——ベックストレームはそう思いながら、自分の席に戻っていくサンドベリィを見つめていた。

ノーコーヒー、ノーライフ――ベックストレームはそうつぶやきながら、コーヒーを取りにいき、そのままクヌートソンとトリエンを空いた部屋へと連れこみ、誰にも邪魔されずに捜査の進捗具合を確認しようとした。

「さあ、この年寄りに教えてくれ」ベックストレームは椅子の背にもたれ、あえて傲慢な姿勢を取った。「何か面白いことはあったか?」

「現場のことですか?」トリエンが尋ねた。「次から次へと色々みつかってるようですよ」

「現場のことじゃない」ベックストレームは落ち着き払ったまま、先生のような口調でさとした。「わたしが言ってるのは、現場以外の場所のことだ。被害者が夜中に歩いて帰った道や、現場一帯。犯人が焦って逃亡した経路。というかヴェクシェーの町全域だ、もしくはスウェーデン……いや地球……」

「おっしゃる意味はよくわかります」クヌートソンが言った。「つまり……」

「いや、わかったとは思えない」すでに熱くなっていたベックストレームは相手を遮《さえぎ》った。「わたしが言いたいのは、だ。犯行現場の周辺にあるいちばん小さな古紙回収ボックスやゴミ箱、リサイクルゴミ回収コンテナ、マンホール、目につきづらいすみっこ、階段の踊り場、隠れ家、普通のアパート、屋根裏、地下室、棘《とげ》だらけの荒野、さらにはそれらすべての間に存在する平凡な空間のことだ。おかしな隣人、ありふれたチンピラ、覗き魔、露出狂、セックス狂に頭のいかれたやつら。それに加えて、ごく普通の市民なのにこの信じられない暑さと永遠に終わらない夏のせいで頭のねじが飛んでしまったやつら」

「そういう意味であれば、何もみつかっていません」トリエンが断言した。

「とはいえ、まだ捜している最中です」クヌートソンは反論した。「今朝の会議であなたが発したメッセージは明確でしたし、全員がベストを尽くしているはずですよ」

「だがまだ何もみつかっていないと」ベックストレームは二人をじっと見つめた。

「はい」トリエンが答える。

「そうです」クヌートソンも同意し、丸い頭を振ってみせた。

「だが、おかしいと思わないか？　犯行現場にトランクスを忘れて逃げたバカが、新聞が配達されたからと窓から飛び降りて、あとに残した精液やら血痕やら指紋はいわずもがな、外の自由な世界に飛び出したとたんに煙のように消えてしまうなんて」

「ちょっと不思議ですよね」トリエンが言う。

「自分もそれは考えたんです」クヌートソンも言う。「被害者宅にやってきたとき、トランクスしかはいてこなかったわけじゃないでしょう。……いえ、もちろん冗談です」ベックストレームの表情を見て、クヌートソンがあわてて付け足した。

「まあ、そう言うな。わからんぞ。そいつが二時間の間に被害者に何をしたのか、どういう殺しかたをしたのかを考えると。おまけにシャワーの中で考え事までしたんだろう？」

「充分おかしな行動を取ってますよね。それについては同意見です」トリエンが言う。

「だが犯行現場の外に痕跡を残すほどバカではなかったのか？」

「出すものを出してすっきりしたら、頭が冴《さ》えてきたとか？」クヌートソンが笑った。

「そうは思えない」ベックストレームが言う。「もしわたしがホタルのようなものをみつけて、それがホタルのように動き、謎めいた光を放っているとしたら、それはいったいなんだと思う？」

「ホタルですかね……？」トリエンが怪訝な顔で上司を見つめた。

「そのとおりだ。きみ、警官になろうと思ったことは？」

夕方ホテルに戻る前に、ベックストレームとローゲションは犯行現場を一目見ようとマンションに車を向けた。何重にも巻かれた封鎖テープの外にはもちろん各マスコミの代表者が詰めかけていて、カメラマンのレンズの長さからして、可能性という可能性に対して準備万端のようだった。カメラマンの一人が彼らの車のボンネットによじ登る寸前だったが、ベックストレームは顔色ひとつ変えずにハンドルを握ったままだった。それからやっと封鎖を通り抜け、マンションの入口の真ん前に車を停めた。うろうろ歩き回って無駄に写真に撮られるのを避けるために。

「このウジ虫どもめが……」マンションの入口をくぐった瞬間に、ローゲションがつぶやいた。

「屋台が出てないのが不思議なくらいだ」

「暑すぎるんだろうな」ベックストレームもあきれて天を仰いだ。だがアイスクリームの屋台なら悪くない――。

彼らがやってきたとき、現場では二人の鑑識官が休憩に入ったところだったが、ベックストレームもローゲションもコーヒーを断ったため、二人ともすぐに自分のカップを置き、内覧会に誘った。

「長いツアーと短いツアー、どちらがいいですか？」若いほうの鑑識官が尋ねた。

「短いほうで充分だ」ベックストレームはビニールの手袋をはめ、壁の助けを借りてバランスを崩さないようにしながら、いささか苦労して靴にビニールカバーをつけた。

「キッチンとトイレ付きのバスルーム以外に四部屋、それにもうひとつ独立したトイレ。あとは今立っている玄関です。床面積は八十二平米」年上の鑑識官がそこで指を指した。「リビングはこの奥。約二十五平米で、マンションの中央に位置しています。道路側にキッチンと、被害者の母親が書斎として使っている部屋。ああところで、マンションの見取図は受け取っていますよね？」

「ああ」ベックストレームが答えた。「受け取っている。だが自分で線路に耳を当てるとまたちがうからな」

「おっしゃるとおり。そのことならよく知っていますよ」年上のほうが笑顔でそう言った。「中庭に面した側は被害者がみつかった寝室。リビングからつながっています。寝室の隣は大きなバスルーム。風呂、シャワーボックス、トイレ、ビデがあって、寝室から直接入れるようになっている。バスルームと反対の側には物置のように使っている小さな部屋があり、そこにはありとあらゆるがらくた、それ以外にもアイロン台や大きな洗濯籠なんかが入っていた。その部屋に入るドアはあそこの廊下にあります」彼はその方向を手で示した。「その廊下には壁に作り付けのクローゼットもあって……」

大金持ちというわけでも、経済的に困窮《こんきゅう》した暮らしというわけでもない。部屋を回りながら、ベックストレームは思った。完璧に片付いているわけでも、とりたてて散らかっているわけでもない。鑑識が色々引っかき回したことを差し引いても。まさに中流階級の中年女教師の家だ。二十歳の娘がいるシングルマザー。娘は、少なくとも時々はここに泊まっている。

リビングには大きなソファがあった。ソファにはみっつクッションが並んでいるはずだが、真ん中の一個が見当たらない。その前にはソファテーブルとアームチェアが二脚。ソファの横の壁ぎわにはトールペイントの装飾が施された民芸調の戸棚。ここの住人が女性だということを考えると、閉じられた扉の中身を見たいという誘惑には駆られなかった。どうせグラスとかナプキンとか、そういうつまらないものばかりのはずだ。

壁ぎわの本棚にはかなりの数の本が並んでいるが、彼女の職業を考えるとそれもごく当然のように思われた。もちろんテレビもある。大型で、ソファからちょうどいい位置に置かれている。天井から小さめのシャンデリアが下がり、床にはフロアランプが二台、合計三枚の絨毯《じゅうたん》。ベックストレームにはよくわからないオリエンタル調のものだ。スピーカーが二台つながったステレオが、本棚の真ん中の段の胸の高さあたりに収まっている。壁の絵はどれも景色かポートレートだ。

「ソファのクッションがひとつないのは、うちで押収したからです」若いほうの鑑識官が言った。「今や全国的に有名になったトランクスの件ですが……。間もなく、親愛なるタブロイド紙でも読めるようになるでしょうね。それが単なる男性下着というだけでなく、ソファの下に突っこまれていたという事実まで」

見事な言い回しじゃないか、話しかた講座にでも通ったのか？　ベックストレームはそう思ったが、他人を褒めるにはもっといい機会があるはずなので、同意のため息だけにしておいた。その間、彼の友人兼同僚は、いつもどおり無言だった。

寝室は、鑑識課の同僚たちがしっかり仕事をしたようだ。広いパイン材のベッドからはシーツもマットレスも取り去られ、指紋検出のための粉や、各種の化学薬品が液体や固体として残っている。その上、床全体を覆っていたマットの一部が大きく切り取られていた。

「まあ、ほとんどはここで起きたようでね」年上の鑑識官が言う。「事件の中心地とでも言おうか。リンショーピンのＳＫＬに送っていないものは、まだうちの課にありますので。もし見たければ」

「それについては、なんとかなるだろう」ベックストレームはそう言って同胞的な笑顔を作った。「これで失礼するよ」そろそろピルスナーを一本、いや二本の時間だ——。

ベックストレームとローゲションは、ホテルに頼んで夕食をベックストレームの部屋に運ばせた。食堂に集う観衆を一目見ただけで、確実にヴェクシェーじゅうで最悪の場所だというのがわかったからだ。国家犯罪捜査局殺人捜査特別班の警官がのんびり食事にありつきたい場合、それにピルスナーを一本、いや二本、ましてや別の種類の飲み物も多少はほしいと思っているときには。

「乾杯、相棒」ベックストレームが二人のグラスにビールを注ぎ終わる前に、ローゲションが小さなグラスのほうを掲げた。

なんだ、さっきよりずいぶん機嫌がよくなったじゃないか。ベックストレーム自身は、今ローゲションが飲んでいるブレンヴィーンがやはり自分のものであることについて口論をふっかけるつもりはなかった。

「乾杯、相棒」やっと土曜日らしくなってきたな――ベックストレームはそう思いながら、強い酒を喉に流しこんだ。そして胃と頭に温かな平和が広がるのを感じ、自分は幸運な男だと本気で思った。

11　七月六日（日曜日）、ヴェクシェー

ヤン・レヴィンは、今まで仕事でヴェクシェーに来たことはなかった。国家犯罪捜査局の犯

罪捜査官としての二十年近く、スウェーデンのたいていの町は訪ねてきたのに。ここより大きな町もあれば、同じくらいのサイズの町もあった。そして、数えきれないほどのもっと小さな町も。だからサイズはさほど重要ではない。とにかく、彼は今ここにいるのだ。やっとか、ヴェクシェー――レヴィンはそう思って皮肉な笑いを浮かべた。地球上の、なぜかこの町に来てしまった。そう思いながら、頭を振った。

キックオフミーティングが終わるや否や、レヴィンはそそくさと昼食をすませて自分のデスクに座り、どんどん高くなる書類の山に立ち向かおうとした。十二時間近く、つまり土曜日じゅうそこに座ったままになり、やっとサンドヤード通りの警察署を出て、すぐ近くのホテルに歩いて帰ったときには、時刻は夜中の十二時を過ぎて日曜になっていた。おまけに彼のデスク上の書類の山は、昼食後に始めたときよりさらに高くなっているように見えた。

彼らの部屋が並ぶ廊下は静まり返り、ドアはどれも閉まっていた。レヴィンは眠っている同僚たちを起こさないように、静かに部屋のドアを開けた。エヴァ・スヴァンストレームの部屋の前では立ち止まり、一瞬ノックしようかとも考えた。軽く、そっと叩いてみるだけ――まだ起きていて、寂しがっているかもしれないし。いや今夜はやめておこう、とレヴィンは考えた。他の、もっとましな夜にしよう。

それから自分の部屋にそっと入ると、洗面台でタオルを濡らして身体を拭いた。顔、脇の下、それに股間。いちばん大事なところだけ。間違えないようにその順番で。本当は何よりも、シャワーの下に立って熱い湯を浴びるべきなのに。でも、明日の朝にしよう。皆がもう眠っている夜中の十二時半ではなくて。

そしてベッドに入り、新しい捜査が始まったときはいつもそうなのだが、なかなか寝つけなかった。そしてやっと眠ったと思ったら、今度は悪夢にうなされた。これまでも新しい捜査の冒頭で何度もあったように。もしくは、自分でもなぜかわからないまま不安や気分がふさぐのを感じたときのように。現実に起きた出来事に根差した夢——それが毎回ちがった意味や表現を帯びるのだ。ヤン・レヴィンの人生の幾多もの夜と同じく、今回もまたその夢は、七歳になったときに初めてもらった本物の自転車のことだった。赤いクレセント・ヴァリアント。

朝の五時半に三度目に目を覚まし、もう起きようと決めた。短パンと、犯罪捜査班のロゴの入った青いTシャツを身に着け、ジョギングシューズの紐を結び、ポケットにホテルのカードキーを入れ、手にはヴェクシェーの観光マップを持ち、素早く静かに部屋を出た。さっさとやってしまったほうがいいのだし——エレベーターを待ちながらそんなふうに考えた。デスクの惨状を考えると、勤務時間中に犯行現場を訪れる時間ができるのはまだまだ先だろう。彼の住んでいる世界では、とうに訪れていなければいけないはずなのに。

外ではくすんだような青空から太陽が照りつけ、まだ六時十五分前だというのにすでに二十度近くあった。大広場は空っぽだった。人っ子一人いない。人類の存在を示すような空き缶ひとつ落ちていない。いったんナイトクラブの入口に立ってから、地図を頼りにリンダの家の方角へと歩き始めた。どのくらい時間がかかるのかを把握するために、まずは時計を見て、それからなるべくリンダが歩いたのと同じ速度で歩くよう努めた。同じ道であることも願ったが、それについては今のところわかりようがない。

まずは北東の方角へ。大広場を斜めに横切り、県太守の公邸の東側の壁ぞいに進み、クロノベリィ通りをまっすぐ北に。ここまではドアマンの証言どおりだ。

だがそれから――とレヴィンは考えた。立ち止まり、また時計を見る。家までいちばん近い道を選んだはずだ。だってリンダはクラブを出る前に、女友達に言ったそうじゃないか。家に帰って寝るつもりだと。他にいい考えも思いつかず、レヴィンは最初の角を右に曲がった。ほんの百メートルも行かないうちに、リンネ通りに出る。いいぞ。リンネ通りをまっすぐ北へ、四百メートルと四分進んでから、また右に曲がり、ペール・ラーゲルクヴィスト通りに出た。そこで立ち止まり、方角を確認し、自分が目にしたものを総括した。

町のナイトクラブから約六百メートル。若く、身体をよく鍛えたしらふの女性が、子供の頃から馴染みのある地区を早足で歩いて六分。中心部の道路はどれも広々として平和に見えた。そ外は明るく、こんな道で襲われたのだとしたら、頭のおかしなやつの仕業としか思えない。それにここはヴェクシェーなのだ。

ペール・ラーゲルクヴィスト通りに入ると、平和な夜の散歩だったという可能性がよりいっそう高まった。マンションのドアまであとわずか七百メートル。その間はずっとまっすぐな幅の広い道で、道ぞいには三、四階建ての低層アパートが並んでいる。しっくい塗りの壁には、HSB（借家人貯蓄建築組合）のマークが輝いていた。中流階級のまともな中高年が、良き隣人たちと肩を並べてまっとうに暮らしているのがよくわかる。物陰や植えこみなどもない。悪者が、無邪気な被害者を待ち受けていそうな裏道もない。

被害者はこの道のいちばん奥のマンションに住み、そこも他の建物と同様にきちんと手入れされているが、HSBのマークは入っていない。そのマンションだけは、小さな個人の管理組合が所有しているからだ。理事会のメンバーは全員マンションの住民だ。そうか、ここで起きたのか――ヤン・レヴィンはまだ現場を取り巻く青と白の封鎖テープの前で立ち止まった。ここが若い女性の強姦殺人事件の現場だとは、とても思えなかった。

説明がつくとしたらひとつだけだ――三十分後に、ホテルの部屋に戻ったヤン・レヴィンは思った。あそこはリンダが住んでいた場所。だから犯人はそこにやってきた。リンダに会うために。リンダが知っていた人間。信用していた人間。好いていた人間。リンダと同じ世界の人間。それからレヴィンは服を脱ぎ、そのままシャワーに入り、五分間お湯を浴び続けた。ここ一日半で初めて、やっと心が完全に落ち着き、待ち受けている仕事に対する心の準備ができた。

12

日曜の朝六時半——ヤン・レヴィンがホテルの部屋でシャワーの湯にかかっていた頃、県警本部長の携帯が鳴りだした。県警本部長はそのときまだ寝ていて、電話に出るために眼鏡と携帯を探さなければいけないという問題に直面した。いったい何があったんだ——ベッドサイドテーブルの目覚まし時計にちらりと目をやったとき、彼はそう思った。

「ニィランデルだ」携帯の中から声が響いた。「起こしたわけではなかろうな?」

「平気です、ちっとも」県警本部長はか細い声で答えた。きっと何か恐ろしいことが起きたのだ——。

「状況を確認するために電話したのだ」ニィランデルの声は冷淡だった。「そっちはどうなってる?」

「計画どおりに進んでいますよ」県警本部長は答えたが、実際にはわかるはずもなかった。夜じゅう寝ていたのだから。「ニィランデル、とりたてて何か知りたいことでも?」

ニィランデルはとりたてて何か知りたいわけではなかった。「そういう趣味はない」一方で国家犯罪捜査局の長官の立場から、ヴェクシェー署との共同案件について「戦略的に考慮したらしい」。その結果、「実行部隊の出動」を提供することにしたという。

「つまりどういうことです?」県警本部長が尋ねた。戦略的に考慮? 実行部隊の出動だと? いったいなんの話だ。

「現在のところ、正真正銘の異常者が自由に外を歩き回っているという危険性がある。そして今後、もっと凄まじい凶行に出る恐れがある」

「具体的には？」県警本部長が弱々しい声で尋ねると、ニィランデルは国家警察の最高司令官としての豊かな経験に基づく、複数のシナリオを語って聞かせた。

「例えばマルメのサムライ殺人魔だ。近所の住民を何人も殺し、手足を切り落とした。それにファールンの下級役人。若い女性を中心に、十人ほど射殺した。そう……他に誰がいたかな？」ＲＫＣはゆっくりとそうつぶやき、アゴを撫でたような音まで聞こえた。「わりと最近にも、ここストックホルムの地下鉄ホームで鉄串男が暴れまわったことがあった。記憶に間違いがなければ、三人が死亡、半ダースほどが負傷。それにガムラスタンでも、乱心した男が真昼間に車で百人ものなんの罪もない歩行者をなぎ倒した。いくつか例を挙げただけで、これだ」

「そうですか」県警本部長は思った。なんてことだ、わたしのヴェクシェーで――。

「複数の分析官と話したが、彼らの意見も完全にわたしと一致している。これは連続殺人犯だ。大量殺人を行ったり、スプリーキラーになるような可能性を秘めている。スプリー《ふりまく》キラーというのは、ほんの数時間の間にあちこちで人を殺すやつらのことだ。つまり自分の周囲に死をふりまくのだ」ニィランデルが詳しい説明を補足した。

「それで、ご提案とは？」まったく、なんてことだ――。

国家犯罪捜査局の長官には、出動に関する提案がみっつもあった。すでにそのうちのふたつは稼働させ、みっつめを着地させるために警戒レベルを上げたという。

「うちのGMPグループに、もうこの時点からその男についてじっくり調べさせようと思う。そのうえで、うちのVICLASチームにも申し送りをする。警告は武装に他ならない！」ニィランデルが豪語した。

「GMPグループとVICLASチーム……ですか」県警本部長がつぶやいた。まったく、なぜ略語ばかりなんだ──。

「GMP──つまり犯人プロファイリンググループ。その男の人物像をはっきりさせるためにだ。VICLASでは、過去に起きた類似の犯罪との関連を調べる」ニィランデルが簡潔にまとめた。まったくこれだから、現場に出ないやつは──。

「さっき、みっつめもあると？」県警本部長は防御態勢のまま訊いた。

「そのとおり。そいつを拘束する段になったら、うちの特殊部隊にやらせるつもりだ。無駄な流血を避けるためにもな。すでに特殊部隊には予告しておいた。通常なら指令が下ってから三時間以内に現場に到着するが、今回は時間の短縮を優先したい。このまま晴天が続くという前提で、特殊部隊の隊長は二時間でヴェクシェーに到着できると踏んでいる。すでに三部隊とも、警戒レベルを青からオレンジに上げている」

「なんてことだ……」県警本部長がつぶやいた。なんてことだ──。「それで、無駄ではない流血というのは何人くらいの話で？」

その十五分後、県警本部長は早朝にもかかわらず、捜査責任者であるオルソン警部に電話をかけた。国家犯罪捜査局の長官と相談した結果、GMPグループとVICLASチームの専門家を入れて捜査を強化し、犯人拘束はNI——つまり特殊部隊に任せることを伝えるために。奇遇なことに、オルソン自身もまったく同じシナリオを考えていて、それは素晴らしいアイデアだと言った。

「実はわたしも今日には本部長に電話をして、まさにその案を提案しようと思っていたんですよ。まだ電話していなかったのは、本部長にはしっかり休暇を取っていただきたいと思ったからで」

ベックストレームは焦りと疲れ、そして二日酔いの真っ只中にいた。前の晩はローゲションと最善を尽くし、任務に強いられた長時間禁酒の埋め合わせを行った。そして真夜中少し前に自分のベッドで気絶し、寝坊し、朝食を口に放りこんだが、朝刊紙をめくる暇はなかった。その上、出勤途中で車を停めて、ミント味の飴とスポーツドリンクを何本か買わなくてはいけなかった。口臭と体内の水分バランスに対処するために。

捜査班の朝の会議のために廊下を急いでいるときも、ちっとも状況はよくならなかった。腰《こし》巾着《ぎんちゃく》のようなオルソンが襲いかかってきて、複数の危機的シナリオをまくしたてたのだ。オルソンと本部長は、どうしてもベックストレーム抜きでそれに対応しなければいけなかったという。

「ベックストレーム、きみはどう思う？　きみのところのGMPとVICLASの協力を仰ぐことを」

「まったく素晴らしいアイデアだ」ベックストレームはそう答えておいた。いちばん上の上司スティエン・〝アゴ〟・ニィランデルに電話で説教をくらって、貴重な時間を失うつもりなど一切ないのだから。

そういうわけで、ベックストレームはやっとテーブルの議長席につくことができた。万が一のために首からヘガネス社製の陶器の壺は下げていないものの、大きなマグに砂糖とミルクのたっぷり入ったコーヒー、それに捜査班の全員が集まっている。

「では、始めるか」

まずサンドベリィ巡査部長が、被害者の帰り道にある防犯カメラについて報告した。ATMのカメラはなんの役にも立たなかったという。それは被害者がスタッツホテルを出たあとに、カメラの守備範囲外を歩いていたからにちがいなかった。

「カメラには歩道と、車道のわずか一部しか写っていません」サンドベリィが説明した。「しかしもっといいものをみつけたんです。それはこちらのボスのお手柄としか言いようがないんですが……」サンドベリィは笑顔でベックストレームにうなずきかけた。

「続けてくれ」ベックストレームはそう言って、笑顔を返した。なんだ、もう半分落としたも同然じゃないか。

サンドベリィ巡査部長とその同僚たちは、別のもっといいカメラをみつけたのだった。許可を取っていたかどうかはさておき、それはペール・ラーゲルクヴィスト通りが始まるところにあるキオスクのレジカウンターの上についていた。そこから被害者宅までたったの七百メートルで、夜間はカメラが店の外の道を捉えている。金曜日の早朝三時四分前に、リンダ・ヴァッリンが家に向かって歩いているところが映っていた。しかしその前後三十分間、他の人間の姿はなく、彼女をつけている人間の姿もなかった。

「この店は夜十一時に閉店します。カメラは昼間は店のドアとレジを映しているんですが、店主が夜十二時前に帰るときに必ず、前の道が映るように角度を変えるんです。その理由は、今までにも店のドアに水をかけられたり、窓に人種差別的なメッセージをスプレーされたりしたことがあったから。店主はイラン出身なんです」

「で、それは確実にリンダなんだな?」ベックストレームは、この壮大な捜査の中で、やっと元気の出そうな手がかりを逃さんとした。

「確実です。わたしも鑑識と一緒にビデオを観ました。わたしたち、リンダのことを知っている……知っていたんですから」

そこからは、ベックストレームが舵を握ったときにだけ起こりうる能率的なスピードで進んだ。感謝しやがれ、今日は全員が全員に自己紹介しなくてすんだのだから。

「聞きこみと、周辺の探索はどうなっている?」ベックストレームが尋ねた。「昨日以降、何か面白いものはみつかったか?」

残念ながら何も――と担当者が答えた。犯人が最後に残した痕跡は、マンションの寝室の窓の桟《さん》に残った血液と皮膚片だけだった。

「では捜索エリアを広げる」ベックストレームが厳しい声で宣言した。「その前後の一昼夜に起きたありとあらゆる奇妙な出来事だ。普通のチンピラから強盗、傷害事件、車両盗難、駐車違反、怪しい車両、出来事、人間、すべてだ。昼飯の前にはリストをよこせ」まったく、怠け者どものせいで全部自分でやらなくちゃならないんだから――。

「面白い情報を提供してきた人間すらいないのか?」ベックストレームは同僚のレヴィンを見つめた。この好色男め、やっとスヴァンストレーム嬢から身をはがせたのか?

「情報は何百と入ってきている。電話もメールも、おまけにショートメッセージまで。別におかしなことじゃない。事件や麻薬の捜査をしている同僚たちなら、誰だって情報提供者に電話番号を渡している。目撃者が警察に手紙を書いたとすれば、明日には届くだろう。最近の郵便事情を考えると」

「で、どうなんだ? 飛びつくような熱いネタは?」

レヴィンによれば、残念ながらいつもどおりの展開だった。動揺した市民が社会の失墜全般――とりわけ頻発する犯罪――に対して苦情を寄せてきている。知ったかぶり屋は例にもれず、警察が正しくはどう動くべきかを助言してくる。おそらくテレビで犯罪ドラマを観て得た知識に基づいて。もちろん各種の遠隔透視家、占い師、霊媒師が、予言や頭に浮かんだ映像、その他の予知予感バイブレーションを知らせてきている。

「その中で具体的なものは？　飛びつきたくなるようなネタはないのか？」ベックストレームはそれでも尋ねた。

「何人かは非常に具体的だったよ。だが問題は、どれも誤解のようで」

「例えば？」

「そうだな」レヴィンは書類に目を落とした。「リンダの高校の同級生。エーランド島のボリィホルムで行われたコンサートでリンダと話したそうだ。本人の言葉を借りれば、それがリンダだったのは〝百パーセント確か〟だと。ユーレネ・ティーデルの夏のツアーで」

ボリィホルムか――。ここヴェクシェーから少なくとも百五十キロは離れているはずだ。

「問題はそのコンサートというのが金曜日の夜で、うちの被害者はそのときすでにルンドの法医学センターにいた」レヴィンはそこでため息をついた。「だからその目撃者はタブロイド紙すらちゃんと読んでいなかったわけだ。それともう一人……」レヴィンが書類の山をめくった。

「地元ヴェクシェーの若き有名人が、金曜の早朝にスタッツホテルの西五百メートルのところでリンダを見かけたと、生活安全部の警官に連絡をしてきた。わたしの理解が正しければ、北エスプラナード通りの市役所があるあたりだ」

「そいつは何が問題なんだ？」

「問題は、その目撃者の人間性を無視したとしても、朝の四時の話で、被害者の帰り道とは真逆の方向で、おまけに連れが一人いたという証言なんだ。これはわたしではなく目撃者自身の言葉だというのを断った上でだが──〝図体のでかいニガー〟と一緒だったらしい」

「ああ、それで誰かわかりましたよ」テーブルの下座に座る地元警官が声を上げた。「その若者の世界には、肌の黒い禍々しい人間が住んでいるんです」

「目撃者の犯罪略歴を読んで、そんなことだろうと思ったよ」レヴィンが微笑んだ。

「そうか、そうか」ベックストレームも言った。「質問は？　意見は？　提案は？」まともなことを言う口はひとつもないのか──。テーブルの周りで横に振られた頭の数々を見て、ベックストレームは思った。そしてがばりと立ち上がった。「では仕事にかかるぞ。何を待ってる？　ここでだらだら座ってるんじゃない。さっさと仕事に出かけろ。遅くとも昼食までに、犯人の名前をよこせ。いい容疑者をみつけてくれれば、お茶の時間にケーキを用意してやる」するとテーブルの周りの顔が一気に明るくなった。こいつら、まるで子供だな──。おれは雀《すずめ》の涙のような薄給からケーキを買うつもりなどないぞ。


ベックストレーム自身は紙とペンを携えて、独り落ち着いて考えるために、空っぽの取調室に静けさを求めた。まずは〝使用中〟の赤いランプを点灯させ、ドアを閉め、そして豪快に放屁した。会議の間じゅう着席の姿勢で警戒態勢を維持してきたのだ。やっと独りになれた──。ベックストレームは昨晩の靄《もや》を手で振り払った。

被害者は三時過ぎにマンションに戻った。誰もあとをつけていないようだし、マンションで約束があったという話も上がっていない。しかしその直後に犯人が登場する。しかも現場の状態からして、わりとすぐに手に負えない状態になってしまった。その他の状況からベックストレームが推理したところによれば、犯人は少なくとも一時間半の間、大忙しだったはずだ。つまり被害者は四時半から五時前に死んだと考えられる。

それから犯人はバスルームに行って、シャワーを浴びてきれいになった。そして五時に新聞が配達され、誰かが部屋に入ってこようとしていると思いこみ、どうしても着なければいけないものだけ着ると、窓から飛び降りた。それが五時過ぎ。ということは――？　ベックストレームは自分の腕時計を見つめ、金曜の朝早くから日曜の午前中までの時間を数えた。犯人がずらかってから間もなく二日半。今頃お月さままで逃げていてもおかしくない。ベックストレームは苦々しく思いながら、書類をかき集めた。捜査班のフロアに戻って、捜査官の尻を蹴らなくてはいけないのだ。

一方で――と廊下に出たときに考えた。空きっ腹でそんなことをするのは愚の骨頂だ。今日は日曜なのに、この事件のせいで職員食堂は開いている。それならまずはこの小さな腹に何か入れてやったほうがいい。

今日の日替わりランチは、スモーランド伝統のクロップカーカ（ベーコン入りのジャガイモ団子）か――。メニューを読んでいると食欲が増し、それを注文することにした。食後はのんびりタブロイド紙を読みながら、大量のコーヒーとマサリン（表面にアイシングを施したアーモンド風味の焼き菓子）で締めくくる。新聞はホテルからくすねてきたのに、まだ読む暇がなかったのだ。とりたてて新しい情報はないな――熱いコーヒーをすすりながら、そう思った。どれも憶測ばかり、それが激しい渦を巻き起こしている。

タブロイド紙のうち一紙は、昔懐かしい〝警察嫌悪説〟の新しいバージョンを提起していた。犯人はおそらく警察を憎んでいる重犯罪人で、〝被害者が警察勤務であったことに、理不尽な憎悪を抱いていた可能性がある〟。そう言及したのはタブロイド紙専属のご意見番の一人だった。タブロイド紙というのは、見事なまでに国じゅうでいちばんとんちんかんなやつらをご意見番に揃えるのだ。

そうかい、そうですかい――。ベックストレームはマサリンにかじりついた。ということは、犯人は被害者が警察大学で習った先生にちがいない。ひょっとすると、デブリーフィング担当のおばさんかもしれない。現場に残された精液は彼女のものではないにしても、警察の目をくらますための作戦かもしれないし――。

一方で、ライバル紙とそのご意見番たちは別の見方をしていた。〝偏執的に女性を憎む連続殺人犯の仕業で、儀式のような殺害方法〟まるでオルソンみたいな発想だな。いったいどこから次々とこんなことを思いつくんだ?

タブロイド紙両紙の見解には、ある程度の共通点も見られた。薄いつながりとはいえ、皆無とは言い切れない。一紙目で警察嫌悪説を推進してる専門家も、〝警官の命を奪うことに特化した特殊な連続殺人犯であってもおかしくはない〟と主張している。犯人が警官以外の人間に対して冷静でいられるのは、制服に性的興奮を覚えるからである。それが犯人の〝トリガー〟なのだという。

こいつら全員、同じ変態サイトを愛読していて、そこから魂の栄養を補給しているにちがいない。しかし新聞を脇へやろうとした瞬間、ある記事が目に留まった。

そのインタビューを受けたのは、ヴェクシェーにある聖シクフリード精神科病院の司法精神医学の准教授で、新聞に大きな写真が載っていて、被害者の身体にあった拷問のような傷跡について長々と演説をぶっていた。つまりこの先生は、昨晩捜査班の中でもごく一部の者だけしか見ていない写真と同じ写真を見たか、それを見たうちの誰かが描写して聞かせたのだ。その内容は基本的に正確で、情報に洩れもなかった。

なぜ警察の捜査内容をそこまで看破しているのかは別として、この准教授もまた、有力な仮説に賛同していた。つまり連続殺人犯という説だ。この犯罪の残忍性を考えると、これまでにも残忍な犯罪を犯しているはずだし、近い将来にまたやるという可能性は高い。百パーセントとは言い切れないまでも。

それに犯人は〝過激な性的妄想を抱いた、ありふれた性的サディスト〟ではないという。准教授ほど高い見識を備えていない専門家はそう思っているようだが。ましてや制服を着ていようが着ていまいが、未来の女性警官に性欲を感じるようなタイプではない。むしろ〝激しく精神が錯乱《さくらん》〟していて〝支離滅裂〟に近い人物像。さらには〝移民の背景をもつ若者で、子供の頃か十代のうちにトラウマになるような暴力を受けた経験がある〟男。例えば、自分自身が拷問や残忍な性的暴行を受けてきたということだ。そこまで読んで、ベックストレームは一気にコーヒーを飲み干し、新聞をポケットに突っこみ、捜査班の広報の部屋へと向かった。

「この記事を見たかね」五分後、ベックストレームは広報官の部屋にいた。そして該当記事のページを開いたまま新聞を渡した。

「わかってます。わたしも今朝読んで、まったく同じことを思った。この船は気持ちがいいくらい水漏れしてるわね。ポジティブに捉えるとすれば、それがこの准教授だったこと」そしてベックストレームに問いかけた。「もちろん聖シクフリードはご存じでしょう？　この町にある大きな精神科病院で、閉鎖病棟に最悪な部類の犯罪者が何人も服役している。この准教授は警察大学でもここの警察署でも講師として評価が高く、わたしも何度彼の講義を聞いたか知れないわ」

「ほう、そうなのかい。では彼の意見は聞くに値すると？」

「それは自信をもってそう言えるわね。たいていい正しいんですから」

そいつと話してみてもいいな――。移民の若者というのは悪くないアイデアだからな。被害者はそういうタイプの男に弱いのかもしれない。呼び鈴を鳴らした犯人を家に上げたほどなのだから。

ベックストレームは捜査班の部屋に戻り、軍事指揮官のような表情をまとい、そこに座る全員を目で射すくめた。

「で？　何を待ってるんだ？　わたしはもう昼飯はすませてきたぞ。さあ、名前をよこせ」その主張をなぞるように、ベックストレームは無意識に丸い腹を撫でた。

「名前なら、ちょうどひとつめのリストができあがったところです」クヌートソンがそう言って、プリントアウトした紙の束を振ってみせた。

「いいやつはいそうか？」ベックストレームはリストを受け取ると、いつもの席に座を占めた。

「とりあえずたくさんいることはいます」クヌートソンがその隣に腰かけた。「正確に言うと、七十九名。被害者の近所の住人、知り合い、それにここヴェクシェーの有名人」

「それで？」おれはもっとこう、嚙みついて食いちぎれるようなネタがほしいんだが。

「まあまあ、先を急がずに。今説明しようと思ったところです」

13

　クヌートソンらはまず、被害者の家族・友人・知人が、警察の犯罪データベースのいずれかに登録されていないかどうかを調べた。結局面白い情報はみつからなかったが、それに驚いたわけでもない。二十人中の三分の二はリンダの警察大学の友人で、そもそも犯罪歴のある人間は大学に入学できないのだから。

「被害者と同様に、非の打ちどころがないやつらだな」ベックストレームは満足そうに言い、手を腹の上で組んだまま、椅子を後ろに倒した。

「犯罪歴という意味ではね」学者のような口調でクヌートソンが言う。

「間もなく犯人のＤＮＡ分析が上がってくる。だから、こいつら全員のＤＮＡを集めろ。百パーセント自主的に提出させるんだ。迅速に彼らを捜査から除外できるようにだ」

「なんの問題もないかと思います」クヌートソンが答えた。

「そうだろう？」ベックストレームも同意した。まっとうに生きている人間が、自分のＤＮＡを恐れる理由がどこにある？

ふたつめのカテゴリーはひとつめとは真逆で、全員が警察の犯罪データベースに存在し、立派な注記が入っている者ばかりだった。クヌートソンらはパソコンを駆使して、ヴェクシェー周辺に住むそういう人間を百人も捜し出した。女性に暴力を振るった者、ストリートファイターや強姦魔をはじめ、バラエティーに富んだお家芸をもつ異常者。そこからすでに塀の中に座っているやつらと、別の正当な理由でヴェクシェーにいないやつらを除外した。それで残ったのが七十人で、そこからは時間のかかる手作業での確認が待っている。そのうちの十人ほどがとりわけ興味深いのは、残忍な性的暴行により聖シクフリード精神科病院に収容されている、またはされていたからだ。

「DNAだ。全員、小さな綿棒を口に入れて警察を手伝うんだ」ベックストレームは満足気にうなずいた。これでやっと捜査らしくなってきたぞ。

「ええもちろん、もちろんです」クヌートソンはため息をついたが、直後にはベックストレームと同じくらい満足そうな顔になった。運がよければ、こいつらのDNA型はすでに警察にあるはずだ。

残るは合計千人近くの近所の住人だけだった。警察に連絡してきたり、聞きこみをしたときに家にいたのはその半数にも満たない。夏の休暇の時期であること、このエリアには中流階級の中高年ばかりが住んでいることを考えると、不在率の高さは驚くことではなかった。

「たとえ夏じゅう別荘で寝そべっていたとしてもだ。一ミリも捜査に貢献できなくてもいい、とにかく事情聴取をしてリストから消せ」ベックストレームが言った。

「そこまではもちろん了解です」クヌートソンが答えた。「ですが、彼らのDNAまでは採取しませんよね？」

「訊いちゃいけないってことはないだろう？」ベックストレームは身体を揺すった。「で、結局何人くらいになりそうなんだ？」

「先ほど七十九人と言いましたが」クヌートソンがリストに目を落とした。「そこから悪党七十人を引くと、近所の人が九人残る」

「そいつらは何をしたんだ？」

「飲酒運転が三人。そのうちの一人など、十二年間で四回も。ヴェクシェーの同僚の説明では、〝陽気な鮭《さけ》のような男〟だということです。その三人は五十歳、五十七歳、そして陽気な鮭が七十歳だということを考えると……」クヌートソンはそこでまたため息をつき、意味ありげに肩をすくめた。「あとは一人、職場でジャムの瓶に手を突っこんだやつがいた。結果、横領罪で執行猶予。九年前に奥さんを殴った男も、聞きこみのときに自宅にいませんでした。別荘にいるんでしょうね。あとは脱税した男と、十六歳と十八歳の若者が――まあよくあるやつです――万引き、落書き、ショーウィンドウに石を投げたり、他の洟たれ小僧と喧嘩したり」クヌートソンがまたため息をついた。

「奥さんを殴ったやつは」ベックストレームが興味津々に訊いた。

「同じ奥さんと別荘にいるようですよ。同僚が近所の人たちに聞きこみをしたところによれば、今では幸せな結婚生活を送ってるらしい」

「では自主的にＤＮＡを提出することに異存はないはずだな？」幸せなやつらというのはそういうものだろう？

「実は一人だけ、自分の興味を引いたやつがいます」クヌートソンが言う。「マリアン・グロスという男で、もともとはポーランド出身。現在四十六歳で、子供の頃に両親とともにスウェーデンにやってきた。政治難民だったようです。一九七五年以来スウェーデン国籍。この冬に脅迫と強制わいせつ罪、その他諸々で被害届が出されている。独身、子供はなし。この町の大学の図書館で司書として働いています」

「ちょっと待て、クヌートソン」ベックストレームは手を上げて相手を制した。「そいつはオカマだ。自分で読み上げていてわからないのか？　マリアンだって？　誰がマリアンなんて名前を男につけるんだ。おまけに司書、独身、子なしときた」ベックストレームは小指を立てた。

「そいつを通報したソーセージ乗りの男に話を聞きにいけばいいだけのことだろう」

「そういうわけでもないんです」クヌートソンが言った。「被害届を出したのは、十五歳年下の、図書館の女性同僚なので」

「そうか……別の司書か。で、彼女に何をしたんだ？　大学のクリスマスパーティーでポーランド産のブラートヴルストでも見せたのか？」

「匿名のメールやショートメッセージを何通も送って……その内容は自分も読みましたが、かなり不快なものです。まあ要するに、よくあるいやらしい内容なんですが、脅迫的な要素も含まれていて」クヌートソンは頭を振って、不快そうに顔をしかめた。

「よくあるいやらしい内容？」ベックストレームは興味津々にクヌートソンを見つめた。そこをもう少し……」ベックストレームは意味ありげに右手を揺らしてみせた。

「ええ、もちろん」クヌートソンは今度は心から深いため息をつき、それから息継ぎをした。

「いくつか例を挙げると、昔からの定番ですが、職場にディルドを送りつけた。いちばん大きなモデルの黒いディルドで、同封されていた匿名の手紙によれば、送り主のモノを型どって作られたと」

「おい、さっきポーランド人と言わなかったか？」ベックストレームがうめいた。「それともそいつは色も識別できないのか？ それとも腐って落ちる寸前の様子なのか……」ベックストレームが大笑いしたので、丸い腹が揺れた。

「あとは普通に、町や図書館で見かけたぞというメールや手紙。彼女の下着選びに対する見解など。もう充分ですよね？」クヌートソンがベックストレームを見つめた。

「正統派の変態のようだな」そしてクノル坊やはなぜ急に心優しい一面を見せるようになったんだ？ もうこっそり緊急事態セラピストのところに行ったんだろうか。

「ですが、自分が気になったのはそこじゃないんです」クヌートソンは機嫌を損ねたような顔で言った。

「じゃあなんだ。ポーランド人という点か？」

「被害者と同じマンションに住んでいるんです。自分の理解が正しければ、被害者の真上の部屋に」

「DNAだ！」ベックストレームが咆《ほ》えた。背筋を伸ばし、むちむちの人差し指でクヌートソンを指す。「なぜ先にそれを言わない。さっさと誰かを送って、DNAを採取させろ。自主的に応じないなら、署に連行してこい」これでやっと捜査らしくなってきたぞ——。


午後遅くになって、法医学者からやっと約束の暫定報告が送られてきた。ヴェクシェー署の鑑識課長エノクソン宛てで、鑑識課のファックスに届いた。エノクソンはそれを読むとすぐに、相談のためにベックストレームを捜した。

「法医学者によれば、被害者は朝の三時から七時の間に死亡したらしい。死因は首を絞められたことによる窒息」

「そのくらいのことは白衣を着ていなくてもわかる」ベックストレームが言った。「あえて言えば、死亡時刻は四時半から遅くとも五時の間だ」まったく、典型的な法医学者だ。臆病者めが。

「時刻についてはわたしも同感だ。あとは、少なくとも二度挿入されている。膣《ちつ》と肛門、おそらくその順序で。二回以上かもしれない。犯人は射精しているから完全な強姦行為に当たる」

「我々が自分でも推測できたこと以外に、何か新しい情報はないのか？　あのナイフの刺し傷はどうなんだ。被害者の……背中の下のほうにあった」近頃では〝お尻〟という単語を発する勇気もなくなった。いったいおれはどうしてしまったんだ——。

「刺し傷というのは言いすぎかもしれない」エノクソンが異論を唱えた。「あれはむしろ切り傷だな。かなり出血したとはいえ。ああ、その傷の深さを測ってくれている。うちではそういうことはできないのでね。何ヶ所かを数えるのはできるが、ふむ、その点については同意見のようだ――十三ヶ所。それが放射線状に背骨のウエストの高さあたりに向かって、おそらく左から右に」

「続けてくれ」

「傷は片刃ナイフによるもの。おそらく犯行現場でみつかったカッターだろう。傷の深さは二ミリから五ミリで、いちばん深いものでも一センチはなかった。冷静に自分を制御してつけたような印象だ。被害者は抵抗して暴れたはずなのに。右に行くほど深くなっている。さるぐつわや手を縛られていた痕については、SKLからの正式な報告を待ってからだ」

「そういうことなら、なんの異論もない。その医者の話は、もう知っていることばかりだ」少なくとも、おれはな。

「ああ、基本的にはそうだ。だが、医者はもしよければここに来て話したいと言ってくれている。うちの鑑識の捜査が終わり、各分析の結果が揃ったら、この先生と話してみてもいいんじゃないだろうか。会って口頭で伝えたいことがあるのかもしれないし。どうせなら一気にやってしまおう。どう思う?」

「いいんじゃないか?」だが、この夏が明けないうちに頼むぞ。

それからベックストレームはアンナ・サンドベリィを別室に連れていき、被害者の人物像をさらに深く追求しようとしたが、基本的には疲れた目を癒すためだった。

「アンナ、しつこいと思われても仕方ないが」ベックストレームは親しげに微笑んだ。「だが、きみだって被害者の人物像が捜査の中でもっとも大事な部分だというのはわかるだろう？」この女の肩をもんでやっているようなものだ。それ以外にどうすればいい？

「しつこいだなんて、一瞬も思いませんよ。むしろ逆です。そう言っていただけて嬉しいくらい。この署内には、被害者自身のことを真剣に捉えない同僚が多すぎます」アンナは熱心な表情でベックストレームを見つめた。

ヴェクシェーにもまともな警官がいるとは安心したよ――。しかしそれを口に出すつもりはなかった。

「そのとおりだ。きみは父親とも話したんだろう？　リンダの父親と」

「話したと言うと、言いすぎかもしれませんね。事件のことを告げるために家に行ったんですが、実際に会話を担当したのは年上の警官です。彼は警官になる前は牧師で、もう何年もこの町の地域警察で働いていて、こういうことにかけては右に出る者はいない。考えてみれば、恐ろしい出来事ですもんね。父親はひどくショックを受けて、警察署に着いてすぐ医者を呼んだほどです」

「まったく、恐ろしい話だな」まずい、また変な顔をし始めたぞ。この女がべそをかかないうちに急いで話を進めたほうがいいな。中年女ってのは皆同じだ。中年女、牧師、地域警察。支離滅裂なのばっかりだ。

「書類を見たが、被害者は父親の家に住民登録されている。つまりその家には自分の部屋があったんだろう?」

「ええ、そうです。すごいお屋敷ですよ。昔の荘園の領主の館で。本当に素敵なところでした」

「被害者の部屋を捜して、何かみつからなかったのか? 日記やメモ、手帳なんかだ。昔の手紙、写真、家族イベントのビデオ……。わかるだろう?」

「そこまで時間がなかったんです。わたしたちは玄関まで入っただけで、そのまま署に向かいました。父親はショックで完全に我を失っていて。ああ、ですが手帳は押収しましたよ。被害者のバッグに入っていたんです。木曜日に出かけたときに持っていたバッグに」

「そこに何か興味深いことは?」

「何も……」サンドベリィは首を横に振った。「よくあるような内容でした。ミーティング、大学の授業、友達と会う約束。そういう普通のことばかり。ご覧になりますか?」

「あとで見せてもらおうか。ところで、そのあとも父親の家は調べていないのか?」

「いいえ、特に。家宅捜索のことは金曜にベングトに——ああ、オルソン警部に——相談したんですが、そのとき父親は医者と友人に付き添われて帰ったあとでした。それにベングトは少し待ったほうがいいという意見で。起きたことを考えると、しばらくそっとしておいたほうがいいと。なので、とりたてて報告することもないんです。鑑識も、家宅捜索のことはオルソンに要請したようですが」

「つまりまだ父親の家の被害者の部屋は、家宅捜索が行われていないんだな？」まったく、なんてことだ——。

「ええ、わたしの知るかぎり。ちなみに鑑識は今、殺人現場で手がいっぱいです。わかりますよね」

「明日オルソンに話をしてみる」つまり、あいつにあと半日間、失態を演じる余地を与えてやれるわけだ。

ローゲションのオフィスのドアは閉じられていた。ベックストレームが中に入ると、ローゲションは耳にイヤフォンをつけ、目の前にテープレコーダーを置いて座っていた。

「警部どののご用件は？」ローゲションはイヤフォンを外し、陰鬱《いんうつ》な顔で尋ねた。同時にテープレコーダーを止めた。

「これは命令だ。ホテルに戻り、おれの部屋に上がって、食事をしてピルスナーを一本か二本飲め」

「午後じゅう、夕方以降もずっと、無意味な事情聴取をいくつも聴かされて、耳の穴にアレルギー反応が出たかもしれん」ローゲションは言った。「だがそれも、同僚のベックストレームがやってくるまでの話だ。その後は、どんな音でもうっとりするような旋律に聞こえる」

「そんなことはどうでもいい。さあ、行くぞ」なんだ、今日はずいぶんおセンチだな。きっと酒のせいにちがいない。

「ああ……」ローゲションは恍惚《こうこつ》とした深い吐息をつき、左手で口の端をぬぐった。「ピルスナーを発明したやつに、ありったけのノーベル賞を授与すべきだ。平和賞から文学のやつまで、まとめて全部」

「そう思ってるのはお前だけじゃないぞ」ベックストレームも言った。「それに、よく冷えたピルスナーよりもっといいのは、よく冷えた無料《ただ》のピルスナーだ」ということは経済学賞も授与すべきか。ケチなお前でも充分酔っぱらえるんだから。

ローゲションはそれに反論する様子は見せなかった。それよりも、急に話題を変えた。

「クヌートソンが絶賛売りこみ中のあのポーランド人だが」ローゲションはあきれたように頭を振った。

「ああ、そいつなら明日の朝に話を聞いて、DNAも採取するぞ」それより、お前が喉に流しこんできた大量の無料のピルスナーについて話そうじゃないか。

「おれはそいつじゃないと思う。全然ちがう」

「そうか？　なぜちがうと思うんだ」

「新聞配達とポーランド人の事情聴取はどちらも読んだ。それに、ポーランド人の強制わいせつの捜査を担当したサロモンソンにも話を聞いたんだ。ちなみにサロモンソンはかなりまともな警官のようだ。だがとにかく、ポーランド人は絶対にちがう。誰がなんと言おうとちがうんだ」ローゲションは今言った言葉を強調するかのように、無料のピルスナーをぐいっと飲み干した。

ローゲションによれば、マリアン・グロスはリンダを殺していない。それには事実に基づいた根拠がみっつあるという。ひとつめは、新聞配達への事情聴取の内容だ。毎朝同じ時間に、新聞を購読している住民の新聞受けに朝刊を突っこむのが彼の仕事だった。

「マリアン・グロスは知っていたはずだろう」ローゲションが言う。「誰かが家に帰ってきたわけではなく、朝刊が配達されただけだと。しかも被害者の母親とまったく同じ新聞を購読しているんだ。スモーランド・ポステン紙とスヴェンスカ・ダーグブラーデット紙だ」

「普段はその時間は寝ているのかもしれんぞ」ベックストレームが反論した。

ふたつめの根拠は、金曜日に聞きこみをしたときのグロスの発言だった。その週の初めにリンダの母親と話す機会があったという。そのときに、母親が別荘に行くこと、ただし娘はマンションに残るというのを聞いたそうだ。

「それはむしろそいつに不利な点じゃないか」ベックストレームが言った。「どうぞご自由にって意味だろ？」

「じゃあなぜ窓から飛び降りたりしたんだ。堂々と普通に玄関から出て、階段かエレベーターで自分の部屋に戻ればいいじゃないか」

「だって、誰かがドアの外にいたんだから……」

「ああ、新聞配達だろ？」ローゲションは嫌味っぽく言った。「行ってしまうまで待てばよかっただけの話だ」

まったく——とベックストレームは思ったが、うなずくだけにしておいた。

みっつめの根拠は、グロスの身体能力と犯人の逃走経路が矛盾していることだった。鑑識によれば、窓の桟《さん》は下の芝生から四メートル近い高さにある。グロス自身は身長百七十センチで、体重は九十キロ近かった。身体が柔軟とは言い難く、運動神経も悪い。

「サロモンソンによれば、そいつは典型的なチビのデブで、実に感じの悪いやつらしい。それに体力はゼロだと。階段を半階分上っただけで、蒸気機関車よろしく息を切らせるんだ。窓から飛び降りたりしたら、死んでたんじゃないか？　そもそも窓枠を乗り越えられればの話だ」

チビのデブか——それよりずっと背が高く痩せているベックストレームは、考えに耽《ふけ》った。確かに、自分ももっと運動神経のいい犯人像を思い描いていた。それは一理あるな。

「お前の言うことには一理ある」ベックストレームが同意した。「だがそいつのＤＮＡを採取するに越したことはないだろ？」

「なら幸運を祈るよ。おれの理解が正しければ、グロスは稀に見るほど厄介な性格らしいからな」

14　七月七日（月曜日）、ヴェクシェー

事件から四日目、犯人はいまだ不明——ベックストレームはそのことを考えながら、大きな会議室の椅子に腰を下ろした。おまけにオルソンが捜査責任者ごっこを開始し、旗を振り始めたのだ。なんの進展もないのに、会議を開く必要があるのか？　オルソンが長々とつまらない話をし、いつものおべっか使いどもがうなずき、時間だけが過ぎていく。ベックストレームは耳のスイッチを切ると、書類を読んでいるふりをした。

まずは犯行現場周辺、被害者の帰宅路、犯人の逃走路での〝もの捜し〟は終了することが決定した。もう三日もやったのだ。それで何もみつからなければ、今後みつかるわけがない。

「その人材を他の場所に充てたほうがいいと思うんだ」オルソンがそう言うと、ご褒美《ほうび》に同意のうなずきがいくつも返ってきた。

例えば、パパのおうちをちょっと家宅捜索してみるとか？　しかしベックストレームは今はそのことは口に出さず、あとでオルソンに直接申し入れるつもりだった。

「担当してくれたきみたちはご苦労だった」オルソンが話し続けている。「きみたちは皆、素

晴らしい働きぶりで……」

どういたしまして――。おれ自身は防犯カメラをひとつみつけただけだがな。目の見えていないやつら全員が見逃したカメラを。

聞きこみも、規模を縮小する段階に来ていた。留守だった住人の郵便受けにはお知らせの紙を入れ、もっとも興味深い近所の住民については――それが誰だかは具体的にはわからないが――最悪の場合、別荘まで訪ねるしかない。

「他の場所に人材を少し確保できてよかった」満足気にオルソン警部が言った。

そう、例えばパパのおうちをちょっと家宅捜索――そう思いながらも、ベックストレームはまだそのことを口にするつもりはなかった。

そのあとは、犯行現場とルンドの法医学センターでとりあえずかき集めることのできた捜査材料を見ていくことになった。

「うちのほうはなかなかいいペースで進んでいる」エノクソンが言う。「だが、あと数日は我慢してもらおう。まだ色々な解析結果を待っている最中なんだ。わかり次第折り返しますよ。それまではタブロイド紙に載っている内容で満足してもらおうか」そこでエノクソンはあわて付け足した。「まあわたしなら、慎重になるがね」

おやおやおや――。エノクソンも多少は不満があるらしいな。

オルソンはそのコメントを気に留める様子もなく、どちらにしても犯行現場の話題はすでに終わったつもりのようだった。

「わたしの理解が正しければ」とオルソンが言う。「被害者は絞殺され、少なくとも二回強姦され、五時前に死亡した」

「そうです」エノクソンが答えた。「四時半から五時の間にね」

いいぞ、エノクソン――とベックストレームは思った。小指を差し出したりしたら、腕をまるごともぎ取られるからな。

「正直言って、儀式のように思える犯行だが？　まるで拷問のような……。犯人は被害者を縛り、さるぐつわを噛ませ、何度もナイフで刺した。それについては？」

「刺したというのは言いすぎだ」エノクソンが異論を唱えた。「カッターでつついたというか、切ったと言えばいいのか……」

「わたしの理解が正しければ」とまたオルソンが言った。「十三ヶ所も刺し傷――いや切り傷か、その表現のほうがよければ」

「ああ。十三ヶ所で、間違いないと思う。傷はそれほど深くないものの、被害者はかなり出血した。つまり生きていて、抵抗しようとした。犯人はむしろそれが目的だったんだろう」エノクソンは急に疲れた顔になった。

「十三ヶ所……」オルソンはまるで真実の光を見たような表情だった。「それはまさか、偶然ではないな？」

「質問の意味がよくわからないが」エノクソンは本気でわからないようだった。

「なぜあえて十三なんだ？　十三といえば、言わずと知れた不吉な数字じゃないか。犯人は我我にメッセージを伝えようとしたんだ。きっとそうだ」

「いや、わたしは単なる偶然だと思う。十でもなく十二でもなく二十でもなく、十三になったのは」エノクソンが冷たく言い放った。

「それについてはよく考えてみよう」オルソンはそう言って、すでに考え終わって答えがわかっている皆と同じくらい満足そうな顔になった。

もうたくさんだ――ベックストレームは明るい表情を作ってうなずき、同時に声に出してため息をつき、全員の注目を集めた。

「ベングト、僭越《せんえつ》ながらわたしもきみの意見に同意せざるをえない」ベックストレームは危険なほどの笑顔を浮かべていた。「殺された日付も決して偶然ではないだろう。サンドベリィ巡査部長が完璧にまとめてくれた被害者の生い立ちを考えればね。被害者は幼い頃、アメリカに二年住んでいたというではないか。犯行日が七月四日――これは絶対に偶然ではない」

「ええと、よく意味がわからないが……」オルソンが怪訝《けげん》な顔で言った。

しかし他の全員は意味がわかったようだった。彼らの垂れた耳と伸ばした首を見るかぎり。

「アメリカの独立記念日だよ」ベックストレームはゆっくりとうなずいた。「これはアルカイダの仕業だと思わないかね？」

椅子の中で居心地が悪そうに座り直した者のほうが、不遜な笑みを浮かべたりあきれて苦笑したりした者に比べれば多かったが、ともかく言いたいことは伝わったらしい。

「うまい冗談だな」オルソンはこわばった笑顔を浮かべた。「だが先に進もう。非常に興味深い男をみつけたと聞いたが？」そしてクヌートソンを見つめた。

鼠は沈みゆく船を見捨てる――か。クヌートソンは急に書類を忙しそうにめくった。

「ええ。被害者と同じマンションに住むポーランド人の男です。マリアン・グロス。この署では有名人のようですね」

そのとおりだ。ではなぜ金曜日に連行しなかった？　そうすればそいつに振り回されずにすんだのに。ああ、そうか。聞きこみした生活安全部の警官たちはそいつのことを知らなかったし、冬からこちらそいつの捜査を担当してきた捜査官は、そいつが被害者と同じマンションに住んでいることを思いつきもしなかったのだ。ストックホルムの犯罪捜査局から得体の知れないクノルがやってきて、自分で勝手に調べて、それを皆の鼻先で振るまでは。

それから、同じマンションに住むポーランド人の話になった。馴染みのある性倒錯者というテーマで。犯人候補にとどまらず、犯人かもしれない人間。議論は約十五分ほど行ったり来たりしたが、ベックストレームは別のことを考えていた。だからオルソンが突然ベックストレームに質問を振ったとき、なんのことだかさっぱりわからなかった。ポーランド人に関することだという以外には。

「ベックストレーム、きみはどう思う」

「こうしないかね」ベックストレームは言った。「そいつの家に行って、事情聴取するんだ。DNAも必ず採取すること」

「残念ですが、それは難しいかと」かなり下座のほうに座るサロモンソンが異議を申し立てた。「強制わいせつの件を担当していたのは自分です。このテーブルの周りにそれを知らない同僚がいるかもしれないので言っておくと。グロスは本当に、稀に見るほど厄介な性格なんです」

じゃあここまで連行してくればいいだけのことじゃないか。手錠をかけて、オックス広場に面した正面玄関から入ってくればいい。ジャーナリストたちがもれなく写真を撮れるように。

「それに関しては、わたしが責任者だ。それではこれをもって、マリアン・グロスを事情聴取のために署に呼び出すことを決定する」オルソンはそこで背筋を伸ばしてから、付け足した。「事前の呼び出し状なしに事情聴取に連行する。裁判法二十三の七により」そして満足気な顔になった。

そうかそうか、よくやった。ベックストレームはそう思いながら、そこにいる全員とまったく同じ同意の表情を浮かべてうなずいた。例外はローゲションで、彼だけは顔色ひとつ変えなかった。

会議のあとベックストレームは、そそくさと自分の執務室に戻りドアを閉めようとするオルソンを捕まえた。

「少々時間はあるかね」ベックストレームは友好的な笑みを浮かべた。

「わたしのドアはいつだってきみのために開いているよ、ベックストレーム」オルソンも同じくらい友好的に微笑み返した。

「父親の家にある被害者の部屋を家宅捜索したいんだが。基本的に彼女が住んでいたのはそっちだろう？ いい加減、やるタイミングだ」

オルソンは困った顔になった。もうさっきの会議の終盤のように自信満々な態度ではなくなっている。リンダの父親は今、とても体調が悪いんだ。数年前に心臓発作を起こして死にかけたのに、今度はありえないほど残酷な形で娘を失った。テレビをつければ、いやラジオをつけても新聞を読んでも、自分を襲った悲劇を思い出さざるをえない。こんなむごいことがあっていいのか。彼が娘の死に関与してるなんて、荒唐無稽にもほどがある。例えば警察署に来たときにも、鑑識が比較に使えるようにと自主的に指紋採取に応じたのだし――。

「わたしだって父親が娘を殺したとは思っていない」ベックストレームは相手に同意しながらも、視線はもはやちがう方向を向いていた。あのポーランド人が殺したとも、同じくらい思っていないがな。だが今はその話をしている場合じゃない。

「意見が一致しているなら安心だ。だが家宅捜索についてはあと数日待つことを提案したい。

リンダの父親に回復する時間を与えるためにね。運がよければそれまでにポーランド人のDNAが鑑定できて、事件は解決するのだから」

「まあ、決めるのはきみだからな」ベックストレームはそれだけ言って、その場をあとにした。

昼食のあと、ベックストレームはクヌートソンから新しいリストを受け取った。クヌートソンの顔にはなぜだか罪悪感が浮かんでいる。

「あなたはポーランド人が犯人だとは思っていないんでしょう。ローゲションの態度でわかりましたよ」クヌートソンがかなり控えめな口調で言った。

「で、ロッゲはなんて?」

「そういう機嫌のとき、ローゲションがどんなだかご存じでしょう」

「なんて言ったんだ」ベックストレームは期待に溢れた目つきでクヌートソンを見つめた。

「そのまま引用してみろ」

「グロスに綿棒を突っこんでしまえと……つまり……後ろから」クヌートソンがぎこちなく答えた。

「それはひどい言いようだな」だがロッゲの口から出たにしては優しいほうだ。あいつが普段そういう機嫌のときに発する言葉を考えると。

「興味ありますか？　怪しい人間のリストです。最新の」クヌートソンは明らかに話題を変えたいようだった。

「わたしのドアは、いつもきみのために開いているさ」ベックストレームはそう言って、椅子にふんぞり返った。

クヌートソンの判断によれば、前日に同じことを話したときよりかなり進展があった。クヌートソンらはなんと、ヴェクシェー周辺のもっとも興味深い、つまり暴力的な悪党七十人のうち二十人近くを除外することができたのだ。さらに十人ほどは過去の犯罪ですでにDNAを採取しており、SKLから回答が来れば、すぐにDNA型を比較することができる。

「よくやったぞ」ベックストレームが言った。「あとは残りの者のDNAをすぐに採取するように」

「ですが、それにはちょっと問題があるんです」

「というと？」

同じ作業をしているトリエンらと相談した結果、犯人の可能性の範囲を広げることにした。

「この季節はかなり多くの窃盗《せっとう》犯が動き回っています。今は夏の休暇の時期で、住人は旅行に出ていますからね。なのでその業界内でもっとも優秀なやつらを選び抜いたんです。過去に暴力犯罪を起こしたかどうかは別として」

「それで何人くらいになったんだ？　千人くらいか？」そう訊いたベックストレームはまるで楽しんでいるようだった。

「そこまでひどくはありません。現在まとめたところでは、この地域に関わりがあって犯罪歴のあるやつらは八十二人」

「DNAだ。片っ端から」ベックストレームはクヌートソンを手で追い払った。真正のバカだな。おまけに信用するにも価しないときた。本来のボスに相談する前に、あの小さな腰巾着《こしぎんちゃく》のオルソンにこっそり報告しにいったんだから。

昼食後、国家犯罪捜査局のVICLASチームが自分たちの発見を伝えるために電話をかけてきた。

「色々忙しいんだ。だから短いバージョンで頼む」ベックストレームはまずそう警告した。電話をかけてきたストックホルムの同僚が、理解の範疇《はんちゅう》を超えるほど話が長くてつまらないのを知っていたからだ。しかしこれほど早く連絡してくるとは、例のアゴ長官が能無しどもを心底怯え上がらせたようだな。

VICLASというのは、新しい事件が起きたときにそれに関連する古い事件を特定し、連続犯罪者を割り出すためのチームだった。古い事件とは、基本的に犯人が判明しているものばかりだ。リンダ殺害事件についてわかっている情報をコード化して、それをチームのデータベース内にある過去の事件や既知の犯人と比較していくのだ。

「ある犯人と一致したぞ」VICLASチームの担当者は雄鶏のように誇らしげだった。「きみの事件は、この犯人が有罪判決を受けた事件に酷似している。それも、なかなかの有名人だぞ。これより極悪な犯人はなかなかいない」

「誰なんだ」まるで自分の息子のような褒めようじゃないか。

「ほら、ヘーグダーレンで化粧品販売員を殺した頭のおかしなポーランド人さ。タニヤ殺害事件。被害者がタニヤという名前だったんだ。覚えているだろ？　レシェクだ。レシェク・バランスキー。自分で自分のことをレオと呼んでいる。その前にも大勢の女性をレイプした、心底残酷なやつだ」そしてさらに付け足した。「毎回手枷にさるぐつわ、拷問して強姦して首を絞めてのフルコースだ。同じ被害者の首を何度も絞めている。ちょっとだけ絞めて気絶させるんだ。それからアイスピックでぐさぐさ刺して意識を取り戻させる。それからまたもう一度……いいやつだろ？」同僚は夢中になって話し続けた。

「だがちょっと待ってくれ」ベックストレームは急に相手が誰の話をしているのかを思い出した。「そいつは無期刑になったんじゃなかったか？」そんなやつが、もう外に出て自由に走り回っているのか？

「そのあと高等裁判所に控訴したんだ。要特別釈放許可（医者の判断で退院や帰休させることができない入院）という条件で、閉鎖病棟で服役することになった。有罪が確定してから六年経つが、情報によればまだ閉鎖病棟に入っているはずだ。地方裁判所で無期刑になったが、おそらく精神医療界の新記録だろうな」

「じゃあなんで電話してきたんだ」それにうちのポーランド人枠はもう埋まってるんだが。

「おっと、言い忘れていたか。そいつはヴェクシェーの聖シクフリード病院に入ってるんだよ。というか、入っているはずだ。わかるだろう、ベックストレーム。きみもこの仕事に携わって長い。精神科病院がどんなだかはよく知ってるだろ？　精神科医が、レオにもちょっと新鮮な空気を吸わせ、小さなお腹に日を当ててやりたいと思ったかもしれない。それを我々に伝えるのを忘れただけで」

「まさか、帰休中だなんてことはないだろうな」精神科医とはいえそこまで頭がおかしいなんてことは――。

「こっちではさっぱりわからない。電話して訊いてみるんだな。今から情報はすべてファックスで送るから」

「助かるよ」ベックストレームはそう言って受話器を置いた。まったく、適材適所ってやつだ。今話した担当者は、いざとなれば無給でも働きそうな勢いだった。近頃の警察隊ではいったいどういう人間を採用してるんだ。

ベックストレームは苦労して椅子から立ち上がり、ファックスへと向かった。犯人をみつけた上に、精神医療業界をぎゃふんと言わせられるなんていう幸運があるものだろうか？

捜査上に浮かんだ一人目のポーランド人――大学院で哲学を修め、図書館の司書をしてるマリアン・グロスは、同日の午前中には警察の訪問を受けた。玄関ドアは施錠したまま新聞受け越しに、ヴェクシェー署からやってきたフォン＝エッセン警部補代理とアドルフソン巡査に対して、今日は終日目まぐるしく多忙だが、明日なら電話には出られると通達した。しかしフォン＝エッセンもアドルフソンもそういう気分ではなかった。ましてやこの建物の中でこんな用件とくれば。アドルフソンが「それじゃあちょっと下がっていろ。じゃなきゃドアが頭にぶつかるぞ」と吼《ほ》え、それから試しにちょっとドアを蹴ってみた。というのも、下に停めた車のトランクに大槌が入っていて、それを取ってくるべきかどうかを知りたかったからだ。そのときグロスが即座にドアを開いた理由は、ついぞ解明されないままになった。そのすぐあとに警察の内部調査課に届いた被害届を読むと、関係者の証言が激しく食い違っていたからだ。

「おや、グロスじゃないか」アドルフソンは部屋の主に向かってにっこりと笑いかけた。「自分で歩きたいか？　それとも引きずっていかれたいか？」

その十五分後、フォン＝エッセンとアドルフソンは間にグロスを挟んで、捜査班のフロアへと戻ってきた。グロスは自分の足で歩いていたし、手錠はかけられておらず、目立たないように警察署のガレージから建物に入った。

「ご注文のポーランド人です」

アドルフソンはこれから取り調べを行うサロモンソンとローゲションにグロスを引き渡した。

「今の、聞こえたぞ」グロスが嚙みつくように言った。さっきからずっと顔を真っ赤にしていたが、今の今まで、移動の間は一言も発していなかった。「人種差別の罪で訴えてやる。このファシストどもめが」

「グロス先生、わたしについてきてもらえますかな？　そうすれば事務作業をすぐに手伝いましょう」サロモンソンはそう言って、礼儀正しく取調室の方向にいざなった。

被害者と同じマンションに住むマリアン・グロスの取り調べは、午前十一時すぎに開始された。取調責任者はヴェクシェー署のニルス・サロモンソン警部補、取調立会証人はストックホルムの国家犯罪捜査局のヤン・ローゲション警部補。昼食とコーヒーブレイクを二回、さらに何度か小休憩を挟んで結局十一時間にも渡り、夜十時になってやっと終わった。マリアン・グロスはパトカーで自宅に送られるのを拒否し、その代わりにタクシーを呼ぶよう要請した。グロスは十時十五分に警察署をあとにしたが、取り調べで得られたものを考えると、行かせてよかったのだろう。

基本的に自分のことと、間もなく半年になる警察からのしつこい嫌がらせのことばかり話していた。職場のおかしな女からの性的な誘いを断ったせいで、被害届を出されたという。その女のせいで警察に睨《にら》まれるはめになり、今度は同じマンションの住人の娘が殺され、格好の餌食になってしまった。

「あんたたち、まさかおれがそんなことをするような人間だとは思ってないだろう？」グロスはそう言って、サロモンソンとローゲションを交互に見つめた。

もちろん答えは返ってこなかった。サロモンソンは別の分野の話題を持ち出すことにした。そこでなら、同僚女性に対する性的嫌がらせの捜査で採取したグロスの指紋の使い道があるかもしれないからだ。なお、残念ながらそのときDNAの採取はされていない。

「リンダの母親、つまりリセロット・エリクソンとは、何年も同じマンションに住んでいるんだろう」サロモンソンが言った。「どの程度の知り合いなんだ？」

普通の近所付き合い。それ以上でもそれ以下でもない。グロスいわく、「リンダの母親のほうは、それ以上親密になることに異論はなかったようだが」おまけにグロスは、二人の品定めまで始めた。

「彼女は皆からロッタと呼ばれていて、おれにもそう呼んでねと言ってきた」グロスはそこで、なぜかとても満足気な表情を浮かべた。「女としての魅力がないわけじゃない。拒食症みたいな娘とはちがってね。あの二人は本当にまったく似ていない。娘のほうは女に見えるかもしれないが、それは外見だけだ」グロスはそう分析した。

サロモンソンはグロスによる被害者の描写については記録を取らないことにした。

「だがロッタ・エリクソンもきみの好みじゃないんだろ？」

軽そうな女。下品だと言ってしまってもいい。しかも確実に、グロスの苦手な寂しがり屋なタイプだという。グロスいわく、歳を取りすぎてもいた。

「書類によれば、きみより一歳若いようだが？　彼女は四十五で、きみは四十六だろう」

「おれは若い女が好きなんだ。それと事件とどう関係が？」

「ロッタの部屋には入ったことがあるのか？」ローゲションが尋ねた。

グロスは何度かその部屋に入ったことがあった。そのうちの二回は他のマンションの住民と一緒に、管理組合の問題を話し合うためだった。自分だけ入ったことも数回ある。いちばん最近ではたった二週間前に。

「おれを家に招こうとしつこかったんだ。おれは絶対に勘違いさせるような態度はとらないよう、本気で気をつけたよ」グロスはそう説明した。「さっき言ったとおり、かなり寂しがり屋のようだったし」

マンションのどの部屋に？　玄関、リビング、キッチン——普通コーヒーをごちそうになるときに滞在する空間だ。トイレも借りたかもしれない。

「トイレというのは、寝室の奥のか」サロモンソンが訊いた。

「あんたたちがどういう方向に話をもっていきたいかはわかってるぞ。誤解という誤解を避けるために言っておくが、おれは彼女の寝室に足を踏み入れたことは一度もない。玄関のトイレは借りたかもしれないが、おれもまったく同じ間取りの部屋に住んでいるんだから、探すのに苦労したわけじゃない。つまりおれの指紋をすでにみつけたんだとしても、それにはまっとうな理由がある。そもそもこの間の指紋採取自体、犯罪行為だとしかいいようがない」

こいつ、頭は悪くないな——ローゲションは思った。グロスの指紋は殺人現場の住戸からみつかってはいるが、それが秘める価値は、今本人が語った内容から考えても非常に限られている。だからローゲションはロッタの娘、つまり被害者のことに話題を変えた。

「娘とはろくに話をしたこともない」とグロスは言う。「だからどんな人間だかわかるわけもないだろ？　あの年ごろの若者らしく、わがままで甘やかされていて、しつけがなってないようには見えたが」

「わがままで甘やかされていて、しつけがなってない。つまりどういうことだ？」サロモンソンが訊いた。

何度か出会ったときに、挨拶もろくに返さなかった。記憶にあるかぎり一度しか話したことはないが、そのときはこちらの顔も見ずに、いかに興味がないかをアピールしているように見えた。

二時になってやっと昼食休憩を取った。そんなに遅い時刻を希望したのはグロスで、基本的には取調官に対する嫌がらせだった。サロモンソンがグロスの食事を手配する間、ローゲションはトイレに行って用を足した。そこから出て最初に出くわしたのがベックストレームだった。

「ポーランド産ロブスターの按配《あんばい》はどうだ？」

「おれはトイレが我慢できなかったんだ」ローゲションは言った。「最近は便所に走ってばかりだ。もう取調官として終わったも同然だな。唯一トイレに走らなくていいのは、しこたまピルスナーを飲んだときだけだ。そのときには便所のことなんて考えもしない。まったく何もかもおかしな具合だ」

「そうだな」ベックストレームはにやりと笑った。「おれが便所に行くのは起きたときとベッドで意識を失う前だけだ。一日に二回だけ。行きたいか行きたくないかは関係なく」

「お前さんの質問の答えとしては、期待どおりだ」ローゲションが言った。もうひとつの話題については、耳を貸そうともせずに。

「DNAは採取させてくれたのか？」

「まだそこまでいってない」ローゲションはため息をついた。「警察の対応がどれほど酷いかを聞かされるので手がいっぱいだったんだ。興味があるなら、もう今の時点で、どういう結末になるかを教えてやるぞ」

「どういう結末になるんだ？」

「あと三時間やつの愚痴《ぐち》を聞かされる。それからオルソンが来て、同じ愚痴をさらに六時間聞く決定をする。それでもグロスは自主的にDNAを提出するのを拒否する。するとまたオルソンが来るが、容疑をかけるだけの勇気もグロスを留置場に入れるよう検察官に頼む勇気もなく引き下がる。そうすれば本人の同意なくDNAを採れるのにな。それでグロスとサロモンソンとおれはやっと帰れる。それぞれ自分のおうちにな」

「じゃあピルスナーの一本や二本は飲めるわけだ」ベックストレームは慰めた。「そうすれば、便所に走る必要もないだろう？」

「そうだな。グロスはリンダを殺しちゃいない。何も見てないし、何も聞いてないし、自分で何か推理をしたわけでもない。なのにここで何をしてるんだ？　結論から言うと、これは取調官の人生のごくありふれた無駄な一日だったってわけだ。お前さんはこれからどうするんだ?」

「精神科病院を訪問しようと思っている」

15

ベックストレームは自分で車を運転するつもりがなかったので、運転手を手配した。その栄誉に与ったのは若きアドルフソンで、二人はもう駐車場に向かい、自己紹介をすませていた。

「わたしの理解が正しければ、リンダを発見したのはきみたちだったね?」ベックストレームが言った。

「そうです、ボス」

「どういう経緯でこの捜査班に入ることになったんだ?」すでにその経緯は聞いていたが、それでもベックストレームは尋ねた。

「夏の休暇の時期なんで、人手が足りなかったんでしょう」

「エノクソンとも話したが、きみを養子に取るつもりかと思うほど褒めていたぞ」

「ああ、それは当たらずとも遠からずで。エノクはいいやつですよ。うちの親父とは一緒に狩りに行く仲なんです」

「夏の休暇と人手不足とエノクソン——それでこうなったわけか。あのオルソンがどう思ったかは知らんが」

「ええ。ボスはもうすべて聞き及んでるようで」

「よくあることだからな」ベックストレームはいささか苦労して助手席に身体を滑りこませた。なかなかいい若者じゃないか。おれの若い頃と似ているようだ。

「ボス、ひとつ質問してもいいですかね」車をガレージから出したとき、アドルフソンが礼儀正しく尋ねた。

「もちろんだ」礼儀もわきまえていて感じのいいやつだ――。

「うちの町の狂人の館が、なぜボスの来訪の栄誉に与るんで？」

「今から本物の異常犯罪者を見学に行くんだ。それに、そいつの面倒を見ている男のことも観察する。運がよければ、今日の午後だけで二頭も珍獣を見られるぞ」

「タニヤ犯とブルンディン准教授のことですかね。推測させてもらうと」

なかなか有能な若者じゃないか。だがそれ以外に選択肢もないか。

「そのとおりだ。どちらかに会ったことは？」

「両方ともありますよ。ブルンディンは警察署に講演をしにきたことがあるし、もう一人のほうは数年前に病棟内で他の患者にナイフで刺された。傷の縫合のために病院に向かうさいに、フォン＝エッセンと自分が移送の警備をしたんです」

「どんなやつらだ。ブルンディンとタニヤ犯は」

「いやあ、二人とも十二分におかしなやつらでしょうよ」アドルフソンは深くうなずいた。

「二人のうち、どちらがよりおかしいと思う?」ベックストレームは新しくできた若い友人を興味津々で見つめた。

「目くそ鼻くそですね」アドルフソンはそう言って、大きな肩を揺らした。「異なる種類の狂いかたと言えばいいのか。だがもちろん……」

「なんだい?」

「どちらかと同じ部屋で寝ろと言われたら、タニヤ犯を選ぶ。当然そうです」


聖シクフリード精神科病院は警察署からほんの数キロ離れているだけだった。湖ぞいの広大な緑地の中にあり、古い建物と新しい建物が混在している。緑豊かな明るい敷地には、樹木が木陰を作っている。この夏の雨不足にもかかわらず青々と茂る芝生に、ベックストレームはストックホルム郊外のサルトシェーバーデンのグランドホテルを思い出した。国家犯罪捜査局がよくカンファレンスや職員研修をする場所だ。ブルンディン准教授は古いほうの建物、つまり十九世紀のしっくい塗りの建築を畏怖《いふ》の念をもって改装したほうにオフィスを構えていた。この異常な犯罪者たちは、不幸せとは程遠い——アドルフソンとともに車を降りたとき、ベックストレームはそう思った。

「いったい、いくらしたんだろうか……」正面玄関のインターフォンで准教授を呼び出しながら、ベックストレームはつぶやいた。「異常者専用のテニスコートにミニゴルフ場、どでかいプールまである。ちょっとくらい普通の鉄条網を張り巡らして何が悪い？」

「いやまさに。この国の異常な犯罪者たちは不幸せとは程遠いな」アドルフソンが同意した。

この若者はなかなか将来有望だ――。


ローベット・ブルンディン准教授は若き日のオスカー・ワイルドを思わせる容貌だったが、オリジナルと異なるのは歯並びが完璧なところで、それをあえて見せたがっているようだった。大きなオフィスの大きなデスクの後ろの大きな椅子に心地よくもたれて座り、自分自身と周りの環境に完璧に調和して生きているようだ。

なんてことだ、こいつは投獄されたあのイギリスのホモ作家とそっくりじゃないか――。しかしベックストレームは映画の名前も主演男優の名前も思い出せなかった。おかしなことでもない。ひどい二流映画だったのだから。テレビ欄にはホモの話だと書いてあったのに、ろくなソーセージ乗りシーンもなかった。

「なるほど。つまり警察は、わたしがうちの可愛いレオをヴェクシェーの町中に解き放ったのかと心配したわけですね」准教授はそう言って、白く輝く歯を全開にしてみせた。

「残念ながら過去にそういう例もあるのでね」

「うちではありえません」ブルンディンが請け合った。「お聞きになりたいなら説明しますが」

「ではぜひ」ベックストレームがそう言ったときには、若きアドルフソンはもう小さな黒い手帳とペンを取り出していた。

レオ、つまりレシェク・バランスキー三十九歳は非常に危険な人物で、ブルンディン准教授の絢爛《けんらん》たる〝危ない人間コレクション〟の目玉的存在だった。レオから得たインスピレーションによって司法精神医学の学会誌にいくつも記事を寄稿しているし、ブルンディンの行った数えきれないほどの講演でも当然のことながら主役の座を守っている。

「強烈な妄想を抱いている性的サディストの中でも、稀に見る例なんです」ブルンディンは嬉しそうに微笑んだ。「その点について、週に何度か対話の時間をもつんですが――彼とわたしでね。今まで見たことのないタイプですよ。客観的に言うと知能レベルが非常に高く、IQも百四十を超えている。NASAの宇宙飛行士養成プログラムに受かるレベルだ。だが自分の性的欲求を満たすために若い女性を苦しめるということにかけては、純然たる天才と言ってもいい。自身の性的サディズムの新たなる表現の境地において、完璧なまでに限界を取り払った創造力を有している」

「では、そんなレオを外に出すつもりはなかったと」興味深い男だ――ベックストレームはそう思ったが、自分でもそれがレオのことなのかレオの担当医師のことなのかはよくわからなかった。

そう、ブルンディン准教授はレオを外に出すつもりはなかった。そんな考えは頭の片隅にも浮かばなかった。一方で彼の上司であり「いい人なんだが、あの世代の医療リベラリズムにひどく汚染されていてね。生来怠惰で、時には鈍麻なまでの性質が垣間見えることもある」職場の先輩が、将来的には、そしてあくまでその上司の見解では、レオが現在匿われている水槽の外での生活に再び適応するために、複数の対策が考えられるという。

「例えば?」ベックストレームが尋ねた。それよりも、ぎゃふんと言わせてやればいいじゃないか。

「自主的な去勢」ブルンディンの顔に笑みが広がった。「上司はレオが自主的な去勢に応じれば、一度や二度は監視付きの帰休を認めてもいいと」

「去勢か……スウェーデンではまだそんなことをやっているのか?」なんてことだ——ベックストレームはそう思いながら、椅子の中で無意識のうちに左脚を右脚の上に組んだ。

「自主的にですよ、もちろん。自主的に」ブルンディンはそう言って、心地よく椅子にもたれ、長い繊細な指をアーチのようにくっつけた。

「それについて本人は?」いくらなんでも限界というものがあるだろう。ぎゃふんと言わせるだけじゃだめなのか?

「あまり乗り気ではなかったね。去勢なんかしたら、彼にとって何よりも大切な性欲が完全に失われてしまう。普段は一日に五回から十回自慰行為に及んでいるんです。それに去勢された患者というのは、体重が劇的に増加する。とりわけここのような環境に暮らす患者はね。レオが自慢の容貌と性欲の両方を失うのを恐れるのは、まったく自然なことだ。わたし自身は強く、そして無条件に、強制不妊手術には反対の立場をとっています」

「なぜです？」そいつがお前さんとそっくりだからか？

「性欲が失われると、当然彼の性的妄想も枯渇してしまう。最悪の場合、司法精神医学研究においての価値が完全に失われてしまうんだ」ブルンディンは真剣な顔でそう言った。

「なるほど……」ベックストレームにしては珍しく、なんと言っていいのかわからなかった。

「レオをご覧になりたいでしょう？」准教授が訊いた。

「せっかくなのでぜひ」ストックホルムに戻ったときに休憩室で話すネタができるしな。

ブルンディンは軽くうなずいただけだった。その深くくぼんだ浅葱《あさぎ》色の瞳を少年のような期待に輝かせながら。

「昨日の夜から隔離しているんです」ブルンディンが言った。「薬を投与してベルトで拘束しなくてはいけなかったので、残念だが会話はできない。急に激高したんですよ。ひょっとするとリンダの事件について職員が話すのを聞いてしまったのかもしれませんね」

今日のレシェク・〝レオ〟・バランスキーは、とりあえず激高だけはしていなかった。むしろ、普段の彼が夢想し恋焦がれているような状態だった。ひょっとすると、ぐっすり眠っているように見える今も、それを夢想しているのかもしれないが。閉鎖病棟の中でもこの廊下は隔離房だけが並び、レオはそのひとつである十平米の部屋に眠っていた。家具は床に固定されたステンレスの寝台だけ。その上にレオがあおむけに横たわっている。身動きひとつせず、右の頰が下になるよう首を横に倒して。小柄で痩せていて、カールした黒い髪。女性的なほどの繊細な顔立ち。身に着けているのは病院から支給された短い下ばきだけで、聖シクフリード病院のロゴがウエストのところに入っている。腕は身体にそって太い革のベルトで縛られ、両脚は開いた状態で、足首のところで寝台の下の角から伸びるベルトにつながれている。

「意識を取り戻すまで、あと六時間はかかる」ブルンディンが言った。「いつも右手から外してやるんです。そうすれば自分で不安を解消できますからね」そう言って微笑んだ。

「それは実に効率的だね」ベックストレームは言った。その様子を、お前さんたちはこの小さなガラス窓から覗いているんだろう――?

別れを告げるとき、ブルンディン准教授は捜査がうまくいくことと、ベックストレームに再会する理由ができることを祈った。そして頭の中ではもう、新しいカテゴリーの若い犯罪者について、論文の草案をまとめていた。移民の背景をもち、残忍な性的暴行という罪を犯す若者たち。自分たち自身が子供の頃にそのような目に遭ったせいで。錯乱《さくらん》状態にあり、激しく精神を病んでいて、あんなことやこんなことまでできてしまう人間。それでも、とてもじゃないがレオとは取り換えがきかない――。

「リンダ犯に会えるのを心から楽しみにしていますよ。レオとはまた全然ちがったカテゴリーに属しているようだから」ブルンディンはそう言って、温かい微笑を浮かべた。

「そいつに会いたくないやつなどいないだろうな」ベックストレームは感情と確信をこめてそ

う答えた。

「失礼ながら、ボス。個人的な感想を述べてもいいですか」病院の門を出たときに、アドルフソンが言った。

「さっさと言いたまえ」ベックストレームが大きなため息をついた。

「あのブルンディンって医者は、実に癒し系だ。こういうのを適材適所って言うんでしょうかね」

お前は将来どこまで出世するのだろう――。そう思いながらも、ベックストレームは同意のため息をついただけだった。

16

署に戻ったベックストレームは、若きアドルフソンに聖シクフリード病院訪問の覚書を作るように命じ、自分はデスクの上に積み上がりつつある複数の書類の山をやっつけることにした。興奮するようなニュースは何もない。かといって、この部屋に座っている中で、さっさと仕事をしろと即座に尻を蹴らなきゃいけないようなやつもいない。ホテルに帰ってちょっとピルスナーを楽しむ時間だ。ベックストレームはちらりと時計に目をやってそう心に決めたが、もちろんそんなときにかぎって携帯が鳴るのだ。かけてきたのは例の、話が長くてつまらないVICLASの担当者で、レオの件がどうなったかを知りたがっていた。

「レオにもブルンディンにも会ったぞ」ベックストレームが報告した。

「レオの世話をしているのはブルンディンなのか?」

「ああ」ベックストレームはまた時計を見た。「きみによろしくと言っていたよ」

「それはよかった。ブルンディンはあの業界で唯一完全にまともな男だからな。レオの様子はどうだった?」

「調子は抜群、調子は抜群だ、レオからもきみによろしくと」ベックストレームはそう言って通話を切った。


警察署から出る前に、ローゲションも帰れるかどうかを確認しようと取調室に寄ったが、まだ赤いランプが点灯したままだった。六時間+六時間か——。最悪の場合タクシーを呼ぶしかないな。だってこの暑さの中を歩いて帰る気力のあるやつがどこにいる? ベックストレームはポケットから携帯を取り出したが、操作する前に捜査班お抱えの緊急事態セラピストが現れ、飛びかかりそうな勢いで近づいてきた。ゴルフクラブのように痩せていて、ベックストレームよりずっと背が高い。

「警部、ここで会えてよかった」セラピストはそう言って優しく微笑みかけ、首を斜めにかしげた。「二、三分よろしいかしら？」

「ロー、きみに何をしてさしあげられるかな？」ベックストレームもやはり優しく微笑んだ。調子がいいうちに、このおばさんも片付けてしまったほうがいいな。

セラピストのオフィスに入ってからも、彼女が口火を切るまでに、さらに長い時間がかかった。しかしベックストレームのほうはすでに、どういう作戦でいくか詳細まで準備が整っていたので、自分が吊るした縄に相手が痩せた首を突っこむのを楽しく見ているだけでよかった。ベックストレームは訪問者用の安楽椅子に心地よくもたれ、丸い腹の上で手を組んだ。柔和な笑みを浮かべ、相手を促すようにうなずきかける。

「あと話してないのは、あなただけなものだから」

「きみもきっとわかってくれるだろうが、ロー。わたしはかなり多忙でね」ベックストレームは穏やかな瞳で、余韻を残すようにうなずきかけた。だから珍しいくらい口うるさいおばさんとおしゃべりしている暇はないんだ。

「よくわかるわ」ローは頭をさらに数センチ下げ、ほぼ水平に笑顔を送ってきた。

「それはよかった」ベックストレームは安らかな表情のまま、まさにこういうときのためにとってある内省的なうなずきを返した。

リリアン・オルソンいわく、国家犯罪捜査局の殺人捜査官として長い経験をもつベックストレームは、警察隊のどの警官よりも多くの悲哀を目にしてきたはずだった。

「それらすべてに、どう対応しているのかしら。あなたはきっと数々の恐ろしいトラウマを抱えて生きているんでしょう？」

「どういう意味だい？」ベックストレームが問い返した。一瞬でも気を緩めたら、一巻の終わりだからな。

職場で目にした悲哀をどう処理してらっしゃるの？　多くの警官が——いや大半というよりほぼ全員が——仕事で完全に燃え尽きている。皆で行進して壁にぶち当たり、アルコールやセックスを乱用することでやっと次のシフトに向かうことができるのだ。

「そんなの、精神的な問題に対応するにはいちばんよくない方法よ」

だが、どっちもべらぼうに楽しいぞ？　ベックストレームは同意のうなずきを返しながら心の中でつぶやいた。「それは悲劇的だな……」そう言って、悲しそうに上半身を揺する。レヴィンとスヴァンストレーム嬢のこともタレこんでやったほうがいいのだろうか。

「警察大学時代からひどい摂食障害を起こす若い警官もいるのよ」

「それは悲劇だ」ベックストレームは繰り返した。「若者まで……。悲劇的だ」そして重いため息をついた。しかし学食の内容を考えると、食べられていること自体が大いなる謎だがな。

長年警察のカウンセラーとして働いてきたローは、その原因を確信していた。警察文化に根付く〝マッチョ信仰・自己否定・沈黙・自滅的な生き方の組み合わせ〟が、長く職場環境を支配し、そこで働くことを強いられた人々を麻痺《まひ》させているのだ。彼女自身、この警察署に足を踏み入れるたびに、それが床から壁から天井から渦を巻いて襲ってくるのを感じるという。

「ベックストレーム、あなたはトラウマになるような体験をどう処理しているのかしら？」ローはまたそう繰り返し、答えを促すように頭を左右に振った。

「わが主のお導きによってだ」ベックストレームは穏やかな瞳を天井の照明へと向けた。さあ、この言葉をじっくりと味わうがいい。

「ごめんなさい、よく意味がわからないんだけど……」ローが戸惑った笑みを浮かべた。

「わが主だ」ベックストレームはその言葉を部屋に響かせた。「全能の父なる神だよ。天と地を統《す》べる神――地上の旅において、我々を導き癒す存在でもある」耳とアゴが落ちる寸前というのはこういう顔なのだろうか？

「あなたが信心深いとは夢にも知らなかったわ、ベックストレーム」ローは弱々しく微笑んだ。

「吹聴するようなことではないからな」ベックストレームは相手を励ますような表情のまま、頭を振った。「わたしとわが主のことであって」

「よくわかるわ。でも、だからといって他の考え方を排除しなければいけないわけじゃないでしょう？　心の平安のために他の選択肢……いや、他の道を試そうと思ったことはない？」

「例えばどんなことだい」ベックストレームは眉をひそめて険しい表情を作り、相手に警官の目つきを味わわせてやった。さて、このへんで締めにかかるか。

「そうね、色々なセラピーとか。例えばデブリーフィングなんかも実はセラピーのひとつなのよ」ローはひきつった笑顔のままそう言った。「わたしのドアはいつも開いているわ。普通の信者の方々も多く……」

「汝はわたしの他に、何者をも神としてはならない！」ベックストレームは声を轟《とどろ》かせ、腕全体で相手を指し示しながら、椅子から立ち上がった。「きみやきみの同業者が大いなる神の役割を演じようなど、なんという不遜な考えだ。十戒のひとつめの戒律を破るつもりか！」それともふたつめだっけかな？　まあどっちでもいい。

「あなたを怒らせるつもりはなかったの、本当に……」

「人間の仕事はつぎはぎ仕事にすぎない」ベックストレームは相手を遮《さえぎ》った。「伝道の書十二の十四！」そして相手をじっと睨《にら》みつけた。これは純粋に賭けだった。なにしろここは信心深いスモーランド地方なのだ。まあ、この女は教会に足しげく通うタイプには見えないが。

「傷つけてしまったのなら本当に申し訳ないわ」ローは力なく微笑んだ。

「わたしのドアはいつでも開いている」ベックストレームは今言ったことを強調するように、彼女のドアを開けた。「ひとつ覚えておくがいい、リリアン。人間は……我々は、思いわずらう存在だ。しかしすべては神の思し召しなのだ」

さあそろそろ便所に閉じこもるか。誰にも邪魔されずに脱腸するほど笑い転げるために。ベックストレームはセラピストの部屋のドアを閉めた。

ホテルの部屋に入ったとたんに、よく冷えたピルスナーをグラスに注いだ。缶から直接飲むやつらの気が知れない。半猿人どもめが。ベックストレームはグラスからごくごくと何口か飲むと、意気揚々と上唇についた泡を舐めた。それからベッドに身を投げ出し、テレビをつけ、下のレセプションで受け取ったばかりの電話メッセージの記録をめくった。かなりの数があり、その大半は地元ラジオ局のカーリン嬢からだった。つい数時間前に届いたメッセージでは、「仕事の話はしなくていいから」とまで誓っている。善意から自分の家の電話番号まで残していた。「どこか目立たない場所で食事をごちそうさせてもらえないかしら」緊急事態に陥った女か――。ベックストレームはベッドサイドテーブルの電話に手を伸ばした。もう必死じゃないか。ベックストレームは彼女の番号を押しながらそう考えた。

目立たない場所とは、テラス席があってやはりスモーランド的な湖の風景が見渡せる小さなマナーハウスだった。かなり郊外だったが、ベックストレームのタクシー代は雇用主が払うわけだから問題はなかった。目の届くかぎり、ジャーナリストの姿は見当たらない――今夜のお相手の椅子を引きながら、ベックストレームはそんなことを考えていた。

「やっと二人きりになれたわね、警部」カーリンは三度ウインクし、口だけでなくその目も微笑んでいる。「何を召し上がる？　わたしのおごりよ」

「そんなことは絶対にさせないよ」タクシーの中ですでに、また一人別の匿名の情報提供者とミーティングするために残業を申請しようと決めたので、その証拠となるレストランの領収書が必要だった。

「美味いものが食べたいな」ベックストレームは今夜の相手と、よく日に焼けた腕と脚をこっそり盗み見た。薄いサマードレスなんか着て、上からみっつめのボタンは留め忘れたにちがいない。これはちょっと簡単すぎるくらいだ。

実に楽しかった——三時間後にカーリンをマンションの前で降ろしたとき、ベックストレームはそう思った。カーリンはリンダ殺害事件のことをベックストレームに喋らせようと努力したが、それにはすべてストップをかけてやった。それでも会話が続くように、さりげなく自分の話を織り交ぜ、それからいつもの警察ネタを披露し、最後には未来の美味しい約束まで与えた。

「でもわたしの気持ちもわかるでしょう?」カーリンはため息をつき、自分のワイングラスを回した。「わたしたちはこの町にいるのに、ニュースはすべて大都市の新聞経由で入ってくる。何が起きているかはそこで知るの。わたしたちの事件なのに。ここに住んでいた女の子が殺されたのよ。つまりわたしたちのうちの一人が」

「新聞に書かれていることはどれも嘘ばかりだ。それが慰めになるのなら言っておくが」まったく女ってのは、どうすりゃいいっていうんだ——。

「そうなの?」カーリンの目に希望の光が宿った。

「こうしよう」ベックストレームは身を乗り出し、その拍子に彼女の腕に触れた。「犯人がわかったら——確実にそいつだとわかったら、まず最初に教えると約束するよ。きみだけにだ」

「約束してくれる? 本当に?」カーリンはベックストレームをじっと見つめた。

「本当にだ」ベックストレームはそうそぶき、彼女の腕に手を置いた。「きみだけだよ」いやいや、これではあまりに簡単すぎるぞ。

ホテルに戻ると、ベックストレームはそのままバーへと舵を切った。ディナーの間じゅう、ピルスナー三本しか飲まなかったのだ。だからエルサレムからメッカまで砂漠を渡ったラクダのように喉が渇いていた。おまけにバーのいちばん奥に、ローゲションが巨大なジョッキをお供に座っていた。いつもに増して近寄り難い雰囲気を漂わせながら。周りにはいくつも空のテーブルがあるというのに、バーにいる二十名ほどのジャーナリストや地元民は、なぜかローゲションからなるべく遠くに座りたい様子だった。

「おれの向かいに勝手に座ろうとした一匹目のヒルに言ってやったんだ。腕を折ってやろうかってな。だから大丈夫だ」ローゲションが説明した。「で、何を飲む? 今日はおれがおごる番だ」

「大きくて強いやつを」ベックストレームはそう言って、ウエイターに手を振ったが、ウエイターはなぜか怯えた表情をしていた。ローゲションがいつだって社交的なせいにちがいない。

「そっちはどうだった?」ベックストレームが自分のビールを受け取り、やっと喉の渇きを癒したとき、ローゲションが尋ねた。

「緊急事態セラピストと長いことおしゃべりしてきた」ベックストレームはにやりと笑った。「それから便所に行かなくちゃならなくて、つまり今日だけは三回だ」

「お前だけはまともだと思ってたのになあ。なぜセラピストなんかと話す必要があるんだ」ローゲションはあきれて頭を振った。

「よく聞け」ベックストレームはテーブルに身を乗り出し、すべてを話して聞かせた。するとローゲションは見違えるほど元気になり、二人はさらに何杯か確実なやつを喉に流しこんだ。ベックストレームはウエイターに、ここの支払いは雇用主がすべて払うから、部屋代やなんかと一緒にツケておいてくれと頼んだ。

部屋に戻って寝る時分になると、バーの中はほとんど空っぽだった。まだ残っている数人の記者たちは、意識がなくなるまで飲み続けるつもりなのだろう。ローゲションはさっきよりずっと機嫌がよくなり、驚いたことに彼らにおやすみの挨拶までした。

「さあそろそろ家に帰れ、このバカどもめが!」

17

七月八日(火曜日)、ヴェクシェー

ジャーナリスト全員がローゲションのアドバイスに従ったわけではなかったようだ。そのことは朝食の席ですでにわかった。最大手のタブロイド紙が最新のスクープを載せていたからだ。〝同じマンションの女性も殺されかけた〟という見出しが躍り、六、七、八と三ページに渡る

記事にその全貌が描かれていた。〝警官殺しの犯人は、わたしのことも殺そうとした――リンダの上の階に住むマルガリエータが語る〟

「これはいったいどういうことだ」ベックストレームは黙ってハンドルを握るローゲションに問いかけた。車はホテルから警察署までの四百メートルの道のりを進んでいた。

「〝夜中の三時ごろに、誰かがわたしのマンションに入ってこようとする音で目が覚めたんです〟」ベックストレームが声に出して記事を読んだ。「〝でも犬が二頭とも激しく吠えたので、逃げ出したみたい。階段を駆け下りる音が聞こえたわ〟おい、これはいったいなんの真似だ！なぜ先にそれを警察に言わない。この女、少なくとも二度は事情聴取をしたはずだろう？」

「三回だ」ローゲションが学者のような口調で言った。「調書ならすべて読んだ。一度目は現場に到着したパトロール警官。それから県警の犯罪捜査部が署内で正式な事情聴取を行い、そこで発言の禁止も言い渡している。三度目は、近隣の聞きこみのさいにだ」

「それで、誰かが部屋に入ってこようとしたなんてことは、一度も口に出さなかったんだな？」

「ああ、一言もね」ローゲションはあきれたように頭を振った。

「もう一度訪ねて、事情聴取をするんだ。すぐにだ。サロモンソンを一緒に連れていけ」

「ああ、わかった」

本当なのだろうか。そんなに単純な話なのか？

リンダの呼び鈴を鳴らしたのと同じ犯人？　だとしたら、リンダはなぜそんなやつを家に入れたんだ？

その朝の会議は、ベックストレームが音頭を取っているのに盛り上がらなかった。ほとんどの捜査官は鑑識班の現場報告を待っている状態だったし、何よりもSKLから犯人のDNA解析結果が来るのを待ち焦がれていた。だから基本的には朝刊に載っていた内容を議論するだけになった。ベックストレームは記事の内容を深く憂《うれ》いていたが、その理由を説明する気にもなれなかった。突如としてメディアが彼の殺人事件の捜査の指揮を執り始めたなんて――。


これまで何度となくそうだったように、各人の解釈はばらばらだった。

「事情聴取のときには、怖くて言えなかっただけかもしれない。犯人に怯えていたんですよ、きっと」誰かがまっさきに口を開いた。

「別の可能性としては、注目されたくて話をでっちあげたか、記者が彼女の発言に勝手に補足したんだな」別の誰かが反論した。

「真実はその間であってもおかしくない」三人目が言った。「犬が真夜中に吠え始めたというのは本当だろうが、だからといって誰かが家に入ろうとしていたとはかぎらない。道に酔っ払いがいたとか、車が通っただけかもしれない」

こんな調子でさらにしばらく続いたあと、ベックストレームは背筋を伸ばし、大きく腕を広げ、議論を止めた。

「なんとかなるだろう」そう言って、エノクソンに向きなおった。エノクソンもここまでは黙ったままだった。「きみたちにその女性のドアを筆でぱたぱたやってもらうのは、賢い考えかな?」

「すでに部下が向かっている」エノクソンが答えた。

やっとか——とベックストレームは思った。やっと本物の警察の仕事らしくなってきたぞ。

会議のあと、ベックストレームはサンドベリィを人目につかないところに連れていき、目の疲れを癒した。そのついでに、被害者の周辺人物の割り出しはどうなっているのかを尋ねた。

「進み具合はどうだい、アンナ? 木曜の夜に誰がクラブにいたか、わかってきたかい?」そして優しく微笑みかけた。

サンドベリィ巡査部長によれば、それはざっくり二百名くらいの話だった。リンダが十一時過ぎにクラブに現れたときにすでにその場にいた人々と、それよりあと——ただしリンダがまだ残っていた時間にやってきた人々のことで、すでにそのうちの百人近くと話すことができた。その大半が、警察が地元メディアを通じて情報提供を要請したため、自ら連絡をしてきた人たちだった。そこには警察大学の友人および警官四人も含まれていた。そのうちの一人はサンドベリィ自身だった。

「それで、きみ自身はここの同僚や未来の同僚の中に怪しい者はいないと思っているんだね？」ベックストレームがにこやかな表情で尋ねた。

「ええ」サンドベリィはその話題がちっとも楽しそうではなかった。「少なくともわたしは、そういう人間には気づきませんでした。だから答えはノーです」

「警官以外のやつらはどうなんだ？　クラブにはチンピラがたくさんいたんじゃないのか？まだ連絡をしてきていない怪しげなやつらは？　そいつらについてわかっていることは？」中年女ってのは、誰一人ユーモアのセンスがないからな。

サンドベリィいわく、目を引くような点は何もなかった。地元のチンピラは確かにいたが、場所と時間を考えれば逆にいなかったほうが驚く。そのうちの数人とはすでに話したが、彼らだってリンダが殺されたことにショックを受けていた。「何もおかしなことはありません」

「つまり、誰だかわからないやつが少なくとも五十人はいるんだな」ベックストレームが言った。まったく、名探偵アンナちゃん気取りか。

「ええ。男性に限定するなら。わたし自身はそれより少ないくらいだと思っていますが」

「で、どうやってそいつらを捜し出すんだ？」ベックストレームが食い下がった。

サンドベリィによれば、かなりの時間がかかるのを覚悟しておいたほうがいいという。その理由は、ひとつには夏の休暇の時期であること、もうひとつにはクラブにいたことを知られたくない人もいること。被害者と会ったわけでも話したわけでもないし。それと、ごく個人的な考察があるのですが、それを話してもいいでしょうか？

「これについてはずいぶん考えたんですが、実際やる価値があるのかどうかは正直……」

「なぜやる価値がないんだ？」こいつはおまけに怠け者なのか？

理由は複数あった。かなりの仕事量になるうえに、どれほど時間をかけたところで、そこにいた全員を把握することは無理だから。

「で、他に何か？」まったく、ため息しか出ないぞ。

「そもそもこれが手がかりにつながるんでしょうか。リンダがクラブから誰かと一緒に帰ったとか、クラブからあとをつけられていたとかいう形跡は一切ありません。クラブで出会った誰かとあとで会う約束をしていた様子もない。上の階の奥さんの言うとおりなら、ただ単に変質者に狙われてしまっただけでは？　わたしはその可能性がいちばん高いと思いますけど」

「それはまだわからんだろう」ベックストレームが冷たく言った。「きみにも、わたしにも」

ましてやお前さんにはとうていわかるはずもない。

「じゃあ、続けるんですね？」

「そのとおりだ。クラブにいた全員の身元を割り出し、話を聞くんだ。その間に別の方面から犯人がみつかれば、そのときにやめればいいだろう」おれはそこまでバカじゃないぞ。

「了解です」サンドベリィがそっけなく答えた。

「あともうひとつ。リンダの手帳があると言ったね」

「ええ、ありますよ。ですが、そこにも手がかりになるようなことは書いてありません。少なくとも、わたしには何もみつけられなかった」

「鑑識の確認も終わったのか？」そこにも、とはどういう意味だ。

「ええ。リンダの指紋だけです。他の指紋はなかった」

「それはよかったな」ベックストレームがにやりと笑った。

「どういう意味です？」サンドベリィは警戒した顔になった。

「面倒なビニール手袋をつけなくてもいいからだ」

「ああ、そうですね」サンドベリィがそっけなく言った。「もう行ってもいいですか？」

「ああ、もちろんだ」ベックストレームは肩をすくめた。こんないいおっぱいの女が、なぜこんなにひねくれた性格なんだ——。

18

前代未聞の夏。人類の記憶にも、一般市民の記憶にもないような夏。もちろん、そこそこ歳を取った人という意味で。五月にはすでに始まり、永遠に終わりがないかと思うような夏。来る日も来る日も太陽が焼けつくようで、地元の最高気温記録を連日更新している。不公平な、スウェーデンじゅうに太陽が輝いていた。

七月八日火曜日に、また新たな記録が樹立された。前回の記録もまさにここスモーランド地方で、六十年近く前に計測されている。一九四七年六月二十九日の日中に、モーリラで三十八度ジャスト。天気を司るのも大いなる神の所業なのであれば、敬虔なスモーランドの僕《しもべ》たちを忘れることなく慮《おもんぱか》ったのだろう。でなければ、なぜ今年の七月八日火曜日の午後三時に、ヴェクシェーの南数十キロのヴェッケルソングにて摂氏三十八・三度を記録したのかという説明がつかない。

ヴェクシェーの町中はそれに比べると涼しかった。しかしレヴィンとエヴァ・スヴァンストレームが一時過ぎに、遅めの昼食を食べるために警察署を出たときには、オックス広場全体が暑さに震えていた。気温はたったの三十二度だったのに。

なぜだかわからないが、レヴィンは懐かしい不安を感じた。基本的に起きている間じゅう警察署のよく冷房の効いたオフィスにいるから、暑さへの心構えができていなかったのかもしれない。

「中で食べないか」レヴィンはエヴァ・スヴァンストレームにそう提案して、戸惑った笑顔を向けた。いったい何が起きているんだ、真夏のスウェーデンで。

「すごく気持ちいいじゃない」エヴァは幸せそうに微笑み、極めて非スウェーデン的な仕草で両腕を広げた。「さあ行きましょ、あなたは日陰に座らせてあげる」

その夜と翌朝のニュースは当然そのことで、地元メディアは惜しみなく地元愛の表現を振る舞った。スウェーデン全土でもっとも暑いのは、やはり大いなる神のおわすスモーランドなのだ。カルマルの地元紙バロメーターの見出しなど、こともあろうにスモーランド地方を北ヨーロッパの新リビエラとまで評していたが、スモーランド・ポステン紙は従来どおり謙虚な語調だった。本物のスモーランド人なら、うぬぼれは神への冒瀆に等しいことを知っているのだから。

大手朝刊紙も同様に、様々な専門家が意見を述べていて、地球温暖化を警戒する一派もいれば、これは地球史における長期的な気温の変化だとして一蹴する一派もいた。彼らは、青銅器時代にはスウェーデンのいちばん北のノルランド地方においても葡萄《ぶどう》を栽培していたという史実を引き合いに出した。それ以外はどの新聞も、読者に多種多様な医学的アドバイスを与えるという方向性だった。

日陰で安静にしていること。肉体に負荷をかけるようなことはできるかぎり避けること。まめに水分を補給し、頭部は帽子などで防護する。とりわけ気をつけるべきなのはお年寄りもしくは乳幼児、高血圧や心臓に問題がある人。もちろんどんな理由があっても、たとえ短時間であっても、犬や子供を駐車場の車の中に置き去りにしてはいけない。

タブロイド紙についてはまったくいつもどおりだった。義務のように最小限の気象学的事実に触れたあとは、彼らにとっての重要事項に全力を注いだ。つまりこの夏の耐え難い暑さと暴力事件の増加の相関性についてだ。リンダ殺害事件のことももちろん忘れてはいない。

大手タブロイド紙の雄《ゆう》のご意見番を務める専門家らは、連続殺人事件と連続殺人犯とそれを取り巻く気温の関連性をはっきりと指摘していた。その専門家の研究によれば、そういう事件が起きる確率は、暑ければ暑いほど上がるという。夏の半年間は冬の半年間よりも危険性が高く、それは北極であってもアフリカであっても関係ない。例えばアメリカの有名な連続殺人犯のほとんどが、中西部や北部の州ではなくて南のカリフォルニアやフロリダで犯行に及んだのは偶然ではない。暑さが暴力を生む。とりわけ精神を病み、心が不安定で繊細な犯人たちは――と記事は締めくくられていた。

19

なぜここまで人生に翻弄《ほんろう》されなくてはいけないのか――。まずは昼食の前にひねくれた中年女に小言を言わなくてはならず、それから正真正銘のバカ二人と昼食を食べるはめになった。それもこれも、ローゲションが別の中年女に小言を言うのに忙しいせいだ。それでも足りないみたいに、昼食に出たのは茹ですぎてボロボロになったパスタにフィッシュソース（白身魚とディルのソース）をかけたものだった。なぜ普通にカロップス（牛肉の煮こみ）のビーツ添えなんかを出さない？この田舎の僻地《へきち》はスコーネ地方と壁一枚隔てているだけだろうが。

クヌートソンとトリエンは始終機嫌がよく、とりわけクヌートソンはご機嫌だった。近所の奥さんがしゃしゃり出て大手朝刊紙に暴露話を披露する前に、すでに窃盗《せっとう》犯を検索したリストを作ってあったからだ。

「先見の明だな、エリック」トリエンが相棒を褒めた。「あの女性の発言を読んだとき、やはりそうだったのかと確信したよ。お前はまったく正しい」

「どういうことだ?」ベックストレームが言った。こいつらは正真正銘のバカだな。

トリエンいわく、それはとても単純な話だった。

「典型的な窃盗の手口ですよ。まず建物のいちばん上の階に行く。そこなら他の階の住人が通りかかる可能性がいちばん少ないから」

夏の休暇の時期の朝三時に、確かにそんなリスクは甚大だろうよ——ベックストレームはそう思いながら、先を促すようにうなずきかけた。

「それで、その部屋の住人が家にいるかどうか、試しに呼び鈴を鳴らしてみた。すると犬が吠えだした」

「もしくは新聞受けから覗いたときに」クヌートソンが援護する。

「それでずらかったんですよ。強盗は犬を嫌う」

こいつらは麻薬捜査に関わったこともないらしいな——ベックストレームはそう思いながらうなずいた。

「ひとつ下の階だと何がだめだったんだ。全員留守だったじゃないか」

「上の階の住人を起こしたことを考えると、近すぎたんですよ」クヌートソンが自信満々に答えた。

「その下は？」

「ポーランド人が家にいたでしょう」トリエンが言い返す。「もちろんポーランド人のドアも試したんだと思いますよ」

「自分は一気に一階まで下りたんだと思うな。それがいちばん安全でしょう」

「ではそいつがリンダの呼び鈴を鳴らしたというのか？」なんてことだ、ますますひどくなる。

「ええ。そして新聞受けを覗いたり、普通の強盗がやるようなことをやった。やつらにしてみれば、日常茶飯事ですよ。それが彼らの犯行の手口《モーダス・オペランディ》なんだから」

「それでリンダがドアを開けたのか？」

「ええ。ちょっとおかしな気もしますが、鍵をかけ忘れただけかもしれないし。鑑識の話ではその可能性はあまりないらしいが」

「ドアはリンダが開けたんでしょうね。こじ開けた痕がないわけだから」トリエンも言う。

「開けたか、鍵をかけ忘れたか」

「ちょっと待て」ベックストレームは手を上げて二人を制止した。「きみたちの推理についていけないんだが。朝の三時にごく平凡な強盗がやってきて——つまりヤク中で、腕に真新しい注射の痕があって、口の端から涎《よだれ》を垂らしているようなやつが、リンダの家の呼び鈴を鳴らし、ドアの表札に書かれた〝エリクソン〟さんが旅行中であることを期待しつつ、留守かどうかを確かめた。四階の奥さんの家で犬たちが狂ったように吠えている間にだ。その最中に強盗氏が呼び鈴を鳴らした。ピンポーン、ピンポーン、ピンポーン。そして念のために新聞受けからも覗いてみた。家に帰って寝ようとしていたリンダは——それに噂では警官を目指していたというリンダは——玄関に出た。玄関の覗き穴から外を見ると何が見えた？　いわゆるごく平凡な強盗だ。どうぞどうぞ、入ってください。ドアがバタンと閉まる。この家は盗む物ならいくらでもありますよ。ちゃんと靴を脱いで、靴棚に並べてくれるならね。だって床が汚れたら嫌だもの。つまりそういうことなのか？」

トリエンもクヌートソンも黙ったままだった。ベックストレームは立ち上がり、昼食の盆を棚に戻し、カップにコーヒーとたっぷりの牛乳と砂糖を入れ、それを自分のオフィスにもって上がり、その間じゅうずっと心の内で悪態をついていた。

ローゲションとサロモンソンがリンダと同じマンションに住むマルガリエータ・エリクソンの呼び鈴を鳴らしたとき、中はすでに来客中だった。奥さんは、二番目に大きいタブロイド紙の記者とカメラマンを家に上げていたのだ。そのタブロイド紙は、スクープは逃したものの、別の切り口で攻めるという夢を捨てていなかった。三人はキッチンに座ってコーヒーを飲んでいた。

「なので、もう少しあとにまた来てもらえます？」奥さんが言った。

「では、エリクソン夫人は警察署で話すほうを望まれますか」ローゲションは無表情のまま焦点の合わない目で言った。「パトカーを呼びましょう。ちょっとだけ待ってください」

あとから考えると、結局うまくいったのだ。数分後には、エリクソン夫人はローゲションとサロモンソンと一緒に、さっきまで新聞記者たちが座っていたキッチンのテーブルに座った。

「あなたがたもコーヒーをいかが？」家の女主人は、過去を水に流して前に進むつもりのようだ。

「ああ、それはありがたいね」ローゲションが断る前にサロモンソンが快諾した。

「わかってますよ。新聞記事のことでしょう」エリクソン夫人は表情からしてまったくくつろいだ様子ではなかった。「なぜ警察には話さなかったのかってね」

ローゲションはうなずいただけで、サロモンソンは自分のコーヒーを忙しくかき混ぜていた。

「新聞に書いてあることを鵜呑みにしちゃだめ」エリクソン夫人はひきつった微笑を浮かべた。「ほんとにそうなんですから。言ってないことまで書かれてるのよ。あたしが言ったのは、真夜中に犬たちが吠えて目が覚めたということだけ。でもそれ以外の――誰かが家に入ってこようとした、階段を駆け下りていったなんてことは一度も言ってない。そんなことがあったら、もちろんすぐに警察に話しましたとも」

「人が来たとき、奥さんの犬はよく吠えるんですか？」サロモンソンが尋ねた。

もちろんそういうことはあります――と犬の飼い主は答えた。同じマンションの住人が帰宅したり、とりわけ夜遅くに帰ってきたときなんかには。誰かが外で騒いでいただけでも吠えることがある。残念ながら、同じマンションに住む「あの嘆かわしいポーランド人」が管理組合に苦情を呈したほど。だからといって、痛くも痒《かゆ》くもなかったですけどね――と犬の飼い主であり管理組合の理事長でもあるエリクソン夫人は言った。ええ、でもそうね、とりわけペッペはかなり警戒心が強い子なので。

「この子はとても深みのある声で吠えるんですよ」エリクソン夫人はそう言って、自分の膝に頭を埋めている大きなラブラドールを撫でた。「そうすると、おちびのピッゲもお兄ちゃんを手伝って吠えだすことが多いわ」

「奥さんはあの夜、犬が吠えたときどうしたんですか？」ローゲションが尋ねた。

ベッドで寝ていて、犬の声で目が覚めた。最初はじっと横たわったまま耳をすましていた。それから「吠えるのは止めなさい」と言うと犬たちが静かになったから、もう危険はないと解釈した。

「玄関の外にまだ人が立っていたなら、犬たちは吠え続けたでしょうよ。その男がネズミのように大人しくしていてもね」

「なるほど、犬たちは吠えるのを止めたんですね。で、そのあと奥さんは？」

まずはつま先立ちで玄関に出ると、覗き穴から外を見てみた。しかし何も見えなかったし、音も聞こえなかった。なのでまたベッドに入り、間もなく眠ってしまった。それで終わり。そして夫人は、警察に訊かれたときにそのことを思いつかなかったことを再度詫びた。なぜ新聞にあんな具合に書かれてしまったのかは、「正直まったくわかりません」。

それはあんたがセンセーショナルな内容のように記者に話したからだろ——ローゲションはそう思ったが、口には出さなかった。その代わりに事情聴取を終了し、コーヒーの礼を言って、部屋を出た。〝発言の禁止〟について釘を刺すこともなかった。本物の警官なら、それが悪い冗談だというのは誰でも知っているのだから。

階段を下りていると、鑑識班の二人に出くわした。二人はエリクソン夫人の玄関ドアおよびその他の興味深い面に筆を走らせるために来たのだ。

「急げばコーヒーが出るぞ」サロモンソンがそう言い、ローゲションはうなずいてから大きなため息をついただけだった。

どうせここに来たのだからと、二人はグロスの部屋の呼び鈴も鳴らしてみた。彼のところでも、金曜の早朝に誰かがドアの前に立ったかどうかを訊くために。しかしグロスはドアを開けるのを拒んだ。新聞受け越しに、これ以上嫌がらせをするのはやめろと叫んだ。

「今、新聞記者が来てるんだ。彼らが証人になってくれる。わかったか？　すぐに出ていけ！」

「まあそれで全部だな」ローゲションが顔を上げてベックストレームを見つめ、ため息をついた。

「それで、お前はどう思うんだ？」

「犬が吠えて夜中に目を覚ましたのが正確に何時なのか、あのおばさんは覚えていなかった。あそこの犬は、単に始終吠えているだけなのかもしれない。おれたちが呼び鈴を押したときも、狂ったように吠えたからな」

「じゃあなぜ玄関に出て外を確認したんだ」ベックストレームが賢明な質問をした。「犬が吠えるたびにそうするのか？」

「本人によればそういうわけじゃないらしい。なあ、おれの考えを聞きたいか？」ローゲションは疲れたため息をつき、ベックストレームはうなずいた。

「それは真夜中のことだった。おまけに夏のこの時期だ。新聞で、留守宅に忍びこむ窃盗が頻発しているという記事を読んだ。基本的にマンション内の住民は皆旅行に出ていた。なぜ今回にかぎって玄関に出て確認したのかは、それで説明がつくんじゃないか？」

「だがなぜ犬は吠えた」ベックストレームは食い下がった。

「おれに犬のことを訊くなよ。警察犬のトレーナーに訊いてみるといい。きっと喜ぶ。あいつらの小さな脳みそには、犬のことしかないからな」

「なぜ犬は吠えたんだ……」

「単純に考えれば、リンダが家に帰ってきた音を聞いて吠え始めたんだろう。犬ってのはべらぼうに耳がいいんだ。飼い主の言葉を信じればだが。じゃあ、またあとでホテルで」

「酒屋に寄るのを忘れるなよ」ベックストレームが思い出させた。「おれはとりたてて何も要らない。お前さんがすでに飲んだピルスナーを全部返してもらえればそれで充分だ」

警察署を出る前に、ベックストレームは鑑識のエノクソンに電話をかけて、エリクソン夫人のドアから新たな発見があったかどうかを尋ねた。

「光を当てても筆を走らせてもみた。ドア板、ハンドル、新聞受け、ドア枠、その他触りそうな周辺の壁、四階に上がる階段の手すり。ドア。エレベーターはすでにやってある。覚えているだろうが」

「それで?」

「何も出なかった」エノクソンが言う。「あの部屋の奥さんのものだけだ。一人暮らしの寂しい女性だし、話し相手がほしかったんじゃないか? だから面白そうな話をでっちあげたとか」

ベックストレームがホテルの部屋に戻ると、クリーニングから洗濯物が戻ってきていた。きっちりアイロンのかかった包みが、空いている空間という空間に積まれている。クリーニング代は、ベックストレーム独自のルールを適用して、〝衛生費〟として大きな請求書につけておいた。それから負債を抱えたローゲションが強いピルスナーをケースごともって現れた。まるでクリスマスイブじゃないか――。カーリン嬢に電話しておべっかを使うというアイデアは、もはや頭から消えていた。

「ミニバーに冷えてるのが何本かある。食事の前にまずそれから空にしようじゃないか」

20

七月九日（水曜日）、ヴェクシェー

その日は並外れて先行きが明るかった。二番目に大きなタブロイド紙は戦《いくさ》に敗れたのを認めようとせず、反撃に出た。そして編集長の期待以上にマリアン・グロスを立派な話に仕立て上げていた。両面見開きの記事で、稀代の英雄マリアン・グロス（司書、三十九歳）の大きな写真も載っている。その写真は、見出しのイメージと完璧に一致していた。〝連続殺人犯を追い払った男〟このカメラマンはいったいどういうテクニックを使ったんだろうか――とベックストレームは考えた。あのチビのデブが、まるでおっかないみたいに見えるじゃないか。カメラマンは床に這いつくばって撮影したんだろうか。

「おい、ちょっと聞け」ベックストレームはその記事を声に出して読み始めた。

「ちょっと待ってください」トリエンが重箱の隅をつつくように言った。「あの男は四十六歳でしょう。三十九歳じゃない」

「今はそのことはいい。さあ聞くんだ。〝誰かがマンションの部屋のドアをこじ開けようとする音で、マリアン・グロスは夜中に目を覚ました。ドアの覗き穴から見てみると、二十歳前後

の若者が鍵をこじ開けようとしていた〟」

「どの鍵のことだ」ローゲションがふてくされた顔で言った。「昨日おれが寄ったときには鍵が三個ついていたが」

「細かいことにこだわるなよ」ベックストレームは先を読んだ。「〝マリアン・グロスは『何をしているのか』と訊いた。しかしドアを開けて捕らえる前に、その男は階段を駆け下りてしまった〟」

「犯人の容貌については？」クヌートソンが尋ねる。

「実にいい描写があるぞ」ベックストレームが言う。「〝犯人の顔は野球帽のひさしに隠れていた〟にもかかわらず、うちのポーランド人いわく、〝短髪——ほぼスキンヘッドで、典型的なスウェーデン人。フーリガンかファシストのような男で、屈強な体格だった。身長は約百八十センチ、二十歳くらい。迷彩色のジャケットに、光沢のある素材の黒いズボン、その裾はくるぶしまであるブーツの中に入っていた〟」

「実に興味深いな」レヴィンがそう言ってコーヒーをすすった。テーブルの下でこっそり、右のつま先をエヴァ・スヴァンストレームの足首からよく焼けたふくらはぎへと滑らせながら。

「そいつの服装のことだ。外は二十度近かったことを考えると」

「ふむ。なんだか腑に落ちないな」クヌートソンが怪訝《けげん》な表情になって頭を振った。

「なんだね、言ってごらん？」ベックストレームは晴れやかな顔で新聞を脇へやると、一言も聞き洩らさぬようにと身を乗り出した。

「階段を駆け下りた犯人は、それからリンダの家の呼び鈴を押したんだろうか……」トリエンが信じられないというふうに頭を振った。

「それか、リンダのほうはもう終わってたんだろう」ベックストレームが気前よくアドバイスした。「それでさらに上へ上へと仕事場を移そうとしたのかもしれない」

「なぜ警察に通報しなかったんだろう」クヌートソンが加勢に入った。「そのグロスという男は」

「新聞のインタビューでもその質問はされているぞ」ベックストレームが笑みを浮かべた。

「この国の他の国民と同じく、警察に対する信頼を完全に失っているそうだ」

「ファシスト野郎に礼を言わなくちゃな」トリエンが言う。「自分がやったことを棚に上げて……」

「その話は信じられない」クヌートソンが力強く頭を振った。「全部作り話だと思います。もちろん誰かが呼び鈴を鳴らした可能性はあるかもしれない。例えば上の奥さんとか」

「捜査の役には立ちそうもないな」ローゲションがため息をついて、テーブルから立ち上がった。「それでももう一度グロスを事情聴取したほうがいいか?」ローゲションはベックストレームを見つめた。

「法王はターバンを被っているか? ベックストレーム警部は交番勤務か? 巨乳の女はうつ伏せで寝るか? 答えは明白だろう」そう言って、ベックストレームも立ち上がった。

21

同じ朝、心待ちにしていた犯人のDNA型情報がやっと捜査班の元に届き、メンバーは一人残らず朝の会議に集まっていた。部屋の中では興奮が高まり、鑑識課の課長が報告したそれは、最高品質のDNAだった。これを犯行現場に残した人間さえみつかれば、リンダ殺害事件は一切の躊躇《ちゅうちょ》も疑問もなく解決するのだ。証拠という見地から見るとあまりに強力で、捕まったときに犯人が何を言うかはどうでもいいような状況だった。

犯人のDNAは八ヶ所から採取された。リビングのソファの精液。同じソファの下に突っこまれていたサイズSの紺のトランクスについていた各種の体液。被害者の膣《ちつ》と肛門に残った精液。バスルームのシャワーボックスの壁についた精液。窓の桟《さん》の血液。桟のへりの血液。そして最後に、鑑識が今まで黙っていたことがある。玄関でサイズ四十二の白いリーボックのジョギングシューズがみつかったのだ。そこから採取したDNAにより、犯人が履いていたものだと判明した。

「当初は確信がなかった」とエノクソンが説明した。「だからこれまで何も言わなかったんだ。

しかしリンダの母親がその靴は今まで見たことがないと言ったので、ＳＫＬに送っておいた。それが当たりだったという次第だ」

トランクスとリーボックの靴。何百万点と販売され、何十万人もの男性に使用されている。購入した人間を突き止めるなんて、考えるにも及ばない。その代わりに別のことに力を注いだほうがいい。エノクソンと部下たちによれば、現場でどのように事が進んだかは推測できたという。

犯人は玄関から入った。リンダが彼を家に招き入れたことは、状況がそう物語っている。犯人は靴を脱ぎ、それを玄関の靴棚に並べた。

それから犯人とその犠牲者は、リビングのソファに落ち着いた。犯人はズボンとトランクスを脱ぎ、ソファの上で射精した。

そして場面は寝室に移る。犯人はリンダの両手を背中で縛り、さるぐつわを噛ませ、足首を足元の側のベッドの角の柵に縛った。おそらくそのとおりの順序で。それから二度レイプをした。まずは膣、それから肛門に。どちらの場合も射精した。おそらく二度目のときにリンダの腰をナイフでチクチク刺したのだろう。その強姦の最中か、強姦をし終わってから、被害者の首を絞めた。

それからバスルームに向かい、シャワーを浴びて、そこでもまた射精した。

「そして最後に寝室の窓から逃げた」エノクソンが言う。「窓の枠と桟に胸と腹をつけて、落ちる距離をなるべく短くしようとしたんだ。しかしいざ窓枠から手を離そうとしたとき、桟の端で手をすりむいた。端が錆びて、とがっていたんだ」

殺された夜にリンダが着ていた服からも、事の進展を推測することができた。

「ナイトクラブで彼女に会った目撃者たちの話によると、リンダの服装はこんなふうだった」エノクソンが続けた。「ミディアムヒールの革のサンダル。足首に革のストラップを巻くタイプだ。股上の浅い、かなり裾が広がったデザインの紺の麻のパンツ。上半身も同じ色の麻のシャツで、襟がないデザインにボタンが五個ついている。シャツの上にはベロア地の黒いベスト。青いパールやラインストーンのついた黒い刺繍《ししゅう》がされている。それに小さなリュックサック。青いベロア地でショルダーストラップは青いスエードになっており、ショルダーの位置を付け替えれば普通のハンドバッグにもなる。ええとそれで……」エノクソンはこめかみを掻きながらさらに続けた。「どこだったかな……ああ、ここだ！　服の下には黒のパンティと黒のブラジャー。つまり靴、リュックサック、それに五枚の衣服ということになる。そして本題はここからだ」

リンダは玄関に入ってすぐに靴を脱ぎ、バッグを置いたようだ。靴は玄関マットのすぐそばに脱ぎ散らされていて、バッグはそこから半メートルほどの壁にもたせかけられていた。ベロア地のベスト、麻のズボンとシャツはリビングにあった。きちんと畳まれて、安楽椅子のひじかけの上に。いちばん下がベスト、それからズボン、いちばん上がシャツだった。

その一方でパンティとブラジャーは寝室で発見された。パンティは一部裏返った状態で、ベッドのリビングに近い側に落ちていた。ブラジャーはベッドの反対側に落ちていて、背中のフックは外されていたが、ショルダーストラップは両方とも切られていた。

「その理由はおそらく、犯人がリンダの手を背中で縛ってから脱がせたためだ」エノクソンが言う。

次のテーマは、リンダの時計とアクセサリーについてだった。警察が話を聞いた複数の目撃者によれば、左の手首の腕時計以外にも、同じ腕に細い金の鎖、指輪を三個、右手の小指にも指輪を一個つけていた。

「腕時計およびアクセサリー五点で、計六点」エノクソンが言った。「六点とも、リビングのソファテーブルの上の陶器の鉢に入っていた」そう言いながら、スクリーンにソファテーブルと鉢の写真を映し出した。「我々の解釈では、リンダは自分で腕時計とアクセサリーを外している。ベストやズボン、シャツと同じようにね」

「そしてこの陶器の鉢をよく見ると」エノクソンはそう言って、拡大写真を映し出した。「リンダの携帯も入っている。それが次のテーマだ。つまりバッグの中身」

リンダのバッグの中からは、バッグにたいてい入っているものが出てきた。それは総計百七点の品々だった。手帳に革財布。財布の中に警察大学の学生証、運転免許証、それに父親、母親、女友達二人が写った小さな写真。リンダ自身の名刺に、他の人からもらった名刺も四枚。銀行のカードにその他の様々なカード、会員カード、特典カード、ヴェクシェーのスタッツホテルのナイトクラブ〈グレース〉のVIPカード。ストックホルムの〈カフェ・オペラ〉のVIPカードもあった。

財布には現金も入っていた。スウェーデンの紙幣で約六百クローネ。各種小銭が三十二クローネと五十エーレ。さらにユーロも六十五ユーロ分あった。総額約千二百クローネだ。それに口紅、アイシャドウなどの化粧品を入れた小さなポーチ。ミント味ののど飴が一袋。リップクリーム。プラスチックの小さな容器に入ったデンタルフロス、プラスチックのケースに入ったつまようじ、小さなマッチ箱には十二本のマッチが入っていた。レシートにカードの利用明細。レストランでの食事や、服を購入したときのものだった。もちろん、埃や何かのかすのような、慎重な鑑識官なら必ずどんなバッグの底にでもみつけるようなものも。それはバッグの持ち主がどれほど潔癖症でも避けられないのだ。

「化粧についてだが」エノクソンが言った。「被害者は化粧は落としていない。それは物事がどういう順序で起きたのかを考えるときに重要な点になる。朝になって発見されたとき、化粧は残ったままだった。口紅、アイシャドウ、あとは名前を忘れてしまったが……。化粧品も彼女自身のもののようだ。ええと、名前を忘れたやつは報告書に書いてある。不審な点は何もない」

最後に、鍵が複数本ついたキーホルダーもあった。父親の邸宅の正面玄関や他のドアの鍵だった。二年落ちのボルボS40のキーも。高校卒業のプレゼントに父親から贈られたものだ。マンションのすぐ外の専用駐車場にきっちり停められていた。現在では警察署の駐車場に停まっているが、鑑識の捜査ではなんの手がかりも発見されなかった。

「そうするとあとは母親のマンションの鍵だが。それもソファテーブルの鉢の中にあったんだ」

エノクソンは陶器の鉢をアップで映した。小さな赤い矢印が、白いメタルのキーホルダーについた平凡な合鍵を指している。エノクソンによれば、母親のマンションの鍵は普段からポケットに入れ、かさばる父親の家の鍵束はバッグに入れていたという。

「バッグの話の結論としては、とりたててなくなっているものはないということだ。それに誰かが持ち物を物色した形跡もない。つまり強盗目的ではない。現金は財布に残っていたし、アクセサリーは陶器の鉢の中にあった。腕時計だけ取ってみても、十八歳になった記念に父親からもらったものだが、金とスチールのロレックスで、それだけで六万クローネくらいする代物なのに」

リンダのバッグの中身が終わると、エノクソンは次に犯人が強姦、拷問、そして殺人に使用した各種の道具について語った。具体的にはカッターナイフと五本の男性用ネクタイ。それぞれの写真が映し出された。どれもマンション内にあったわけだから、犯人にしてみればこの上なく便利な状況だったわけだ。

カッターナイフは鑑識が寝室の床でみつけたが、そこにやってくる前はペンキ塗り用具一式とともに赤いプラスチックのバケツに入って、キッチンの調理台の上にあった。ごくありふれたカッターナイフで、壁紙や布や床のカーペットを切るようなやつだ。斜めになった刃で、長さを調節できて、幅は約一センチ。先端は鋭い。

「これで被害者に切り目を入れたんだ」エノクソンが言う。「被害者の血液がカッターの刃や柄についていた。しかし犯人の指紋はなかった。被害者を覆ったシーツで拭いたのだろう」

五本のネクタイは廊下の段ボール箱のいちばん上に入っていたものだ。リンダの母親は古いシーツやタオルや洋服を整理して捨てようとしていたところだった。

その中にちょっと時代遅れな細いデザインの男性用ネクタイが五本交ざっていたわけだ。もともとは被害者の父親が購入したもので、なぜだか離婚後に母親の元に残り、間もなく捨てられるはずだった。しかし犯人はそれを使って彼らの一人娘を縛り、絞殺したのだ。

そのうちの三本は、殺されてみつかったときにリンダの身体に残っていた。一本目は彼女の首を強く絞めていた。それを絞め上げたときに犯人が被害者の腿のあたりに馬乗りになっていたと考えると、首の後ろに結び目があるのにも納得がいく。二本目は背中で被害者の手首を縛っていた。三本目は右の足首に。四本目は丸めて床に捨てられていた。それにはリンダの唾液と歯の痕がついていたから、犯人がさるぐつわとして使ったのだろう。おそらく被害者を絞殺してから犯人が外したのだ。五本目のネクタイはベッドの足元の側の柵のいちばん上の格子に結ばれ、その他の痕跡から察するに、それもいずれかの時点でリンダの左の足首を縛っていたのだろう。

「というわけで、非常にむごい話だった」エノクソンがプロジェクターの電源を切った。

「それ以外の証拠はどうなってる？」ベックストレームが訊いた。「毛髪や指紋、繊維など、きみたちがこういう現場で必ずみつけるものは」

エノクソンによれば、それも色々あった。十種類ほどの毛髪をＳＫＬに送ってある。それは普通の頭髪、体毛、陰毛などだった。

「そのうちの複数が犯人のもののはずだ」エノクソンが言う。「だがまだ解析が終わっていない。今は確実な点から報告しただけで」

同じことが指紋や繊維についても言えた。正しい人間さえみつかれば、その男を現場に結びつけられる証拠はいくらでもある。

「すでにこれだけの証拠を入手できたわけだから、それ以上集める義務はないわけだが」エノクソンがため息をついた。「だが少なすぎるよりは多すぎるくらいのほうがいい。ただ、この国は証拠集めに熱中しすぎている。そんな気がすることもある。テレビでやっている映画やドラマのせいだな」

お前さんは哲学者にでもなるつもりか――とベックストレームは思った。

「他には？」

エノクソンは一瞬躊躇したが、頭を振った。

「まあそう言わずに」ベックストレームが畳みかけた。「言いたまえ、エノク。心を軽くするんだ。肉体労働に従事している同僚たちを助けてくれよ」

「そうだな……その点については、自分も鑑識の同僚たちも正しい判断を下したと思っているんだが……。ＳＫＬの担当者と、犯人のＤＮＡについて話したんだ。確定には程遠い話だというのを前提でね……ＤＮＡのこの分野の研究はいまだ黎明期であり、正確でない可能性が大いに……」

「エノクソン」ベックストレームが促した。「ＳＫＬの彼がなんだって？」

「実際には彼女だったんだが、彼女によれば、犯人のＤＮＡが典型的な北欧人のものではないことを示唆する点があると。別の地域の出身だという可能性があるらしいんだ」

それはびっくりサプライズ――ベックストレームはそう思ったが、ただうなずいただけだった。

コーヒーを飲んだりちょっと足を伸ばしたりして休憩したあと――エノクソンの報告だけで二時間近くかかったものだから――今度は法医学者が場を引き継いだ。しかし彼が報告した点はどれも、警察がすでに自力で推測していたことと寸分たがわなかった。それでもこの報告は仮のもので、最終的な結論は二週間後に出るという。解析結果が全部揃い、彼自身の考えもまとまってから。

「この段階で言えるのは」法医学者は几帳面《きちようめん》な口調で、書類をかさかさとめくった。「被害者が首を絞められたことにより窒息死したということだ。検死の所見から、被害者はネクタイで首を絞められ、死に至ったのは金曜の三時から七時の間」

ベックストレームは心の中でため息をついた。

「被害者の左右の臀部《でんぶ》の切り傷は、発見されたカッターナイフの形状と一致し……」

ああもういい加減にしてくれ。

「近年こういった類《たぐい》の犯罪において、同様の傷が頻出している。よく拷問のような傷跡と言われるが、当たらずといえども遠からずだ。わたしのように職業上犯人の動機については言及を避けるべき人間から見てもね。これまでにも犯人がカッターナイフやその他の刃物、火のついたタバコなんかを使用した有名な事例がいくつもある。スウェーデン国内でもスタンガンを使用した事件が二件……」

そんなこと、今はどうでもいいだろう。

「傷の形状を考えると、比較的大量出血したとはいえ、傷つけられている最中は被害者は生きていたと考えられる。おそらく激しく抵抗したはずだ。体内をアドレナリンが流れ、血圧が急激に上昇して……」

おやおや、それは驚きだな。うちの犯人は死体を拷問するほど頭がおかしくはないと思うぞ。

「手首と足首の傷については、押収されたネクタイと一致し……」

それはそれは。ベックストレームはそう思いながら、腕時計を盗み見た。

「なるほど」その十五分後、ベックストレームは隊長らしい視線で兵士たちを見渡した。「なぜぼんやり座ってる？　さっさと外に出てそいつを捜し出してこい！」

22

ホテルでの夕食のあと、ベックストレームは自分の側近だけを自室に集め、大勢の田舎保安官がとんでもない見解を投げつけてこない状態で、落ち着いて事件のことを一から見直そうと試みた。

「順序だててもう一度考えてみようと思う。エヴァ、きみが議事録を取ってくれるかい？」ベックストレームがグループ内唯一の女性に向かって尋ねた。それ以外にガリガリ中年女がなんの役に立つというんだ？

「もちろんです、警部」スヴァンストレームは機嫌よく答え、ノートとペンを取り上げた。

「順序だてでもう一度だ」まあ、従順な女ではあるな。

「被害者は犯人を家に招き入れた」別の考えに耽《ふけ》っているように見えたローゲションだが、ため息をつきながらそう言った。「家に帰ってすぐに呼び鈴が鳴り、その男を家に入れた。知り合いなだけじゃない。気に入っていた男のはずだ」

「少なくとも、信用している相手でしょうね」トリエンもいう。「まあ、家に入れるくらいは怖がっていない相手」

「つまり被害者を騙したという可能性が高い」クヌートソンが援護した。

「クヌートソン、お前は頭が悪いのか？」ローゲションが言って、クヌートソンをじろりと睨《にら》みつけた。「トリエン、お前もだ」そして、トリエンのことも睨んだ。「被害者は寝ようとしたところだった。朝の三時だぞ。それに犯人がまずやったことは、靴を脱いで靴棚に並べることだ。グロスがネスカフェを大さじ二杯借りに来たのとはわけがちがう」

「話は変わるが」今度はベックストレームが口を挟んだ。善良なるローゲションを苦しめているのと同じ考えに襲われたのだ。「ここでちょっと、夜のピルスナーでもどうだ？」最悪の場合、経費で落とせばいい。

今回ばかりは意見が全員一致した。しかも奇跡はそれで終わらなかった。というのも、トリエンとクヌートソンが自分の部屋にある在庫をもってきましょうかと申し出たのだ。

「金曜にケースで買ったのに、まだ味見する暇もなくて……」トリエンが言い訳した。

こいつら二人とも、完全に狂ってる――。

「よし、それでは」五分後、上唇に残った泡を舐めてからベックストレームが言った。「わたしもローゲションと同じ考えだ」レヴィンが言った。「犯人は被害者と知り合いで、被害者が気に入っている男だった。わたしも彼らが会う約束をしていたとは思わない。事前連絡なしに、急に現れたのだろう」

「わたしもヤンネに賛成です」スヴァンストレームが言う。「自分の好きな人が、なんの前触れもなく現れたのよ」

誰がお前に訊いた？

「犯人はなぜ被害者が在宅しているとわかったんです」トリエンが異議を唱えた。

「被害者の車が下に駐車してあった。もしくは部屋の明かりがついているのが見えたのかもしれないし、家にいれば幸いというくらいの気持ちで呼び鈴を押したのかもしれない」レヴィンは肩をすくめた。

「わかりましたよ」トリエンはその点についてもっと議論をしたそうだった。「でも、やはり犯人は彼女を騙したんだと思う」

「結果を考えればってことか？」今度はローゲションが言った。今は不機嫌というよりは皮肉な表情を浮かべている。「それについてはおれも同意見だ。犯人を部屋に上げたとき、リンダはまさかこんな結末を迎えるとは思っていなかっただろうな」

「リビングで何があった?」ベックストレームが続けた。こいつらはまったく、子供か? ああでもない、こうでもないと。

「被害者は服を脱いだ。犯人も服を脱いだ。そして行為を始めた」ローゲションが言う。「おれに言わせれば、完全に自主的にだ。被害者はおそらく普通の右手仕事から始めたんだろう。そのソファで射精したわけだが、リンダの唾液は発見されていない」

「ちょっと待ってください」トリエンが遮《さえぎ》るように両手の手のひらを見せて、会話にブレーキをかけた。「それはわかりませんよ。リンダはちょっとソファで話したかっただけかもしれない」

「そのとおりですよ」クヌートソンも言う。「なのに犯人は何か取ってくると言って、キッチンに向かった。水を飲みたいとかなんとか言ってね。そしてカッターが目に入った。ソファに戻り、おしゃべりの時間はもう終わったと告げた」

「まったく、なぜそんなに話をややこしくする必要があるんだ」ローゲションがため息をついた。「自由意志でセックスをして何が悪い」

「僭越《せんえつ》ながら、わたしもまたローゲションに賛成だ」レヴィンが言った。「きちんと畳まれた服、おそらくマンションの鍵もベストかズボンのポケットから出したこと。つまり、それらを畳んでソファのひじかけに置く前にだ。犯人が代わりにやったとは思えないし、喉にカッターを突きつけられたリンダもしなかっただろうからな」

「わたしもあなたと同じように思うわ、ヤンネ」スヴァンストレームが同意した。

「とりあえず犯人はリンダよりも急いでたみたいですね」クヌートソンが言う。「それについては全員一致でしょう？　ズボンを脱ぎ、トランクスを床に投げ捨てた。その間、女のほう――つまりリンダはのんびりしたペースだった」

「相手をじらしたかったのかもしれないぞ」ローゲションが肩をすくめた。「だが母親のベッドに入ったあとに何が起きたかを考えれば、予想以上に成功してしまったようだな」

誰も何も言わなかった。クヌートソンとトリエンは怪訝《けげん》な顔をしただけだった。レヴィンは基本的にベックストレームの部屋の電灯にしか興味がないようで、スヴァンストレームはてきぱきと紙に内容をまとめていた。

「つまり、例のあれこれについても、自主的に参加したということか？」ベックストレームが訊いた。「普通のセックスが逸脱してしまった。被害者は優等生タイプだったのに」

「ベッドルームでも最初のうちは普通の行為だったんだろう」ローゲションが言う。「医者のおじさんの話では、膣《ちつ》にもその周りにもとりたてて傷はなかった。その続きとして犯人がネクタイを使ってみないかと誘ったのだとしてもおかしくはない。それをリンダは断らなかった。そのときも、そのあとも」

「それから？」ベックストレームが訊いた。やはりロッゲは冴《さ》えてる――。まるでエストニアのタリンで警官をやっているのかと思うほどよく飲むくせに。

「それから、地獄のようにおかしくなってしまったんだと思う」ローゲションは続けた。「後ろの穴に入れられたときには、もう時すでに遅しだった。がっしり縛られ、さるぐつわを嚙まされているから叫ぶこともできない。犯人がカッターを突きつけ、相手を言うとおりにさせる。そのときにあちこちに傷ができた。医者のおじさんがきっちり描写してくれたやつだ。肛門の裂傷、首の周り、二の腕、手首、足首。犯人が被害者を乱暴に扱い始め、被害者は逃れようと必死で闘った」

「頭のヒューズが飛んでしまったんだな」ベックストレームが的確に総括した。

「分電盤全体から煙が上がっていたはずだ」ローゲションの表現には感情がこもっていた。

「ところでもっとビールはないか？」


「つまりそいつは何者なんだ？」ベックストレームは自分が率いる部隊を見回した。「我々が捜しているのは誰だ？」

「犯人はおそらく男」トリエンが厳かに言った。「いや、冗談ですよ、もちろん。ＧＭＰグループの同僚たちを思い出したんです。プロファイリングにはいつもまずそう書いてありませんか？〝犯人はおそらく男〟って。被害者を以前から知っていた、一方で、被害者とはまったく面識がなかった可能性も排除できない。犯行の少し前もしくは直前に出会ったばかりだったのかも」トリエンは墓の中にいるみたいに真面目な声で続けた。

「きみは職種を替えるつもりはないのか？」ベックストレームが訊いた。それから促すように皆を見つめた。「リンダを以前から知っている若い男」

「若い？　トリエンは若いとは言いませんでしたよ」クヌートソンが言う。

「じゃあ何歳なんだ」こいつらはまったく、反抗期の子供みたいだな。

「まあ二十歳から二十五歳というところでしょうね。リンダより数歳年上の」

「じゃあ何が問題なんだ。若いと言って何が悪い」このバカ者どもめが。「どの程度の知り合いだったんだ？」

「わたしはこのように思う」レヴィンがそれについてはもう考えたという声を出した。「エヴァと食事の前にその話をしていたんだが」

「それで？」そうか、きみたちは話をすることもあるのか。

「二十五歳から三十歳くらいの若い男。リンダのことをよく知っていたが、しょっちゅう会っていたわけではない。だがリンダはまだ彼のことが好きだった。二人きりで会っていたのはしばらく前のことだとはいえ。以前すでにセックスをしたことのある相手。そのときはまったく普通のセックスだった。彼女が好むのはそういうセックスのはずだ。その方面の経験が豊かだとも思わない。実は会議のあとに法医学者に訊いてみたんだ。彼によれば、被害者がこれまでにアナルセックスやその他のサド・マッチョ的なセックスをしていたことを示す痕跡は何もなかったそうだ。すでに治った古い傷もなかったし、盛り上がった傷跡のようなものもなかった。それがおまけにリンダは犯人を信用していたんだと思う。ただ、しばらく会っていなかった。それが急に現れた。真夜中に」

「家に上げるくらいはまだ彼のことが好きだった」スヴァンストレームも言う。「とりたてて若くなくてもいいと思う。もっと年上でもおかしくないわ」

まさかレヴィンがそんなにお盛んだとは思わなかったぞ。

「とはいえ一時間の間に四度も射精している」ベックストレームが反論した。

「ああ、そんなのずいぶんご無沙汰だな」ローゲションは独り言を口に出したような言い方だった。

「犯人はドラッグでハイになっていたんだろう」レヴィンが言う。「アンフェタミンか何かを使用していたんじゃないか」

「もしくはバイアグラを入手した中年か」トリエンがくすくす笑った。

「麻薬常習者か……」ローゲションの顔には疑念が浮かんでいた。「被害者とマッチしないな。リンダは犯人を信用していたんだ。それもかなり無条件に信用していたと思う。だが麻薬常習者を信用しただろうか？」

「常習者じゃない」レヴィンが頭を振った。「常習者はそんなふうにクスリはやらない。たまにやるという程度だろう。セックスのときだけとか」

「そしてリンダの知り合いで、信用されていた男」ベックストレームが納得いかないという顔で頭を振った。「ではそいつはどこに住んでいると思う？」そろそろ話題を変えたほうがよさそうだからな。

「この町ですよ」クヌートソンが言う。「つまり、ヴェクシェーに」

「もしくはその近くに。ヴェクシェーおよびその付近」トリエンが付け足した。「二十五歳くらいかもう少し上で、リンダとは前から知り合いで、気に入られていて完全に信用されていた。この町に住んでいるか、少なくとも近くに住んでいる。麻薬常習者ではないが、ときどきアンフェタミンを使用。それで電動泡だて器みたいになって、完全に我を失って楽しめる」ベックストレームが内容を総括した。「ということは、それが警察官であってもそれほど驚きはしないな？」どいつだか知らないが、毎日化けの皮がはがれないように生きてきたのに、ある日突然一日だけ失敗したなんてことがあるだろうか。

「その可能性はここへ来てから常に頭の片隅にあったさ」ローゲションが言う。「今まで会ったことのある大勢のおかしな同僚たちのことを考えればな。色々な逸話も聞いた。どれも噂ならよかったが……」

レヴィンは疑わしげに頭を振った。

「確かに警察内部ではもっとひどいことも起きたのだろうが」レヴィンはゆっくりと言った。「わたしもそのことは頭に浮かんだが、それでもそうだとは思わない」レヴィンはそう言って、覚悟を決めたようにうなずいた。

「なぜだ」ベックストレームが尋ねる。そいつがお前さんみたいだからか？

「わたしの好みで言うと、犯人はちょっと抑制が効かなすぎる。これだけ多くの痕跡を残して逃げただろう。例えばこれが同僚なら、きれいに掃除したんじゃないか？」

「カッターナイフは拭いたようだが」ベックストレームが言う。「掃除はする時間がなかったんじゃないか？　誰かが家に帰ってきたと思って」

「だが、何かがおかしいと指先で感じるんだ……」レヴィンは右の親指と人差し指をこすりあわせた。そして肩をすくめた。「だが、もちろん、その感覚が間違っていたこともこれまでにはある」

「他には？」ベックストレームは部屋の中を見回した。それとも運がよければやっとベッドに飛びこんで寝酒をやれるのか？

「彼はハンサムだと思う」そのとき急にエヴァ・スヴァンストレームがそう言った。「犯人のことです。リンダはとても美人だったじゃない？　それに服はもちろんのこと、自分の見た目にすごく気を使っていたみたい。ああいう服がいくらくらいするのかわかってますか？　リンダが着ていた服が。彼も似たような感じなんじゃないかしら。類は友を呼ぶ――そう言うでしょう？」

「そうだな」確かにお前さんもレヴィンもめっぽうガリガリだ。

眠りにつく前に、ベックストレームは地元ラジオ局の記者嬢に電話をかけた。とりあえず、彼女の熱が下がってしまわないように。

「ＤＮＡ鑑定の結果が出たんですって？」カーリンが訊いた。「そのことを話したくはないかしら？」

「なんのことだか」ベックストレームは落ち着き払って言った。「先日は無事家に着いたかい？」

どうもそのようだった。詳細には踏みこまなかったが。そしてまた近々会わないかと提案された。おまけに、まだ仕事の話はしなくてもよいと。

「ああ、もちろんだ。この上なく楽しみにしているよ。今はちょっと忙しいんだが、そのうち時間が作れるだろう」まったくこの女は簡単すぎる——。

「それは捜査が山場を迎えたと解釈していいのかしら」カーリンの声が急に明るさを帯びた。

「ユー・ウィル・ビー・ザ・ファースト・トゥー・ノウ」ベックストレームはテレビで学んだアメリカ英語を精一杯披露した。

23　七月十日（木曜日）、ヴェクシェー

その木曜日、レヴィンは今後一切タブロイド紙を読むのを止めると心に誓った。それは最終決定であり、覆すことのない決意であり、対象となるのはアフトンブラーデット紙、エクスプレッセン紙と、その二紙よりも弱小ではあるがさらに陰険な姉弟のヨーテボリ・ティードニンゲン紙とキュヴェルス・ポステン紙だった。

ことさらレヴィンの嫌悪感をかきたてたのは、その日キュヴェルス・ポステン紙に掲載され

た大きな特集記事だった。リンダ殺害事件についてこれまでにスウェーデンじゅうのタブロイド紙が書き立ててきた内容を考えると、これも一見まったく無害に見える。リアリティ番組『ロビンソンの冒険』（スウェーデン版『サバイバー』）に出演したミッケが名乗り出て、〝殺された夜にリンダと会った〟ときのことを語っていた。

ロビンソン・ミッケは地元ヴェクシェーにゆかりのあるリアリティ番組系有名人で、七月三日木曜日の夜、スタッツホテルのクラブで臨時に働いていた。つまり、殺される数時間前にリンダが訪れていたクラブだ。ミッケはその夜、同業者を二人引き連れていた。『ザ・ファーム』のフラッセと『ビッグ・ブラザー』のニーナ。彼ら三人の任務はバーを手伝い、客たちと歓談し、ともかく場の雰囲気を盛り上げることだった。

夜の十時ごろ、リンダがナイトクラブにやってくる約一時間前に、ミッケは泥酔し、裸足で、上半身も裸になった状態で、バーカウンターの上で踊り狂った。そこで足を滑らせ、グラスがいくつも割れ、さらに破片の中で転げまわった。十時十五分、彼は傷を縫合してもらうために、救急車でヴェクシェーの病院に運ばれた。それに付き添った友人のフラッセは、救急車の中からもう旧知の新聞記者に電話をかけた。ミッケとフラッセへのインタビューは迅速に救急窓口の待合室で行われ、翌朝には——つまりリンダが殺されてみつかった朝には、殺人事件のニュースがまだ新聞に載る前に、ロビンソン・ミッケへのインタビュー記事がキュヴェルス・ポステン紙の一面を大々的に飾ることになった。『ザ・バー』と普通の『ロビンソンの冒険』に出たことで有名になり、そのダブル経歴のおかげで有名人が出演する『ロビンソンの冒険VIP』

にも出たミッケその人が、昨夜ヴェクシェーのスタッツホテルで襲われ暴行を受けたという。この町で生まれ育ち、近頃は町でもっとも有名な市民だというのに。

木曜の夜と金曜の早朝に何があったのかは、リンダ・ヴァッリンが殺されたという見地からも、ヴェクシェー警察が詳しい捜査を行った。

待合室でのインタビューが終わり、医者が治療に取りかかるまでまだ一時間もかかると知ったとき、ザ・ファーム・フラッセはそこにいるのに飽きてしまい、スタッツホテルへと戻った。しかしドアマンが彼を中に入れるのを拒否したため、いさかいが起きた。警察が呼ばれ、ザ・ファーム・フラッセは真夜中になる直前にサンドヤード通りにあるヴェクシェー署の酔っ払い房にぶちこまれた。

数時間後、そこにロビンソン・ミッケもやってきた。救急窓口で大騒ぎして、警察に引き取られ、同じヴェクシェー署の別の酔っ払い房に入ることになったのだ。朝の六時ごろには二人とも警察署から解放され、ひどく足を引きずったミッケが友人フラッセに支えられながら、オックス広場を横切り、警察の興味の範疇《はんちゅう》から姿を消した。どこへ向かったかは不明である。

その事実を鑑《かんが》みると、彼が殺人事件の一週間後に新聞に語った〝殺された夜にリンダと会った〟という話は最初から最後まで嘘ばかりだった。時間的にロビンソン・ミッケがリンダに会えたはずがないから、〝おれのことを信頼していて、ヴェクシェー署での仕事が原因で最近しょっちゅう怖い目に遭っていたことを話してくれた〟わけがないのだ。

ザ・ファーム・フラッセもロビンソン・ミッケと警察署の酔っ払い房の同じ廊下でお隣さんになり、同じくらい情けない状況だったわけだから、その夜にリンダに会ったわけがない。残るは三人目のビッグ・ブラザー・ニーナだが、彼女はナイトクラブが朝の四時に閉まるまでとりあえずそこにはいた。

ニーナはリンダが殺されてみつかった日の午後にはすでに警察から事情聴取を受けたが、まず、この事情聴取が友人ミッケの自称暴行事件についてではないことを理解するまでにかなりの時間を要した。リンダの事件についてはまったく何も知らない。リンダのことも知らない。会ったこともなければ、話したこともない。今までも、事件当夜も。

両記事を書いた記者は、レヴィンと同じくらいにはその矛盾に気づいていていいはずだった。普段なら常に冷静で平和主義を貫《つらぬ》くレヴィンだが、その彼を何よりも苛立たせたのは、くだんの記者が自分の紡いだ嘘に彼を巻きこんだからだ。二本目の記事が載る前日に彼はレヴィンに電話をかけてきて、ロビンソン・ミッケの警察に対する激しい批判について言い訳をする機会を与えた。リンダがロビンソン・ミッケに語った恐怖に、警察はどういう対応をした？　ミッケはそのあとすぐにヴェクシェー警察に連絡するつもりだったのに。

レヴィンはコメントを拒否し、マスコミ対応に関してはヴェクシェー署の広報の女性が窓口であることを伝えた。記者がそのアドバイスに従ったかどうかは不明のままだ。記事には、〝捜査責任者である国家犯罪捜査局のヤン・レヴィンにコメントを求めた〟としか書かれていない。〝しかし捜査に対する厳しい批判に向き合うことを拒否した〟と。

それでヤン・レヴィンは心に誓ったのだった。残りの人生、もう二度と絶対に、スウェーデンのタブロイド紙は読むまいと。

24

その日の朝の会議で、エノクソンは初めて具体的な捜査報告をすることができた。

犯人のDNA型と照らし合わせ、十人ほどの人間を除外することができたのだ。先入れ先出し法に従って、リンダの元彼氏やリンダがその夜クラブで会ったクラスメート数人、警察のデータベースにすでにDNA型が保存されていた半ダースほどの残忍な性犯罪者が除外され、レオ・バランスキーもその一人だった。

「鋭く研いだ大鎌を手に、野原にやってきたようなもんだ」エノクソンは満足気だった。「大きく振りかぶれば、あっという間に雑草が消えてなくなる」

「なるほど」とベックストレームが言った。「皆、今エノクが言ったことは聞こえたな？　大鎌を振り回すぞ。DNAを刈りまくるんだ！　濁《にご》りなき良心をもつ者なら、恐れることなど何もない。それに尊厳ある市民なら、皆、警察を助けたいはずだろう？　だったら自主的にDN

Aを提出することになんの問題もないはずだ」

「それでもやりたくないという者がいたら？」テーブルの下座のほうから若い地元警官の声が飛んだ。

「そうしたら実に興味深いじゃないか」ベックストレームはそう言って、『三匹の子豚』に出てくる大きな悪い狼のようににやりと笑った。まったく、近頃の警察隊はなぜこんなやつを採用しているんだ。


その日の午前中、国家犯罪捜査局長官つまりRKCのスティエン・ニィランデルがヴェクシェーに到着した。ニィランデルは司令官と副官を引き連れて、ヘリコプターでやってきた。慎ましい身分の特殊部隊の隊員たちは——実務を担当するのは彼らなわけだが——先にストックホルムを出ていた。特殊部隊が所有するハマーというアメリカのブランドの大型軍用車を二台連ねて。

ニィランデルがヴェクシェーの十キロ郊外にあるスモーランド空港に到着するにあたっては、歓迎チームが空港で待機し、部外者は特殊部隊によって周辺から駆逐されていた。県警本部長は別荘から空港に直行し、外は三十度近いというのにアロハシャツと短パンからスーツとネクタイに着替えていた。その脇にはきっちり制服に身を包んだベングト・オルソン警部が控え、二人ともすでに激しく汗をかいていた。

ニィランデル自身は非の打ちどころのない装いの上に、汗一滴たらしていない。こんな気候だというのに、その前週にベックストレームと会ったときと同じ服装だった。それに加えて大胆に折り目を入れた制帽を、ヘリコプターから一歩進み出た瞬間に頭に載せた。さらに、光を反射する黒い縁なしのサングラスと乗馬用の鞭で本日のスタイルを完成させている。とりわけ後者は、地元警官の間にある程度の驚きを巻き起こした。誰にも炎の駿馬の姿が見えなかったからだ。

一行はまず大型軍用車の中から、目前に迫った犯人確保に備えて、ヴェクシェー周辺の〝具体的な実行環境の偵察〟を行った。それは彼らを取り巻く環境を〝認知〟し、特殊部隊を〝投下〟させるのに適当な場所を探すためだった。また、犯人確保に〝最適な地点〟を見極めるためでもあった。

「でも、そんなこと事前にわかるものですか？」県警本部長は軍用車の後部座席で、迷彩柄の制服を着た半ダースもの無言の人影に囲まれながらわずかな抵抗を試みた。「つまり……地元の我々でさえ、犯人が誰かわかっていないんですよ」そして申し訳なさそうに付け加えた。「まだ、という意味ですが」

「答えはイエスだ」ニィランデルが助手席から、振り向くこともなく答えた。「こういうことは何もかも計画次第なのだ」

数時間後には視察が完了した。ニィランデルは県警本部長の執務室での会合も、予定されていた昼食会も、その他の形式的な諸々もしりぞけた。似たような事件のために、このまますぐにヨーテボリに飛ばなければいけないのだ。ヴェクシェーでの具体案については、彼の部下たちがオルソンと相談して判断する。

「だがうちの職員には挨拶をしておきたい」ＲＫＣはそう言って、十五分後には捜査班のフロアへと足を踏み入れた。

いったい何が起きているんだ——廊下から騒音が聞こえ、迷彩服の隊員の一人目を目にしたとき、ベックストレームは思った。戦争でも始まったのか？

ニィランデルがドア口で立ち止まり、皆にうなずいてみせた。大波を抜けて猛進するオイルタンカーさながらに。それからベックストレームを脇へ呼び、その肩まで叩いたのだ。

「お前を頼りにしているぞ、オーストレーム」ＲＫＣがそう言った。「すぐに犯人を確保しろ」

「もちろんです、長官」ベックストレームは長官のサングラスに映った自分に向かってうなずいた。これはこれは恐れ入ります、アゴ長官殿。

「まったく遠慮することはないぞ。週末には犯人を捕獲するがいい」空港に戻ったとき、ニィランデルが県警本部長に向かって言った。「その任務に当たる隊員たちはすでにこの地のバラックに駐留させたからな」

「お言葉ですが、それよりは時間がかかると思います！」県警本部長は大声で叫んだ。ヘリコプターがすでにエンジンを温め始め、自分の声も聞こえないほどだったからだ。なぜバラックなんかに泊まるんだ？　宿なしの身なのか？

「DNAはあるんだろう。何を待ってる?」

県警本部長はうなずくだけにしておいた。どうせ誰も彼の言うことなど聞こえないか、気にも留めないのだから。いったい何が起きているんだ——。ここヴェクシェーで。自分の管轄内で。


昼食のあとベックストレームはオルソンの執務室に寄った。というのも、そろそろ誰かがあのチビの腰巾着《こしぎんちゃく》の脳みそをノックするべきだからだ。赤いランプが灯っていたが、ベックストレームはそういう機嫌ではなかったので、ドアをノックして勝手に部屋に入った。


中にはオルソンの他に特殊部隊の隊員が三人いたが、オルソンはその面子《メンツ》にちっとも居心地の良さを感じていないようだった。迷彩服の男たちは見間違えそうなほどよく似ていた。二人は完全につるつる頭で、三人目は限界まで剃っただけでよしている。ベックストレームが入ってきても、三人とも顔色ひとつ変えなかった。

「おやおや、きみだったのか、ベックストレーム」オルソンは素早く立ち上がった。「ちょっと失礼しますよ」オルソンは迷彩服の男たちにそう謝ると、ベックストレームを廊下に引っ張り出した。

「いったいなぜ特殊部隊がここに?」オルソンはドアを閉めたとたんにそう尋ね、不安そうに頭を振った。「スウェーデン警察では何が起きてるんだ?」

「家宅捜索だ」ベックストレームが相手を促した。「いい加減、被害者の父親の家の家宅捜索をするべきだ」

「もちろんだ」オルソンは弱々しく微笑んだ。「わかるだろうが、その手配をする暇がなかっただけだ。今からすぐにこちらに来るようエノクソンに伝えてくれないか？　そうすればすぐに手配しよう」

「それから被害者の母親と父親にも話が聞きたい」ベックストレームはこの好機を逃すまいと続けた。

「もちろんだ。二人とも最悪の状態は脱しただろうからな。つまり、事情聴取の内容が意義のあるものになるくらいにはという意味だ」オルソンは念のためそう付け足した。「被害者が見知らぬ異常者に出くわしただけという線は完全に消えたのか？」

「リンダが出会ったのは知っている男だ」ベックストレームは冷たく言い放った。「どのくらい異常かは捕まえればわかる」

オルソンはただうなずいただけだった。

「とにかく、すぐにエノクソンに来るように伝えてくれ」オルソンは懇願するような声でそう繰り返した。

ベックストレームが鑑識課の部屋に入ったとき、エノクソンは白衣とビニールの手袋をつけていた。ベックストレームの姿が目にはいったとたん、手袋を外し、それを大きな研究台に置い。

き、来訪者のほうに椅子を押してよこした。

「実験室へようこそ」エノクソンが優しく微笑んだ。「コーヒーでも？」

「今飲んできたばかりなんだ。だがありがとう」

「今日はどんなお手伝いができますかな？」

「ドラッグだ」ベックストレームが言った。オルソンはもうしばらく冷や汗をかいていればいい。

それからベックストレームは自分たちが昨夜話し合った内容を伝えた。

「うちのレヴィンは犯人がクスリをやっていたと睨《にら》んでいる。どうすればそれがわかる？」

エノクソンによれば、わかる可能性は低くないという。窓の桟《さん》から採取した血液は、それがわかるくらいの量がありそうだった。一方で犯人の精液から何がわかるかは正直なんとも言えないが、もちろんやってみよう。毛髪もある程度は希望がもてる。

「採取した毛髪が犯人のものなら、ＳＫＬが、例えば大麻を常用していたかどうかを突き止めることができる。ある程度の期間続けていたならだが」

「どうかな。おそらくリンダを襲ったときだけかと」

「そうだな」エノクソンは頭を振った。「どういうドラッグを考えてる？」

「アンフェタミンとかそういうものだ」

「なるほどね。そのことは我々も思いついた」しかしエノクソンはそれがどういう意味なのかには詳しく踏みこまなかった。「わかった、調べてみよう。リンダについては今朝司法薬学のほうから報告があった」エノクソンは目の前の大きな研究台で書類をめくった。「これだ」そう言って、一枚の書類を取り出した。

「続けてくれ」

「腿の血液から〇・一〇パーミル、尿からは〇・二〇。普通のスウェーデン語で言うと、クラブでは社交的になる程度のほろ酔い加減で、死んだときにはほぼしらふだった」

「他には？」運がよければ、犯人と二人で錠剤をぽりぽり食ったんだろうからな。

「何も」エノクソンは首を振った。「薬剤スクリーニングでは腿の血液は陰性で、尿からも大麻、アンフェタミン、オピオイド、ベンゾイルエクゴニンは検出されなかった」エノクソンは鼻先に眼鏡をちょこんと載せたまま書類を読んだ。「麻薬捜査課の同僚のような言い方をすれば、リンダはまったくシロだったというわけだ」

何もかも手に入れることはできない——か。

「もうひとつあるんだ。時間が許すなら」

「もちろんだ」エノクソンが答えた。

「そいつは誰だ」ゆっくり考えてくれ。オルソンは自分の執務室で楽しんでいるはずだから。

「それはきみの仕事かと思ったが」エノクソンは慎重に答えた。「靴棚に置いた靴のことなどを考えてるのか? 被害者とは知り合いだったはずだと」

「そのとおり」

「よくわかるよ。だがそいつはかなり異常でもある。リンダはそんな男と知り合いだったのか?」

「よく考えてみてくれ」ベックストレームが寛容に申し出た。まったく、こいつらはいつまでたっても学ばないんだから――。

「ああ」それからエノクソンは急に悲しそうな顔になった。「これは本当にひどい事件だ。たいていのものは見てきたつもりだが、それでも心に深く突き刺さったよ」

「そうだな。我々の共通の知人であるローは大忙しだろうな」

「ああ、問題だな。年寄りの愚痴《ぐち》かもしれんが、犯行現場の写真を見るのも耐えられないなら、最初から鑑識課には応募しないほうがいい。そんなではいい写真は撮れないし、それが仕事なんだから」

「よくわかるよ」誰が鑑識官になどなりたいものか。

「それに、大いなる神の導きと癒しに触れることができるのはわずかな者だけだしな」エノクソンはそう言って、果てしなく穏やかな笑みを浮かべた。

「では聞いたのか」ベックストレームがにやりと笑った。「忠告に感謝するよ」

「ああ、まったく問題だ」エノクソンはため息をついた。「告解の守秘義務とやらはどこへ行った? 人間の仕事はつぎはぎ仕事にすぎない――聖書の一節を引用したわけではないが、コリント人への第一の手紙第十三章の内容を思わせる。そんなこと、本物のスモーランド人なら誰でも知っていることだ。だが我々警官がありとあらゆるつぎはぎ仕事を公衆の面前にさらす必要が本当にあるのだろうか。ついてきてくれ、説明するから」

エノクソンは立ち上がり、自分のパソコンへと向かい、まるで四十歳若いITオタクのような速さでキーボードを打った。

「これはもっとも一般的なインターネット新聞だ」エノクソンが画面を見せた。「ここで、タブロイド紙も掲載をためらうほど赤裸々な詳細を読むことができる。まあ、オーナー会社は同一のようだがね。ほらここ……〝父親のネクタイで絞め殺された〟」エノクソンが記事を読んだ。「この記事には、昨日の会議で報告した内容が基本的にすべて載っている。靴のこともだ。だが靴棚のことは書き忘れたようだな。それほど話題性がないと思われただけかもしれないが」エノクソンはため息をついてパソコンを消した。

まったく、お前さんは本物の哲学者みたいだな――。

「ああ、それともうひとつ」ベックストレームが言った。「オルソンがきみと話したいそうだ。被害者の父親宅の家宅捜索についてらしいぞ」

楽々と事が進むじゃないか――ベックストレームはそう思いながら、その足で友人ロッゲの元に向かい、ついにリンダの両親に話を聞くときがきた、いつものように骨の髄までやるぞと宣言した。

「じゃあおれが自分でやったほうがいいな」ローゲションが言う。

「それから被害者の交際範囲もなんとか把握しなければ。リンダに挨拶したことがあるやつは全員捜し出して、口に綿棒を突っこむんだ。町の住人全員のＤＮＡを採るのは避けたいからな。母親、父親、友人、クラスメート。家族の友人知人。近所の住民。大学の先生たち、この署で働く人間、木曜の夜にナイトクラブでズボンをはいていたやつ全員だ。ああ、そういう意味では、身体に棒がついてるならズボンよりドレスのほうが好みのやつも含めて。意味はわかるな？」ベックストレームはそこでやっと息継ぎをした。

「わかってるよ。だが被害者の母親は無視していいだろう？　ＤＮＡという意味ではだ。まあとにかく、サンドベリィに少し応援を送ってやってはどうだ」

「候補は？」ベックストレームは上司らしい声を出した。

「クヌートソンかトリエン。もしくは両方。どちらも未来のノーベル賞候補には程遠いが、とりあえず仕事が丁寧《ていねい》ではある」

あるものを使え（十八世紀に家事料理本を刊行したスーパー家政婦カイサ・ヴァリィの名言）——か。ええと確か、イエス・キリストがお友達に魚とパンを分け与えたときの言葉だったかな？

「お時間少しありますか？」その十五分後にアンナ・サンドベリィがやってきて、ベックストレームに問いかけた。そのときベックストレームは、借り物のデスクに積み上がった書類の山の後ろに鎮座していた。

「もちろんだ」ベックストレームは寛容な笑みを浮かべ、この部屋で唯一空いている椅子を指さした。こんないいおっぱいを、誰が断るものか。

「応援をよこしてもらえるのはよくわかりました」サンドベリィはそう言って、上司のオルソン警部のような声を出した。

「そうかそうか」ベックストレームはうなずいた。だったら笑顔くらい返してもらえないものか？

「でもリンダの交際範囲の分析はわたしが引き続き担当するんですよね？　誰かとすげかえようなんて思ってませんよね？」サンドベリィは相手の答えを促すようにうなずきかけた。

「もちろん思っていないさ。トリエンとクヌートソンを好きに使うといい。気立てのいい子たちだからな。手綱を短くもって、きみに楯突くようならすぐに知らせてくれ。わたしが耳を引っ張ってやるから」なるほど、これはフェミニズムの議論だったわけか。

「それならいいです」サンドベリィは立ち上がった。そして唐突に訊いた。「普通の精神異常者に出くわしたという可能性は完全に捨てたんですよね？」

「捨てたも何も」ベックストレームは曖昧《あいまい》に答え、肩をすくめた。「それともうひとつ。わたしに見せると言っていた手帳はどうなった？　忘れていないだろうね？」

「すぐに持ってきます」サンドベリィは部屋を出ていった。

まったく、この女は何がそんなに気に入らないんだ――。

ごく普通の黒い手帳が、ごく普通とは言えない赤の革カバーに入っていた。カバーの右下には、持ち主の名前が〝リンダ・ヴァッリン〟と金文字で刻印されている。パパからのプレゼントだろう――。ベックストレームはそれをめくって、男の名前を探した。

三十分後には作業が終わった。手帳には、普通書いてあるようなことがすべて書かれていた。大学でのミーティング、授業、セミナー、演習。夏至祭明けの週から始まった、警察署での夏のアルバイトの時間も書きこまれている。町に住む母親のところに何度も泊まっていて、六月頭にはクラスメートの〝カイサ〟と一緒に一週間ローマへ旅行。秘密にしなきゃならないようなことは何も書かれていない。驚くような発見もない。ちなみに、他の全員を足したよりもっと頻繁に登場するのは父親だった。〝パパりん〟もしくは普通に〝パパ〟。ローマに旅行をしたあとは〝パパー〟になったが十四日後にはまた〝パパ〟に戻っている。それ以外は友達の名前ばかり。とりわけいちばん仲の良い女友達〝イェンヌ〟〝カイサ〟〝アニカ〟〝ロッタ〟。

最後から二番目の記載は七月三日木曜日だった。つまり今から一週間前、リンダは九時から十七時まで仕事、それから〝イェンヌ〟と夜遊びの約束をしていた。〝夜遊び?〟と書きこまれている。そしていちばん最後の記述は、筆跡とペンの種類を見るかぎり木曜日の予定と同時に書きこまれたようだが、金曜日は十三時から二十二時まで仕事となっている。土曜と日曜には斜線が引かれ、仕事が休みだというのを示していた。

それまでに何も起きなければの話だが――。そう思うと、突然説明がつかないほど気分がふさいだ。しっかりしろ。ベックストレームはそう自分に言い聞かせて、座ったまま背筋を伸ばした。

一月には〝ノッペ〟と呼ばれる男について合計四回言及があったが、それが元彼のあだ名であることをベックストレームはすでに知っていたし、DNA技術によりすでに捜査からは外されていたので、そのノッペがリンダをこれほどまでに怒らせ、手帳の中で唯一否定的な感情をぶちまけられていたことについても、とりたてて気に留めなかった。〝ノッペなんてくだらない最悪男！〟ノッペの元彼女は、聖クヌートの日――つまり一月十三日月曜日にそう書いていた。

そうなのかね、とベックストレームは思った。結局のところ気になった点はひとつだけだった。それも興奮するほどのものではないが、店じまいをしてホテルに戻る前にはっきりさせたほうがいいだろう。あの女をここに来させよう。おれはこれでも上司なんだ。ベックストレームは電話に手を伸ばした。

「これは返すよ」ベックストレームは愛想よくサンドベリィに手帳を差し出した。

「何か興味深い点はみつかりました？　つまり、わたしが見逃したような」

なんだこの女は。まだ機嫌が悪いじゃないか。

「ひとつだけな」

「どこでしょう？」

「五月十七日土曜日。ノルウェーの憲法記念日だ」ベックストレームが手帳にうなずきかけた。

「はあ」サンドベリィは躊躇《ちゅうちょ》しながらもそのページをめくった。「〝ロナウド、ロナウド、ロナウド、魔法みたいな名前〟」

「正確には、ロナウド感嘆符、ロナウド感嘆符、ロナウド感嘆符。魔法みたいな名前疑問符だ」ベックストレームが訂正した。「誰だ、ロナウドというのは」

「ああ、なるほどね」サンドベリィは急に笑顔になった。「それはもちろんあのサッカー選手のことでしょう。スーパースターのポルトガル人。その日ヨーロッパリーグのカップ戦が行われていたんですよ。その点は鑑識が確認したはずです。わたしの記憶に間違いなければ、ロナウドが三回シュートを決めた。リンダは警察大学で優秀なサッカー選手だったと最初の会議で言いましたよね。試合はテレビで放映されていた。リンダはそれを観ていたんでしょう。それ以上におかしな話じゃありませんよ」

「ふうむ……」ベックストレームがつぶやいた。この女、なぜか急におしゃべりになったな。そう思いながら、次の考えが浮かび、まずいことにそれが理性よりも先に口をついて出てしまった。

「被害者がレズだったという可能性はないのか？」しまった――しかしそう思ったときには遅かった。

「なんですって？」サンドベリィは目を見開いてベックストレームを見つめた。「リンダがなんだったですって？　今、差別用語を使いませんでした？」

「いや、美人なのに彼氏もいなかった。サッカーに夢中。女友達だらけ。単に同性愛者だったということはないだろうか」ベックストレームは言い直した。それとも近頃はなんて呼べばいいんだ？

「やめて」サンドベリィは階級の差をものともせず、興奮して叫んだ。「わたしだってサッカーをしてました。でも夫と子供が二人います。それとどう関係あるんです」サンドベリィは怒りの視線をベックストレームに向けた。

「こういう事件では被害者のセックスライフが必ず関係あるんだ」ベックストレームはそう言ったが、相手が引き下がるつもりがないのを悟ると、払いのけるように手を振った。「忘れてくれ、アンナ」

「ほんとそうですよ」サンドベリィが不機嫌に言い、手帳を手にその場をあとにした。

しかし何かがおかしい――ベックストレームはそうつぶやきながら紙とペンを取り出した。

〝ロナウド！　ロナウド！　ロナウド！〟それからすぐ下に〝魔法みたいな名前？〟。

今自分が書いたものをじっと見つめるが、さっぱり意味がわからなかった。それにそろそろホテルに戻っていい時刻だ。夕食の前にちょっと昼寝でもして、ピルスナーの一本や二本――。

「これを被害者の手帳にみつけたんだ」その数時間と数本のピルスナーのあと、ベックストレームはさっきのメモをローゲションのほうに放り投げた。「今年の五月十七日のところに」

「ロナウド、ロナウド、ロナウド、魔法みたいな名前」ローゲションが読み上げた。「サッカー選手のことじゃないのか？　テレビで試合を観たんだろう。サッカーが趣味だったじゃないか。なぜそんなことを気にする？」
「わかったよ、どうでもいい」ベックストレームは頭を振った。まったく、どうでもいい――。

25

七月十一日（金曜日）から十三日（日曜日）、ヴェクシェー

金曜の朝の会議は、古くから警察内に存在する仮説について議論する場となった。その仮説は、それよりさらに古い仮説――犯人が被害者の葬儀に現れるというもの――よりは当たっている可能性が高い。つまり犯人がリンダの命を奪ったときに取った行動を考えると、リンダを殺した前後に他の犯罪も犯したと考えるのが妥当なのだ。時間的にも地理的にも近いところで発生した犯罪が怪しい。ましてやそれがリンダの家に向かう道中もしくはそこから逃げる道中に発生したものなら。

クヌートソンとトリエンが、警察のデータベースから七月二日水曜日から七月八日火曜日までの被害届、拘束情報、さらには珍しくもない駐車違反までを選び出した。しかし結果はお粗末なものだった。駐車違反でさえもだ。車所有者の多くは休暇を取っていて、車で旅行に出ていた。同様に、駐車監視員の多くも夏休み中だった。ただ単にそういうことなのだ。リンダの

母親がマンションを持っている区画では、その週の間じゅう、一枚も違反は切られていなかった。そもそものあたりで監視員に仕事があるかということ自体疑問だ。住民の大半が個人駐車場をもっているのだから。

犯罪に関しては、その週ヴェクシェー署には合計百二件の届けが寄せられた。自転車盗難十三件、デパートや商店での盗難および万引きが二十五件、アパート・一軒家・オフィス・店舗への侵入窃盗《せっとう》が十件、車上荒らしが十件、車両損壊が五件、車両盗難が二件、詐欺が四件、横領が一件、同一の被害者に対する受託者の権限違反行為が二件、脱税が三件、重大交通違反行為が十件――うち五件が飲酒運転――そして合計十七件の多岐にわたる暴力犯罪。

暴力犯罪の内訳は暴行が八件、脅迫罪もしくは強制わいせつ罪が七件、公務執行妨害罪が一件。その半分が夫婦間におけるもめごとや殴り合いで、四分の一が知り合いによる事件、最後の四分の一が酒を提供するバー・レストランで起きた件。それにもちろん殺人事件が一件。七月四日金曜日の早朝に巡査見習いリンダ・ヴァッリンが殺害された事件だ。

まったくここはシカゴか――ベックストレームはため息をついた。

「その中で興味深い事件はあったのか?」ベックストレームは本音と同じく無関心な声を出そうとした。

「地理的に現場にいちばん近いのは車両盗難ですね。サーブの古いポンコツ車が、ヘーグトルプのヘーグトルプ通りの駐車場で盗まれています。殺人現場の東側にあるあの森林地帯の南ですよ。現場から約二キロ南東の地点で盗まれている。カルマルに向かう二十五号線の近くになります」クヌートソンが説明した。

「この国でいちばん盗まれてる車種だな」トリエンはそう言ってから、説明を付け足した。

「古いサーブのことです」

「問題は盗難届が月曜になってから出されたことです。殺人事件から三日も経ってから」

「犯人はその森の中で数日間テント生活をしていたのかもしれないぞ。ついでに小さなお腹を日に焼いて、湖で泳いで……」ベックストレームの発想に、同僚たちの顔にはとりあえず楽しそうな笑顔が浮かんだ。

「もちろん犯行日が被害届を出した日と同じかというのは調べましたよ」トリエンがクヌートソンのほうにうなずきかけた。「クヌートソンが車の所有者に電話して直接話したんです」

「その男性によれば、車は週末には駐車場にあったそうなんです。近所の人が見たらしくて」クヌートソンが言う。「引退した機長なんですよ、所有者のほうがね。近所の人じゃなくて。機長はこのところ別荘にいて、盗まれたのは古いほうの車だった。基本的にずっと駐車場に停めたままだったそうです。今はメルセデスの新車に乗っていて。それが事件とどう関係があるのかと思われるかもしれませんが」クヌートソンはベックストレームのほうにそうでしょうと言いたげにうなずきかけた。

　そのとおりだ――。それが事件となんの関係がある？

「それで全部か」ベックストレームは心の中でため息をついた。

「そうです」トリエンが答えた。

「ご希望でしたら、もっと調べますが」クヌートソンの声はやる気に満ちていた。

「ほうっておけ」他にもっと大事なことがあるだろう。「ほら、なぜ座ったままなんだ？」ベックストレームが捜査班を見渡した。「言い忘れたか？　会議はお終いだ。何か役に立つことをしろ。何も思いつかなければ、DNA採取リストに載ってるやつらを片っ端から片付けてこい」ベックストレームは立ち上がった。まったく役立たずばかりだ。おまけに暑いときた。耐えきれないくらい暑い上に、今日一本目のよく冷えたピルスナーまで少なくともあと八時間ある。


その午前中に、エノクソンと部下たちはヴェクシェー郊外の父親の邸宅に向かい、リンダの部屋の家宅捜索を行った。それには彼らの上司であるオルソン警部も同行した。エノクソンがやんわりとではあるが、断ろうとしたのに。

「あなたはここで必要とされているでしょう」エノクソンが言った。「ベングト、心配しなくていいですよ。自分たちがちゃんとやりますから」

「いや、それでも一緒に行ったほうがいいと思うんだ」オルソンはすでに心を決めていた。

「父親のことは前から知っているし、ちょうどいいから少し話して様子を確認したい」

こんないい暮らしをしているやつもいるわけだ——元荘園を改装した邸宅の広々とした玄関

に足を踏み入れたとき、エノクソンは思った。ここにリンダは父親と一緒に住んでいた。まあ、少なくともほとんどは。町で母親のところに泊まっていないときは。勉強や仕事で遅くなったり、もしくは単に町に出て夜遊びしたいときに。

「ヘニング・ヴァッリンです」彼らを出迎えたリンダの父親は、そう名乗った。あとはそっけなくうなずいただけで、オルソンが握手のために差し出した手も目に入っていないようだった。

「わたしがリンダの父親だ。もちろんご存じだろうが」

リンダは父親似だったのか、とエノクソンは思った。背が高く、細身で、金髪で。今は感情を失ったような顔だが、六十五歳よりはずっと若く見える。

「今日はありがとうございます」オルソンが挨拶した。

「正直言って、ここで得るものがあるとは思えないが」

「ご存じのとおり、捜査の決まりごとでして」

「わかりますよ。もっと知りたければ、タブロイド紙を読めばいいだけだ。リンダの部屋をご覧になりたいんでしょう？　これが鍵です」父親が鍵をエノクソンに渡した。「廊下のいちばん突き当たりの湖側だ」頭を傾けてそちらのほうを指した。「終わったらまた鍵をかけて、返してください」

「もしよければちょっと……」オルソンが話しかけようとした。

「何かあれば、書斎にいる」ヘニング・ヴァッリンがそっけなく言った。

「ええ、まさにそのことで。二分だけお時間をいただけませんか？」

「二分かね」ヴァッリンはそう言って、なぜか腕時計を見つめた。そして先に立って振り返りもせずに二階への階段を上り、その二歩後ろをオルソンがついていった。

リンダの部屋のドアは閉まっていたし鍵もかかっていた。鍵をかけたのは、ほぼ確実に、鍵を貸してくれたリンダの父親だろう。湖に面した窓は二枚ともカーテンが下りていて、部屋の中は薄暗かった。

「カーテンを開けましょうか？」エノクソンの部下が訊いた。

「そうしよう。照明を設置するのは面倒だからな」それにここはすでに掃除がされている。

「この部屋だけで、うちの子全員の部屋を合わせたよりも広い」カーテンを開け、大きな部屋の中に光が差しこんだとき、部下が言った。「それにずいぶんきれい好きのようだ。うちのいちばん上の娘の部屋とは似ても似つかない」

「ああ、どうやらベテランのお手伝いさんがいるようだ。我々が話さなければいけないのはその人だろうな」きれいに片付いてるなんてもんじゃない。広いベッドは新しいシーツがかかっているようだし、デスクの上は一ミリのずれもなかった。ソファに並ぶクッションはインテリア雑誌に出てきそうな並べかただ。ここはもうリンダの部屋ではない。彼女のための霊廟《れいびょう》なのだ。

「何かみつかったか？」二時間後、警察署に戻るために再びパトカーに座ったとき、オルソンが尋ねた。

「どういう意味で?」エノクソンが訊いた。

「ほら、プライベートなものなんかだよ」オルソンが曖昧《あいまい》に答えた。「日記はつけていなかったと父親は話していたが。少なくとも知るかぎりは」

「父親の知るかぎりはってことでしょう?」

「あの父親がそんなことで嘘をつくとは思えないが? 本当に日記はつけていなかったんじゃないか? わたしには二人子供がいるが、どちらも日記は書いていない。ところでパソコンは確認したのか?」

よく喋るやつだ——とエノクソンは思った。

「ええ」エノクソンが聞いていないようだったので、部下が答えた。「リンダのパソコンは調べました。指紋も採取したし、ハードディスクも覗いた。だから大丈夫です」

「で、何もみつからなかったのか」オルソンがしつこく尋ねる。

「パソコン内にってことですよね?」オルソンが後部座席に座っているのをいいことにエノクソンの部下は笑みを浮かべていた。

「ああ、リンダのパソコン内にという意味だ」

「いや」エノクソンが答えた。「パソコンにも特に何も。ベングト、ちょっと失礼しますよ」エノクソンは妻に電話をするために携帯を取り出したが、基本的には上司を黙らせるためだった。

「で、エノク」ベックストレームがうなずきかけた。「日記はみつかったのか？」

「いいや」エノクソンはかすかに笑みを浮かべて答えた。

「父親はなんて？」

「父親も日記などなかったと言ってた。リンダの母親に訊いてみてはどうかと提案されてね。だが自分が尋ねるつもりはないらしい。十五年前に離婚して以来、挨拶さえまともに交わしていないし、その前は基本的に罵《ののし》り合っていただけだと」

「そうだな」ベックストレームの声には同情がこもっていた。「女というのは驚くほど面倒な生き物だからな」

「うちの妻はちがう」エノクソンは微笑んだ。「だからそれはきみの話だろう、ベックストレーム」

それ以外誰がいると言うんだ――。

午後になると、ストックホルムの人事部からベックストレームに電話が入った。週末を前にして、ベックストレームもローゲションも間もなく残業上限に達することを知らせるためだった。

「週末が始まる前にちょっとしたアドバイスをと思って」人事部の女が言った。「何か展開があったときに無償で働くリスクを避けるためにね」

「ここでは平日だろうと週末だろうと逮捕するときは逮捕する」ベックストレームが堂々と言い切った。お前や他の怠惰な事務職の役人とはちがってな。

「でも、週末に逮捕劇は起きないでしょう？　それに夏で天気もいいわよ」人事部の女がしつこく主張した。「だからちょっと休みを取りなさいよ。町から出て、湖で泳いだり」

「どうも」ベックストレームは受話器を置いた。湖で泳ぐだと？　泳ぎかたなんて、もう忘れてしまったわい。

その一方でローゲションのほうはとりたてて異存はなかった。

「どのみち休みを取ろうと思ってたんだ。車でストックホルムに戻ろうかと。一緒に街に帰ろうぜ。ピルスナーは田舎よりもストックホルムで飲んだほうが絶対美味いんだ」

それは最近無料で手に入らなくなったからだろう？

「おれは残るよ。だが、ひとつ頼みがある」

「なんだよ、頼みって」ローゲションは警戒した顔になった。

「これが拙宅の鍵だ」ベックストレームはローゲションが本気で抵抗しだす前にと、即座に鍵を差し出した。「ちょっと寄って、イエゴンをみてやってくれないか。餌をやってくれればいいだけだ。やりかたは缶に書いてある。説明書きをよく読んでからやってくれよ」

「それだけか？　パパからよろしくと伝えたり、しばらく話し相手になったりしなくていいのか？　街に連れ出したりなんかは？」

「餌をやるだけで充分だ」とベックストレームは答えた。

ホテルの部屋に戻り、水分バランスの調整が終わると、ベックストレームはカーリンに電話をかけた。カーリンはその日何度も電話をかけてきていたが、不思議なことにこのときにかぎってては電話に出なかった。ベックストレームのほうは他人の留守電にメッセージを残すようなタイプではなかったし、気を取り直してもう二本ほどピルスナーを飲み、現状についてよく考えるために何杯か別ので仕上げた。他にすることもなかったのでバーに下りてみたが、同僚たちすら不在だった。クノルとトットはおそらくどちらかの部屋で担当している事件について意見を交わし合っているのだろうし、スヴァンストレーム嬢はほぼ確実に同僚レヴィンの腰に両脚を絡めて、担当している事件のことなど頭にないだろう。まったくあいつらときたら——ベックストレームはそんなことを考えながら、もっと頭をはっきりさせようと、コーヒーのお供に大きなコニャックを注文した。

発酵させ醸造させた葡萄《ぶどう》の助けを借りて、ベックストレームが思考をクリアにしようと努めていたのと同じ頃、町ではリンダ・ヴァッリンの追悼式が行われていた。殺されて一週間、生きていれば二十一歳の誕生日だったこの日、数百人のヴェクシェー市民がスタッツホテルからリンダが殺されたマンションまで行進した。リンダにとって地上で最後の歩みとなった区間だ。夜でも明るい夏のこの時期、松明《たいまつ》を燃やして行進するわけではなかったが、マンションの入口にキャンドルを並べて囲い、花束を捧げ、被害者の大きなポートレート写真が飾られた。県太守が短いスピーチも行った。リンダの両親は傷心のあまり参加はかなわなかったが、捜査班からも数人の警官がこの行進に参加し、それよりもっと多くの警官が、悲しみに暮れる人の列に邪魔が入らないように計らった。ベックストレームたちは参加を断ったが、それはもう何年も前に決定された基本方針に従っただけだった。国家犯罪捜査局の殺人捜査特別班のメンバーは、任務およびそれに直接関連することだけに従事すると定められているのだから。そしてその短いセレモニーが終わったのとほぼ同時に、ベックストレームもホテルのバーを離れた。

それ以上何も思いつかなかったので、ベックストレームは自室に戻り、もう一度カーリン嬢に電話をかけてみたが、やはりまた留守番電話につながった。しかし受話器を置いた瞬間、その夜ひとつめの建設的なアイデアが浮かんだ。普通にポルノ映画を観ればいいじゃないか。しかしどうすればいいだろうか――自分の部屋に有料視聴の請求がつかないようにするためには。

その答えを思いつくのにも四秒しかかからなかった。これはコニャックのおかげにちがいない。ベックストレームはフロントに下りて、ローゲションの部屋の鍵を借りた。きれいにベッドメーキングされたベッドに身を投げ出すと、テレビ欄のもっとも期待できそうな大人のチャンネルふたつのうちのひとつを画面に打ちこんだ。それから持参したピルスナーを飲み、バルト海沿岸の国からやってきたウォッカの瓶を空にし、さらにはなぜだかさっぱりわからないがローゲションのミニバーに残っていたワイン二本も空けた。半分しか残っていなかったから、どうせもうゴミに出すところだったのだろう。いいぞいいぞ、人生最高じゃないか——。その頃には目の焦点を合わせるために片目ずつ順番に開いて、テレビ画面に映る女性主人公が勤勉に動かす尻を見つめなければいけなかった。そのどこかで意識を失ってしまったらしい。というのも、次に目を覚ましたときにはあの無慈悲な太陽が腹に直接当たっていたからだ。カーテンを閉じるのは忘れていたし、時計は十時近くを指していて、テレビの画面ではまだ昨晩眠ってしまう前と同じ尻が激しく揺れていた。

軽くシャワーを浴びて新しい服に着替えると、朝食を食べるためにレストランに下りた。そこも基本的には空っぽだった。唯一いたのは、いつものいちばん奥の隅に座るレヴィンとスヴァンストレーム嬢だけだった。ヒルどもはいったいどこにいってしまったんだ？　ベックストレームはスクランブルエッグとプリンスソーセージを山のように皿に盛りながら訝った。昨日のことを思い出し、そこにアンチョビのフィレ数枚と、気の利くレストラン経営者がニシンの酢漬けの横に出しておいてくれたアスピリンもわしづかみにする。

「今日はこの町全体が休みなのか？」ベックストレームはそう訊きながらテーブルについた。「おれの夢が叶ったのか、それとも誰かがこの建物に殺鼠剤でも撒いたのか？」そう言って、空っぽのテーブルの列を指した。

「ジャーナリストのことを言ってるなら、まだ今朝のニュースを読んでいないようだな」レヴィンが答えた。

「では教えてくれ」フォークでアンチョビを二切れ刺すと、それにアスピリンが三錠くっついてきた。それをオレンジジュースでごくりごくりと流しこみ、「あ〜〜」と声に出してため息をつく。

「昨日の深夜、ルンドの郊外ダールビィで大きな披露宴があったんだが、ちょうど新婚夫婦のワルツが始まろうとしたときに、新婦の元彼が現れた。Ａｋ４を構え、弾倉が空になるまで撃ったんだ」

「それでどうなったんだ」ベックストレームが訊いた。まったく、ここのソーセージときたら空前絶後の美味しさだ。ナイフを入れたとたんに脂肪たっぷりの汁が飛び散るのだから。

「いつもの具合さ。マルメの同僚に電話をしてみたが、新婦と新郎と新婦の母親が亡くなり、二十人ほどのゲストが病院に運ばれたらしい。流れ弾が当たったり、弾の破片や跳ね返った弾が当たったり。さらには調度品も飛び交ったようだし」

「ジプシーか」それは単刀直入な問いというよりは、希望的観測だった。

「がっかりさせて申し訳ないが」レヴィンは急にうんざりした顔になった。「基本的に巻きこまれた人間は全員、地元の人々だった。狙撃手もだ。郷土防衛隊のグループ長で、ちなみにまだ捕まっていない」

何もかも思うようにいかないし、スウェーデンのまともな笑いのセンスはどこへいってしまったんだ。

「他に何か質問は？」

「クノルとトットはどこだ」

「おそらく警察署だろう」レヴィンはナプキンを脇へやり、立ち上がった。「エヴァとわたしは今日は休みを取っている。海までドライブでもして泳ごうかと」

「では二人とも、楽しい一日を」奥さんとだんなさんと子供たちによろしくな。


他にすることもなかったので、ベックストレームは昼食のあと職場を覗いてみた。捜査官たちは戦意は喪失していたが、ベックストレームがいないのだから当然だろう。しかしクヌートソンとトリエンはそこにいて、二人ともパソコンの前に座っていた。まるで二羽の発情したキツツキのようにキーボードをつついている。

「お前たち、調子はどうだ」ベックストレームが尋ねた。なんといってもおれが上司だからな。

「ありがとうございます。順調ですよ」クヌートソンが答えた。


クヌートソンによれば、週末のせいで多少凪《な》いではいるが、DNA採取は予定どおり進んでいるということだった。すでに五十人ほどの採取を終えており、全員自主的に提出して、誰も抵抗はしなかったという。その半分はすでに除外された。SKLには仕事が押し寄せているが、リンダ殺害事件は最優先事項の山のいちばん上にあるのだ。

「残りの回答も今週じゅうには来ます」トリエンが言う。「それに新しいDNAもひっきりなしに入ってくる。必ず捕まえますよ。ましてやベックストレーム、あなたが思ったとおりなら」

ああ、それで？　もちろんそうに決まってるじゃないか。何が問題なんだ。

「今夜の予定は？」ベックストレームが訊いた。他に質問を思いつかなかったからだ。

「ちょっと食事でもと」トリエンが言う。

「どこか落ち着いた場所で」クヌートソンが補足した。

「それから実は映画を観にいこうかと」

「この町の映画館ではすごくいい昔の映画をやってるんです」

「ベルトルッチの『１９００年』です」

「それも、第一部のほう。もちろん第一部が最高でしょう？　第二部はちょっとね、冗長に感じる部分がある。なあピエテル、どう思う？」

こいつらはホモか——。いくら本人や同僚があの女と寝たこの女と寝たと噂しても、こいつらはホモにちがいない。じゃなきゃなぜヴェクシェーに来てまで映画館なんかに行く？

大通りのテラス席でジョッキ二杯分寄り道してからホテルに戻ると、ベックストレームはローゲションの携帯に電話をかけた。

「どうだった？」

「プリマ・ライフだ。おれのことを訊いてるなら」ローゲションが答えた。「だが小さなイエゴンはあまり元気そうじゃない。短いバージョンがいいか、長いバージョンでいくか？」

「短いほうで」いったいこいつは何を――。

「それなら、イエゴンは櫂を片付けてしまったようなんだ。漕ぐのをやめたというわけだ」

「いったい何を言ってるんだ」ベックストレームは動揺した声で訊いた。おれのイエゴン――。

「腹を上にして浮いてたよ。つついてみたが、ひれひとつ動かさなかった」

「何を言ってるんだ。それでどうした」

「トイレに流した。それ以外どうするってんだ？　法医学センターにでも送るのか？」

「だって、死因は」食べ物ならあり余っていたはずなのに。

「鬱《うつ》にでもなったんじゃないか？」ローゲションがあきれたような声で言った。


土曜の夜ベックストレームは夜を徹してイエゴンを弔い、日曜の朝食に寝坊した。だから余力はすべて遅めの昼食につぎこむことになった。午後になってやっと哀しみのどん底から這い上がり、またカーリンに連絡をしてみたが、やはり留守電の明るい声につながるだけだった。いったい何が起きてるんだ――ベックストレームは自分のピルスナーをまた一本開けた。まるで誰も他人のことなど気にかけなくなったようだ。ましてや、しがない警官のことを気にかけるやつなど一人もいない。おまけにこれが最後の一本じゃないか――。

26

七月十四日、つまりここがフランスなら共和国の成立を祝う日の月曜の朝早く、国家《R》犯罪《K》捜査局《C》長官がヴェクシェーの県警本部長に電話をかけた。しかし、それは非常に悪いタイミングだった。

県警本部長は早起きをし、朝食を食べ、美しい別荘の裏手で心地よい日陰をみつけたタイミングだった。下半分が石造りになった外壁のすぐ前に寝心地のよいデッキチェアを広げ、のんびりと朝刊を読みながら、たっぷり氷の入った自家製のラズベリージュースをすすっていたのだ。桟橋《さんばし》では彼の妻がひらめのように平らになって横たわり、背中を日に焼いていた。自分たちほど恵まれた人間はいるだろうか——県警本部長の胸に妻への愛情が溢れた瞬間、携帯が鳴った。

「ニィランデルだ」ニィランデルがそっけなく言った。「犯人はみつかったのか?」

「捜査は順調に進んでますよ。だが最後にうちの者たちと話したときにはまだみつかっていなかったです。はい」

「スコーネ地方では異常者が自動小銃を手に自由に駆け回ってる」国家犯罪捜査局の長官が言った。「そいつを捕らえるため、特殊部隊は全員そっちに送った。突如として警戒レベルが赤に上がったからな。お前の部下たちはいまだ腰を上げて働こうとしないから、また改めてうちの部隊をヴェクシェーに送ることになるのだろうが」

「ええ、よくわかりますが」県警本部長は弁解しようとした。「でも今はまだ……」

「同じ男の仕業じゃないかどうかは調べたんだろうな」RKCが遮《さえぎ》った。

「ええと、おっしゃる意味がよくわかりませんが」

「理解するのがそんなに難しいか?」ニィランデルが唸った。「ヴェクシェーとルンドはクソ離れてるわけでもなかろう。わたしの生きている世界では、偶然にしてはできすぎている」

「もちろん誰かが確認したはずです。つまり、そのふたつの事件に関連があるかどうかは。ご希望なら……」

「オーストレームはそこにいるのか」急にRKCが訊いた。

「ここですか?」ベックストレームのことだろうか? あいつがわたしの別荘で何をしているっていうんだ。「わたしは今、別荘にいるんです。携帯しか持ってきていなくて」

「別荘だと?」RKCが言った。「別荘にいるだと?」

「ええ……」しかしそれ以上県警本部長が何か言う前に、ニィランデルは電話を切ったようだった。

クヌートソンとトリエンは週末じゅう映画館にこもっていたわけではないようだ。というのも朝の会議のあとベックストレームのオフィスにやってきて、新たな発見があったと報告したからだ。

「ベックストレーム、あなたが言ったことを考えていたんです。同僚が犯人だという可能性も捨てきれないと」クヌートソンが言った。

「もしくは未来の同僚ですね」トリエンも言う。

「何が言いたいんだ」まったく、正真正銘のバカどもめが。

クヌートソンとトリエンいわく、その方向性には色々とヒントが隠されている。アメリカの連続殺人事件でも、警官だと名乗って獲物を騙した例がいくつもある。近代の犯罪史でももっとも有名なのは——あくまでその二人によればだが——テッド・バンディだろう。

「女の子の信頼を得たいなら、それに勝るものはない」クヌートソンが言う。

「警官だと名乗ることがです」トリエンが言葉を足した。

「そうだな。ではまず実際に警官のやつらから始めてみてはどうだ。そうすれば、真夜中に未来の同僚の家に偽の同僚が入りこむ可能性を心配しなくてすむだろう?」ベックストレームは不機嫌に言った。まったく、おめでたいバカどもだ。

本物の警官の中にも楽しませてくれるやつがいるものだ。過去に遡《さかのぼ》ってみれば、例えばフルヴァの殺人鬼として国じゅうに名を馳せた、元警官で十一人を殺害したトーレ・ヘディンがいる。すべては、恋人に手錠をかけたせいで謹慎処分になったことから始まった。

「その事件のことなら覚えているでしょう、ベックストレーム。一九五二年だからあなたの全盛期では？」クヌートソンが無邪気に尋ねた。

「現在のヴェクシェー警察から捜査してはどうだ？」ベックストレームは苦虫を嚙み潰したような顔だった。

「それであれば同僚と未来の同僚が十名みつかりました」トリエンがそう言って、パソコンから出力したリストを渡した。

「そのうち六人はリンダが殺された夜に同じクラブにいたんです」クヌートソンも援護する。「三人の同僚と、三人の巡査見習い。そのうちの二人は自主的に連絡をしてきて、DNAを提出し、すでに除外されています」

「それが、チェックをつけてさらに斜線を引いてある分です」

「洩れがないようにと思って、一応両方つけたんです」

「それはどうでもいい」ベックストレームが言った。「それよりも、それ以外のやつらは？ なぜDNAを採取してない？」

クヌートソンとトリエンによれば、なぜだかは不明だった。可能性としては、サンドベリィが各人に行った短い聴取から、彼らが三時にはまだクラブに残っていたことが判明しているから。その時刻には犯人はリンダの家に現れているはずなのだ。巡査見習いの一人は四時前にクラブを出たと供述している。帰るときは独りで、まっすぐに家に帰った。もちろんしらふで、お利口に帰ったのだ。一方で同僚三人は、クラブが閉まるまで残っていた。それから出口で別れの挨拶を交わし、帰路についた。彼らがどの程度酔っていたかなどの詳細は触れられていないが、時刻は四時というより五時に近かったはずだ。

「どういうことだ」ベックストレームは堪《こら》えきれずに訊いた。「そいつらはホモなのか?」

「どういう意味です?」トリエンが訊いた。

「今のは聴取で聞いた話です」クヌートソンが言う。「彼ら自身の主張です」

「クラブから四人の同僚が手ぶらで帰っただと? お前ら頭が空っぽなのか?」

「一人はまだ巡査見習いでしたけどね。先に帰った一人です。でもおっしゃる意味はよくわかります」

「ええ、自分はそんなこと一度もありません」クヌートソンも強調した。「ですがここはヴェクシェーですから」

「そうだな。ところで話は変わるが、このリストをサンドベリィには見せていないな?」

同時に同じテンポで首を横に振ったところを見ると、見せてはいないようだ。それになぜそう訊いたかというと、主な理由はクラブに行っていない四名の名前だった。

「で、そいつらは何をやらかしたんだ?」ベックストレームはリストをちらりと見つめた。おれの知ってるやつは一人もいないようだが。

クヌートソンによれば、キャンディの詰め合わせのようなものらしい。四人のうちの一人目は、隣の署の生活安全部の所属だったが、ヴェクシェーの警察大学に射撃インストラクターとして配属されていたこともある。数年前に、女子学生から強制わいせつで訴えられた。よくある手紙や電話でのお誘いだった。被害届はわずか一カ月後に取り下げられ、その女子学生は大学を中退した。内部調査の担当者が連絡をしたときには協力を拒否し、射撃インストラクターに対する捜査は打ち切りになった。インストラクターのほうは警察内に残り、いちばん最近ではこの五月までリンダやそのクラスメートと一緒に射撃練習場に立っていた。

「同僚としてもインストラクターとしても高く評価されているようです。でも、もちろん……」クヌートソンは肩をすくめた。

第二の同僚に対する訴えは、さらに古いものだった。五年前に離婚したさい、当時の妻が彼を暴行罪で訴えたのだ。しかしその訴えも取り下げられ、捜査も間もなく打ち切られた。

「だが数カ月は勤務を外された」トリエンが言う。「内部調査が行われている間はね。もちろんそれから労働組合の力を借りて雇用主から損害賠償をもらった。ちなみに二人は別れました。彼とその元妻は」

「そいつは今はどうしてるんだ」女ってのは皆同じだな。

「もちろん仕事に戻っています」クヌートソンは驚いた顔になった。

「次だ」それはよかった。

三人目の同僚は余暇の時間を使って、サッカーやらホッケーやら、ハンドボールやらフロアボールやらの青少年チームのコーチをしていた。若かりし頃には彼自身も球技に秀で、スウェーデンのトップディビジョン〈アルスヴェンスカン〉でサッカー、ディビジョン2でアイスホッケーの選手をしていた。彼がコーチをしていたチームのひとつが、十三歳から十五歳の少女サッカーチームだった。ところがある少女の両親が、彼が娘の前で複数回、局部を露出したと訴えたのだ。練習のさいには更衣室で、それから保護者何人かと一週間の合宿に行ったときにも。

その話は世間の注目を集め、タブロイド紙の見出しまで飾った。しかし最終的には確固とした証拠がなく、被害者側も訴えを取り下げた。少女はサッカーをやめ、家族で別の町へと引っ越した。糾弾《きゅうだん》された同僚は、他の少年少女や保護者が懸命に引き留めたにもかかわらず、コーチを辞めてしまった。その後半年以上傷病休暇を取ってから、やっと仕事に復帰したという。現在でもヴェクシェー署で働いているが、完全に事務方だった。

「本当に気の毒な話だ」トリエンが言う。「自殺しないよう、銃を取り上げたらしい。奥さんが子供を連れて出ていってしまって」

「で、最後の一人は」なるほど、そんなに大騒ぎになったわけか。奥さんが子供を連れて出ていくほど。

「この同僚はどちらかというと単純なタイプのようだ」クヌートソンはむしろ感心したように言った。「簡単に言うとですね、二年前に当時の婚約者から訴えられた。ここから二十キロほど離れたアルヴェスタの町で美容師をしていた女性だ。しかも訴えたのは彼女一人だけではなさそうなんです。同僚からはエロ・カールソンと呼ばれている男で。もしくはエロ・カッレと」

「本名はカール・カールソンなんです」トリエンが説明を付け足した。

「で、その女は何に機嫌を損ねたんだ？」なかなか面白そうな男じゃないか。

「被害者によれば、カールソンはいつも女性に手錠をはめさせたそうなんです。しかも警察の手錠を」

「そうか、それは度が過ぎるな」ベックストレームはにやりと笑った。「そいつは市販の手錠は購入しなかったのか？」

　クヌートソンとトリエンによれば、その点については捜査報告書からは判然としなかった。というのも、捜査の対象はあくまで警察の手錠についてだったからだ。なお、その捜査も打ち切られている。当の美容師嬢はヨーテボリに引っ越し、事後情報によれば新しい美容院と婚約者を手に入れたらしい。むしろその話の中で不思議なのは、カールソンがその半年後に彼女を追うかのようにヨーテボリに移り、現在もメルンダール署で働いていることだ。

「ヨーテボリの知り合いの同僚に訊いてみたんですが、もちろんエロ・カールソンのことは知ってました。パトロールをやっていて、今でもそう呼ばれているらしい。つまり、まだ趣味は続けているようです」トリエンが言う。

「この夏、そいつは何をやってるんだ？　女とやりまくってる以外にという意味だ」

「夏至祭からこちら夏休みを取っているそうです」

「そいつのDNAだ！　リンダのタイプだとは思えないが、少なすぎるよりは多すぎるほうがいい」それから付け足した。「それに加えて、クラブにいた例の四人も。プラスあとの三人だ。射撃インストラクター、家庭内暴力男、それに露出狂。全員のDNAを採取し、サンドベリィ嬢がそれについてなんと言おうと、完全に無視する」

「もうひとつ」二人が部屋から逃げ出す前にベックストレームがまた口を開いた。「あのチビでデブのポーランド人もだ」

「その件についてはレヴィンが苦心している最中です」トリエンが言う。「アイデアを思いついたから、検察官に相談してみるらしいですよ」

レヴィンか――。ということは、やつを発奮させたのはスヴァンストレーム嬢だろうな。

国家犯罪捜査局の長官との気まずい会話のあと、県警本部長は長いこと考えに耽《ふけ》っていた。あのニィランデルは完全に精神のバランスを崩してしまったようだ。深く考えに浸りながらも、彼は妻の按配《あんばい》を確認するために桟橋に下りた。

「太陽に当たったまま寝てしまってはいないだろうね？」彼は妻を気遣った。「もちろん日焼け対策はしているんだろう？」

妻はあきれたように首を振り、片手で夫を追い払うような仕草をしただけだった。

かわいそうに、疲れきっているようだな——と県警本部長は思った。

それから腹心のオルソンに電話をかけ、スコーネを襲った悲劇と自分たちのヴェクシェーで起きた陰鬱《いんうつ》な事件の関連を調べたかどうか確認した。オルソンによれば、実に奇遇だ、ちょうど今県警本部長に電話しようとしたところだったという。まさにその件について、今朝早くにすでにスコーネ地方の同僚に連絡を取りました。詳細については今日じゅうに返事が来るはずです。

「それはよかった」まったくオルソンは岩のように頑強で頼れる男だ。県警本部長は通話を切りながら思った。ゴットランド島の奇岩ラウクのごとく——まあ、スモーランド人だとはいえ。天気や風向きに関係なく、必ずそこに聳《そび》え立っている。県警本部長はそんなことを考えながら、詩を詠んでいるような気分だった。

ベックストレームはサンドベリィを呼びつけた。もうこの女には飽き飽きしていたが。

「さあ座りたまえ」ベックストレームは空いている椅子にうなずきかけた。「クラブにいた同僚三人と巡査見習い一人のDNAを採取してほしい」

サンドベリィはもちろん反対意見を述べた。まったく女という生き物は、いつだってそうなのだ。それによく見ると、この個体もいささか皮膚がたるんできている。ここやらあそこやらが。

「でも、四人とも少なくとも三時半まではクラブにいたんですよ？　わたしの事情聴取の調書を読めばわかることでしょう？　わたし自身クラブにいて、その夜四人全員と話したんです。しかも複数回にわたって。わたしが四時ごろにクラブを出たとき、三人ともまだ残っていたし、巡査見習いは少し前に帰ったところだった。彼、帰る前にわたしのところにさよならを言いにきたんですから」

「なるほど、もちろんそうだったんだろう」ベックストレームは重々しくうなずいた。「ただわたしにわからないのは、それがＤＮＡ採取となんの関係があるかだ」

「朝の会議では、あなたもエノクソンと同意見だったじゃないですか。犯人は三時にはリンダのマンションにいたと」

「だがそれは誰にもわからない。医者のおじさんが言ったのは、リンダは三時から七時の間に死亡したということだけだ」

「でも五時ごろに新聞配達が来て逃げ出したんだとすれば、あんなに色々なことをする暇はなかったんじゃ？」

「それについてもまだわかっていない。あくまで仮説だ。だから全員のＤＮＡを採取しろ。もちろん自主的に、なるべく早く」

「それは聞こえてます」サンドベリィは不機嫌な顔でベックストレームを見つめた。

「それはよかった。それにあと三人DNAがほしい男がいる」ヨーテボリのエロ男については向こうの同僚たちがやってくれるだろうからな。

「誰の話です？」サンドベリィが怪訝《けげん》な顔で尋ねた。

「アンデション、ヘルストレームそれにクラーソンだ。知ってる名前か？」


「そういうことでしたら、問題があります。クラーソンを巻きこんだら、自殺するリスクがあることは認識してますよね？」

「だからこそ、疑惑を晴らすまたとないチャンスじゃないか。廊下で嫌な噂を聞くはめになるのも避けられる」


グリーンサラダに魚にサンドライトマト、そしてミネラルウォーターという軽い昼食のあと、県警本部長はやっと考えがまとまり、公安警察で情報対策を担当する知人に電話をかけた。

「これはなかなか複雑な話なんだが……」県警本部長はそう言いつつ、十分後には全容を語り終えていた。

「どうも完全に精神のバランスを崩しているようなんだ」県警本部長は総括した。公安警察の知人いわく、連絡してきたのは適切な判断だった。県警本部長はそれがなぜなのかさっぱりわからなかったが、職務上重要な内容であり、情報対策という任務を考えても非常に興味深く有意義な内容だと言われた。

「むろんいちばんいいのは、今教えてくれた情報を数行でいいから書面にまとめてくれることだ」知人が言った。「最高機密扱いにするから、その点については何も心配しなくていい」

「それはできれば控えたい」県警本部長の声は本音と同じくらい当惑していた。「この会話だけにしておくつもりだったんだ。きみのことをよく知っているから電話しただけで……」

「よくわかるよ」知人の声は温かかった。「じゃあそれはいいとしよう。この非公式な会話で充分だ」

「助かるよ。万が一のことがあれば、もちろん自分の発言には責任をもつから」

「そうだろうとも。それ以外のことは思いもよらなかったよ」知人の声はさっきよりさらに親身になっていた。


別れの挨拶をして電話を切ったあと、県警本部長はまた桟橋へと下りて、妻が日に当たったまま寝てしまっていないかを確認した。寝てしまってはいなかったが、さっきとは裏返しになっていた。その頃、公安警察の知人は自分の電話機に接続されている録音機のスイッチを切った。そして小さなディスクを取り出し、それを秘書に渡して、すぐに文字に起こすように頼んだ。

27

翌日、リンダと同じマンションに住むマリアン・グロスのDNAをやっと入手することができた。捜査班ではもう誰もグロスが犯人だとは思ってはいなかったが、これは理念の問題であり、正義は勝利するべきだからだ。誰一人として――ましてやグロスのような男はなおさら――ごねたからといって義務を免れるわけではない。ヤン・レヴィン警部はグロスの過去の被害届を担当した女性の検察官と打ち合わせをした。法的に見逃していた点を指摘すれば、彼女を説得するのは簡単だった。検察官はむしろ、まだそれをやっていなかったのかと驚きを示した。とにかくあとはグロスの自宅に向かい、連行してくるだけということになった。自主的に提出しなくても、DNAは採取する方向で。

フォン＝エッセンとアドルフソンがその任務を承り、恒例になった試し蹴りを一発かますと、グロスは自主的にドアを開き、靴を履き、警察署まで同行した。前回とまったく同じように、道中は一言も発さなかった。

「ではグロス」レヴィンは温かい笑顔で相手を見つめた。「検察官がきみのDNAを採取する決定を下した。わたしの理解が正しければ、二種類の方法があるようだ。きみが自分で小さな綿棒を口に突っこんで頬の内側を優しくこするか、電話で医者を呼びうちの若いのが見張っている中で腕にちくっと刺すかだ」

グロスは何も言わなかった。ただ恨めしそうに睨《にら》み返しただけだった。

「その沈黙は、医者を呼べという意味だと理解してよいかな?」レヴィンはまださきほどと変わらぬ親切な声だった。「じゃあきみたち、医者の到着を待つ間、グロス先生を下の留置場にお連れしなさい」

「自分でやればいいんだろう!」グロスはレヴィンのデスクにあった綿棒入りの小さな管を摑んだ。すべてが終わったあと、グロスは自宅まで車で送らせようというレヴィンの申し出を断り、足早に警察署を出ていった。

その数時間後、警察署の受付に被害届が届いた。それは女性の検察官、オルソン警部、レヴィン警部、フォン=エッセン警部補代理、アドルフソン巡査を法的過程における重暴行および脅迫で訴える内容だった。受付係はそれを社内メールで内部調査官へと回した。グロスがヴェクシェーの警察署を訪れたことで、基本的には何もかもが普段の状態に戻った。

総合的に分析すると、ヴェクシェー署のDNA採取プロジェクトは期待以上の進展を見せていた。捜査班では、統計に関心のある若手の捜査官が、採取の進行状況をグラフにして掲示板に大きく貼りだした。ヴェクシェー周辺でのDNA採取はすでに百人を超えていた。その半数はSKLでの確認も終わり、全員が除外された。グロス以外に警察の手を本格的に煩わせた人間はいなかった。地元のチンピラの中には、自ら警察署にやってきてDNAを提出した者も何人かいた。

科学捜査の空に唯一浮かぶ雲は、実は彼ら自身の仲間だった。クラブにいた三人は当初提出を拒否した。各人と話してみたところ、うち二人はすぐに折れたが、三人目は労働組合に連絡を取り、拒否を続けた。本人いわく、少なくともベックストレームと国家犯罪捜査局の仲間たちを議会オンブズマンに訴える。法律の基礎くらい少しは覚えさせるために。巡査見習いについてはもっとわかりやすかった。何度も家や携帯に電話をかけたが連絡がつかない。メッセージも複数回残したが、連絡してこない。

オルソンは不安だった。とりわけベックストレームが過去の栄光に敬意を表してDNA採取を命じた三人の同僚のことが。オルソン個人としては、妻に暴力を振るった夫や生徒にいやらしいメッセージを送った射撃インストラクターのことはどうでもよかった。だから今、信頼をこめてベックストレームに相談をもちかけているのだ。

「これは我々二人の間に留めておいてほしいのだが。あの二人などクビになればよかったのにと思っているくらいなんだよ」オルソンが強調した。

それが我々二人になんの関係があるんだ？　ベックストレームはそう思ったが、うなずくだけにしておいた。

その一方で、サッカーの元コーチに関してはまったく別問題だった。ひとつには彼とは個人的に知り合いで、その人間性を保証できる。彼は無実であり、ひどく不当な扱いを受けただけなのだ。オルソン自身は、彼に自主的にDNAを提出させる責任は負いたくない。

「彼の人生に対して良心の呵責を感じることにはなりたくないんだ。わかってのとおり、まだひどい鬱《うつ》状態で……」

「そりゃそうだろう。鬱じゃないやつなんかいるのか？　それに、子供が性的暴行のことで嘘をでっちあげることはありえないんじゃなかったか？」

オルソンは、もちろん自分は誰よりもその説を信じて疑わないと答えた。それはまったくの真実ではあるが、その件に関してはその子の両親が背後にいたのだ。同僚でオルソンの良き友は無実の罪で糾弾《きゆうだん》されただけだ。万が一少女がすべてをでっちあげたのだとしたら、それはつまり世間で常識とされている説の例外ということになる。

「ベックストレーム、わかってくれ」

「もちろんだ。捕まえて気分がよくなるような男を捕まえたいというのは、我々全員の願いじゃないか。他に何か？」まったく、そろそろお前さんのDNAを採取したほうがいいんじゃないのか？

オルソンはもうひとつ考えていたことがあった。ダールビィの披露宴殺人犯は、特殊部隊が一帯を鉄壁のように封鎖し、一平方メートルごとにくまなく捜索しているにもかかわらず、まだ捕まっていない。

「そいつが我々の捜している男だとは思わないかね？」オルソンは期待に満ちた目でベックストレームを見つめた。

「親愛なるタブロイド紙も同じことを考えているのは読んだ。ヴェクシェー署の上層部の人間の話では——と書いてあったが、インタビューに答えたのはわたしではない」

「もちろんそうだろう、ベックストレーム。だがきみ自身はその仮説についてどう思うかい？」

「わたしが思うのは、そのヴェクシェー署の上層部の人間とやらはお友達の新聞記者と同等に愚かだということくらいだ」


夜になるとカーリンが電話をかけてきて、なぜ連絡をくれないのかと問いただした。彼女自身は週末、年老いたママを訪ねるために町を離れていたが、もし留守番電話にメッセージを残してくれていたら行かなかったのに——と。

「最近忙しくてね」ベックストレームは曖昧《あいまい》に答えた。なんだ、その年老いたママに会いにというのは。

「何か新しいニュースはないの？」カーリンは、いつもその質問をするときの声だった。

「いやあ、ちょっと個人的なことだがね……ペットが死んだんだ。ここで殺人捜査をしている間、友人にみてくれるように頼んでおいたんだが……どうもうまくいかなかったようだ」

「まあなんてこと！」カーリンは動揺した。

「犬だったの？　それとも猫？」

おれを誰だと思ってるんだ。猫なんか飼うのはばあさんかゲイだけだろうが。

「犬だったんだ――」ベックストレームは嘘をついた。「小さないたずらっ子でね。だが太陽のように明るい子だった。イエゴンという名前で」

「まあ、お気の毒に……」その声からして、カーリンは動物好きで共感力が高い女のようだった。「きっとまだ小さな仔犬だったのね、おまけにそんなに愛らしい名前で。落ちこむのはわかるわ。話せる？　何があったの？」

「溺れたんだ……すまないが……」

「わかるわ。話したくないわよね」

「また明日。何か食べたくなったら電話をくれ」まったく、女ってのは――。


ベックストレームはあれ以来ローゲションを避けていた。やつが可愛いイエゴンの命を奪ったことを示唆する点がいくつもあるからだ。ローゲションのほうはベックストレームに避けられていることにすら気づいておらず、まったく普段どおりだった。そういうものなのだ、本物のサイコパスというのは。自分のことしか考えていない。ただ、ローゲションはもう少し複雑な殺人鬼のようだった。なぜかというと、たった今ベックストレームの部屋のドアをノックしたからだ。ローゲションにしては非常に慎ましいノック、それはおそらく良心の呵責のせいだろう。そして仲直りのプレゼントなのか、差し出された紙袋にはよく冷えたビールと、あまり中身の減っていないウイスキーの瓶が入っていた。

「どうせここで鬱々としてるんだろうと思ったよ」ローゲションが言った。ベックストレームのほうも根に持つタイプではないので、間もなくいつもどおりの方法で関係修復に成功し、はたしてずっとそこにあった連帯感が戻ってきた。

「イエゴンに乾杯」ローゲションが言った。

「乾杯、相棒。イエゴンに乾杯」ベックストレームは厳かにそう言うと、立ち上がり、グラスを掲げた。


ベックストレームとローゲションが夜を徹してイエゴンを弔った翌朝、ついに怪しい男の名にふさわしい人物が捜査線上に現れた。思わず信心深くなってしまいそうだ――馴染みのあるバイブレーションを感じたベックストレームは、そう思ったほどだった。

28

トリエンは朝の会議の前にはヨーテボリ警察の知人に電話をかけ、エロ・カールソンのDNAの採取を頼んだ。知人はまあとにかくやってみるよと約束し、片付き次第すぐに連絡をすると言ってくれた。

その知人はすぐにエロ・カールソンの携帯に電話をかけ、瞬時に連絡がついた。まだ朝早いのにエロ・カールソンはもうマーシュトランド海岸のテラス席に座り、女という生き物の観察に励んでいた。楽しい夏を過ごしているかい――とトリエンの知人は訊いた。どんな用件を持ち出すにしても、慎重に切り出すのがいちばんいいと思っているからだ。いやもう最高だよ――とエロ・カールソンは答えた。夏の休暇の間じゅう、西海岸を渡り歩いていたのだ。いちばん北のストレムスタから始め、リィセシルやスメーゲンや、もはや頭から名前が抜けてしまった小さな村々を通過して南に下った。そして今、ヨーテボリからほんの数十キロのところにあるマーシュトランドの港に座っているのだった。

「まったく信じられないよ」エロ・カールソンは嬉しそうな声だった。「いくらでも女がいるんだ。きりがないくらいだよ。それにこの天気！　時間の節約にもなる」

エロ・カールソンは自主的にDNAを提出することになんの異論もなかった。それどころか、そういうことならこれまで何度もやったことがあると言った。父親鑑定のために、スウェーデンでも別の国でも。そして今のところ必ずシロだった。

「まったく最高だろ？」エロ・カールソンはさらに嬉しそうな声を出した。「一度も御用になってないんだよ。まるでおれは免疫があるみたいなんだ」

時間を無駄にしないためにも、エロ・カールソンは多忙なプログラムに空きができ次第、すぐにマーシュトランドの交番に赴き、DNAを提出するということで合意した。そのDNAがなんの役に立つのかは知らんが――トリエンの知人はそう思いながら受話器を置いた。

アドルフソンとフォン＝エッセンは朝の会議には参加しなかった。というのも彼らはDNA特別捜査官に任命されており、彼らの朝もなかなかいい具合にスタートしていた。まずはアドルフソンと旧知の仲で、同じ狩猟チームにいる射撃インストラクターをなんなくクリアした。その成功に勇気づけられ、以前は拒否した同僚の自宅にも赴いた。彼は議会オンブズマンに送る文章を推敲している最中だったが、アドルフソンとフォン＝エッセンが真剣に向かい合うと、彼もまた理性を取り戻した。

「これからどうする」アドルフソンが訊いた。なんといってもここはフォン＝エッセンがボスなのだから。

「では、電話にも出ない学生のところへ行ってみよう。それでリンダと一緒にクラブにいた同僚は全員クリアになる」

朝の会議では毎回まず捜査の状況報告が行われ、それは基本的にDNAの話だった。今日ばかりはそこに座る全員が同意見だった。犯人は遅かれ早かれこのDNAの網に引っかかるだろう。唯一躊躇《ちゅうちょ》を口にしたのはレヴィンだった。

「こういう捜査方法には大きなリスクがある」レヴィンは思慮深い表情で、掲示板に貼られたグラフにうなずきかけた。

「どういう意味だね?」オルソンが尋ねた。

「捜査が秩序を失う危険性がある。そういうことは過去にも起きたし、また起きるだろう。つまり、犯人のDNAは入手できているのに、本人をみつけることができないパターンだ。そういう最新の事例を片手の指の数くらいはすぐに挙げられるよ」

一人で喋っていろ、この裏切者め。おれは必要とあらば全世界を採取するつもりだ。

「ベックストレーム、きみはどう思う」オルソンがベックストレームのほうを向いた。

「その話なら前にも聞いたことがある」ベックストレームはそっけなく言った。「奇遇にも、同じ男から」すると、いくつもの顔がほころんだ。「今やっているのは、この事件に関係のない人間を全員除外する作業だ。早ければ早いほうがいい。わたしの意見では、それより大事な秩序などない」お前は黙って自分の仕事をしていればいいんだ――ベックストレームはそう思いながら、不機嫌な顔でレヴィンを睨《にら》みつけた。

テーブルの周りの全員が同意にうなずいたとき、レヴィンは肩をすくめただけだった。それでその話題はお終いになり、次の議題はリンダの父親が情報提供者に懸賞金を出したがっている件についてだった。

「わたしにも県警本部長にも電話があり」オルソンはそう言って、なぜかそこで背筋を伸ばした。「自分としてはそれは一般市民に対して誤った印象を与えてしまうのではないかと……。つまりこんなに早い段階で——まだ二週間も経っていないのに懸賞金を出すなんて」

まったくくだらない内容だ——。午前中ずっとここに座ってなきゃいけないのか？　そろそろはっきり言わせてもらおう。

「皆、よく聞いてくれ」ベックストレームが口を開いた。「犯人がリンダの知り合いならば、どのみち我々が突き止める。犯人が誰かに犯行を打ち明けて、そいつが小金を手に入れようと警察に連絡してくるかどうかに関係なくだ。それに犯人が本物の変質者だったとしたら、話し相手など誰もいないだろうから、その場合も懸賞金は無意味になる。犯人がごく平凡なヤク中だとしたら、今ごろヤク友全員がそのことを知っていて、懸賞金のせいでプロセスは早まるかもしれんが、遅かれ早かれ我々にも情報が入ってくるはずだ」

「それはつまり、捜査の邪魔にはならないと理解していいのか？」オルソンが慎重に尋ねた。

「いくらぐらいの話なんだ」この腰巾着《こしぎんちゃく》め、好きなように理解しやがれ。

「父親の提案は百万。とりあえずは」オルソンがそう言うと、急に部屋の中が静まり返った。

「ばかばかしいにもほどがある。父親は理性がふっとんだようだな」そんな金があるならおれによこせ。

「この町では一回分のヤクはいくらくらいするもんなんだ？」ローゲションが突然口を開き、麻薬捜査課から借りてきた警官にうなずきかけた。

「種類によりますけど、首都と同じくらいじゃないでしょうか。ヘロインなら最低五百から。

アンフェタミンなら二百くらいで手に入る。大麻ならコペンハーゲンまで行けば無料《ただ》みたいなもんだ」

「だろうな。そんなやつらに百万をちらつかせてどうする」ベックストレームが言った。「ばかばかしい話を売りつけようとするヤク中の対応で手がいっぱいになるぞ。というわけで、懸賞金はなしだ」ベックストレームは立ち上がった。「他に何もなければ、ちょっとは仕事を片付けようじゃないか」

昼食のあとベックストレームは自分のオフィスに閉じこもり、赤いランプをつけて考えをまとめようとした。本来ならこの部屋にはベッドを入れるべきだ。デスクの上に寝そべるのはずいぶん前にやめたし、この部屋には枕になりそうなものもない。ちょっと町に用事があるふりをしてホテルに戻るか――？　そう思った瞬間、ドアをそっとノックする音が聞こえ、希望に溢れた思考が遮《さえぎ》られた。

「入りたまえ」ベックストレームが唸るように言った。赤いランプがついているのが見えないのか。

「色が見えなかったわけじゃないんです」アドルフソンが申し訳なさそうに言った。「こっちの同僚も」そう言って、すぐ後ろにいるフォン＝エッセンのほうにうなずいてみせた。「ですがボスにぜひ聞いてもらいたいことがあって。実のところ、まったく面白くない話ではないと思いますよ」

この男はなかなか見こみがある――ベックストレームはそう思いながら、唯一の訪問者用椅子を指さした。

「まずは、座りたまえ。きみのほうは廊下の椅子をひとつもってくればいい」ベックストレームはフォン＝エッセンにそう提案した。「床に座りたくなければな。さあ、話してみろ」

「ひとつ思いついたことがあるんです。この間の会議でエノクソンが言ってたことを覚えてますか。SKLの女性によれば、犯人は北欧系のDNAじゃないかもというやつです。つまりガイジンかもしれない」

「アドルフの思考はついその方向に流れがちなんです」フォン＝エッセンが自分の爪をじっと見つめながら、軽い調子で言った。

「それで？」ベックストレームはフォン＝エッセンを睨みつけた。お前は黙っていろ。

「リンダの警察大学のクラスメートに、エリック・ローランド・レーフグリエンという名前の男がいるんですが、彼はリンダが殺された夜、同じクラブにいたんです。まだ連絡がつかなくてDNAが採取できていない男です」

「エリック・ローランド・レーフグリエンだって？」ベックストレームは当惑した顔で訊き返した。ガイジンの話をするんじゃなかったのか？　典型的なスウェーデン人の名前じゃないか。

「その若者はヴェクシェーに住んでいるので、小さな綿棒を渡すために自宅を訪ねてもみたんですが、そこにもいませんでした」フォン＝エッセンはベックストレームの目つきには気づいていないようだった。

「エッセン、お前は黙っていろ」ベックストレームは自分にできるかぎり礼儀正しくそう言った。そしてアドルフソンにうなずきかけた。「さあ、先を続けて」

「実際には思ったより興味深いんですよ」アドルフソンが写真を一枚ベックストレームに手渡した。「これが警察大学のIDの写真で……つまり、ネガじゃないんで」アドルフソンはしごく満足気にそう言った。

漆黒《しっこく》の闇のように黒い——写真を見たベックストレームはそう思った。そしてその瞬間、馴染みのあるバイブレーションを感じた。

「その男についてわかっていることは？」そう言って、椅子の背にもたれた。

リンダの警察大学のクラスメートで、二十五歳。六歳のときにフランス領西アフリカから養子に来ている。裕福なスウェーデンの夫婦に引き取られ、スウェーデン人の兄姉もおまけでついてきた。

「養父はカルマルの病院の上級医師で、母親は高校の校長だ。それもカルマルにある。つまり知的階級の出身ってとこです。田舎の純朴な男とは全然ちがう」アドルフソン自身は県内の農家の息子で、エルムフルト郊外に代々続く農場で育っていた。

「わかっていることは？」ベックストレームは尋ねた。六歳まで暗黒の地アフリカにいたということは、ブルンディンが好みそうな経験をしたということか。これはますますいいじゃないか。

「成績も悪くない。クラスで一番というわけじゃないが、こういう男が警察大学に入れるくらいには。ボスにはその意味がわかりますよね？」アドルフソンはなぜかそう付け加えた。

「趣味は？」ベックストレームはそう訊きながら、フォン＝エッセンのほうに警告の視線を投げた。フォン＝エッセンがあきれたように天井を仰いだからだ。

「女性によくモテて、サッカーでは右に出る者はいないらしい」アドルフソンが言った。

「大学のチームで選手として活躍してます」フォン＝エッセンが補足した。「だんとつに優秀な選手らしい。エリック・ローランド・レーフグリエンという名前で、ファーストネームにはローランドを使っているが、皆からはロナウドと呼ばれている。つまりそれがニックネームなんです。おそらくあの有名なポルトガルのサッカー選手にちなんで」フォン＝エッセンはそう言ったものの、自分自身はもっと洗練された余暇の活動を好むと言いたげな顔だった。

「みんなにロナウドと呼ばれている……か」ベックストレームの中ではすでに手帳の件が腑に落ち、突然今いる部屋じゅうが振動し始めた。

「お前たち、こうしようじゃないか」ベックストレームは念を押すようにデスクに身を乗り出し、二人を交互に見つめた。

「まず第一に」そう言って、よく太った人差し指を立てた。「このことはわたし以外に一言も話すな。この警察署はザルのようにただ洩れだからな。そして第二に。その男のことをすべて知りたい。リンダとの関係もだ。それも誰にも気づかれることなく」

ベックストレームは確認のために、右の人差し指と中指を交差させた。

「そして第三に。そいつを不安にさせるようなことは一切するな。自由に泳がせておけ。しつこく嗅ぎまわってはいけない。そいつをみつけることくらい、どうせすぐできるんだから」そのときが来ればな——。

「承知しました、ボス」アドルフソンが言う。

「了解です」フォン＝エッセンも言った。

アドルフソンとフォン＝エッセンが部屋を出ていくやいなや、ベックストレームはクヌートソンとトリエンを呼びつけた。そしてこの捜査の意味を説明し、今後どのように対応していくのかも伝えた。

「まったく問題ありませんよ」クヌートソンが言う。

「自分のやっていることを全部新聞で読まなくてすむなら、それに越したことはない」トリエンも同意した。

「では、そうしよう」やっとだ——。

「まさかすでに逃亡したなんてことはないですよね」クヌートソンが訊いた。「つまり、そいつが犯人だとして」

「家にいないのと、電話にも出ないことを考えるとね」トリエンが補足した。「まだ候補から除外できていないのに」

「だからこそ、携帯の通話履歴をチェックするところから始めようと思ったんだ」まったく、このバカどもめが。

優秀なボスは優秀な指揮官でなくてはならない――。部屋で独りになったとたん、ベックストレームは両足をデスクに上げた。それに勇断もできなくてはならない。例えば電話に偽の不在コードを打ちこみ、こっそりホテルの部屋に戻り、よく冷えたピルスナーを飲んで数時間昼寝をするといったような。最悪の事態が起きたとしても、頼れる同僚たちが電話をくれるはずだ。なんだかんだ言って、ベックストレームこそがボスなのだから。

29

木曜の朝の会議のあと、ベックストレームは非常に満足していた。そして自分のオフィスに戻り、誰にも邪魔されることなく落ち着いて事件のことを考えようとした。

見通しは極めて明るかった。ヴェクシェー周辺におけるＤＮＡ採取プロジェクトは、期待を大きく上回る成果を上げていた。あっという間に三百人近くが自主的にDNAを提出し、その約半分はすでに除外できた。リンダの同級生のエリック・〝ロナウド〟・レーフグリエンの捜査も順風満帆だった。アドルフソンがさっそく電話をかけてきて、フォン＝エッセンと二人で色色と役に立つ情報を入手したから、あとで報告するという。おまけにクノルとトットまで、あれこれ仕事を片付けたらしい。

「例のサッカーの試合についてはすでに調べがつきました」クヌートソンが言う。

「署内の人間に確認したわけじゃないだろうな」ベックストレームが訊いた。

「まさか」トリエンは非常に心外だという顔つきになった。

「そう思われるかもしれませんが、実際にはうちの課報部に連絡したんです。信用できる同僚にね」


国家犯罪捜査局の犯罪諜報部によれば、弱冠二十八歳の生きた伝説ロナウドは五月十七日土曜日もいつもどおりその名にふさわしい結果を出した。レアル・マドリードが宿敵FCバルセロナと対戦した試合だったが、ロナウドは三ゴールではなかった。一ゴール一アシストを決め、世界じゅうのテレビ視聴者は、これまで幾度となくそうしたように、ロナウドを最優秀選手に推薦した。

「でもポイントはそこじゃない」クヌートソンが言う。

「ここの同僚たちはロナウドが三ゴール決めたと誤解したようですね」トリエンも言う。

「じゃあポイントはなんなんだ」

リンダのメッセージを分析した犯罪諜報部の分析官によれば、〝魔法みたいな名前?〟という部分は、おそらくそのメッセージを書いた人間がまず第一に、問いかけを行っている。第二に、その問いはおそらく修辞疑問文だろうということだった。

「で、それを普通のスウェーデン語に訳すとどうなる」

「修辞疑問文というのは、答えが明白な問いのことです」クヌートソンが答えた。

「ほら昔から言うやつですよ、ベックストレーム」トリエンも言う。「例えばあの、法王の話。法王はおかしな小さな帽子をかぶっているか?」

「ああ、よくわかったよ」クノルとトットは大バカか?

その修辞疑問文は、全世界の人々――いや、少なくとも全世界のサッカーファンが言うところの〝ロナウド〟個人を指すわけではなく、同じファーストネームを持つ人間の集合体に向けられている。

「で、今度はどういう意味なんだ」ベックストレームはあきれて両手を広げた。あのクソ学者どもは警察隊全体の息の根を止めるつもりか。

「少なくとも二人ロナウドという名前の人間がいて」クヌートソンが言う。「その試合の最優秀選手に選ばれたサッカー選手のロナウドと、それに負けず劣らずの貢献をした別のロナウドがいたということです。しかもその試合となんらかの関連のある貢献を」

「それで完璧に納得がいった」ベックストレームが言う。「なぜ最初からそう言わないんだ。その間、リンダはソファに座って、世界じゅうのサッカー狂たちと同じ試合をテレビで観ていた。その間、彼女専用の小さなロナウドが彼女の上にまたがり、三回ゴールを決めたと考えるのはあてずっぽうすぎるだろうか」

「そのように表現することもできますね」トリエンがうんざりした顔で言った。

「自分たちが話した分析官によれば、それがもっともらしい解釈だろうということでした。なので、そう、答えはイエスです」そしてクヌートソンは付け足した。「そういう表現ではなかったですが」

「そいつを普通のスウェーデン語が話せるようになる講座に行かせたほうがいい。ところで携帯通話の調査はどうなってる？」

「進んでます」トリエンが答えた。「進んでいますよ」

「ですがこういうことは常に時間がかかるもので」クヌートソンが補足した。

「いつだ」

「週末です」トリエンが答える。

「運が良ければ明日。最悪の場合は日曜に」クヌートソンが補足した。

「ではまたそのときに」ベックストレームはそう言って、ドアを指さした。

ベックストレームが職員食堂で昼食を食べていると、サンドベリィがやってきて、座ってもいいかと尋ねた。

「もちろんだ」ベックストレームは空いた椅子に向かってうなずいた。やれやれ、この女も間もなく他の中年女と変わらない疲れ顔になるな。

「はっきり言ってもいいですか」サンドベリィはベックストレームを見つめた。

「わたしはいつもはっきり話しているつもりだが」ベックストレームは肩をすくめた。

「じゃあ」サンドベリィはそう言ったものの、言い出しかねているようだった。

「聞き耳を立てて待っているが、何も聞こえてこないぞ?」

「同僚に片っ端からDNAを提出させても無意味だと思います」

「わたしはいい調子で進んでいると思うが。生活安全部から借りてきた若いのは二人とも実に能率がいい」

「警官になる前は、あんな人種差別主義者が警察にいるとは思っていませんでした。少なくとも、いなければいいと思っていた。でも残念ながら間違っていたようね」サンドベリィは真剣な目でベックストレームを見つめた。「わたしにしてみれば……」

「警官というのはなるものじゃない」ベックストレームが遮《さえぎ》った。「警官は警官なのだ。アドルフソンとあのエッセンという男は警官だ。それ以上に複雑な話じゃない。きみは誰か特定の同僚のことを心配しているのかね?」これはますます面白くなってきたぞ。

「解析結果が届いた同僚は全員除外できています」

「それは皆ほっとしたことだろうな」ベックストレームはにやりと笑った。

「わたしには、クラーソンにDNAの提出を頼む勇気はありません。彼がどんな目に遭ったか、どれだけ精神的に落ちこんでいるかを考えると」サンドベリィは頭を振り、真剣な目でベックストレームを見つめた。

「他に何か？」ベックストレームはわざとらしく腕時計を見つめた。

「あなたはどう思うんです？」

「どちらにしても解決するはずだ。アドルフソンか誰かに頼んでおくよ」ベックストレームは立ち上がった。おい聞こえたか、この小さな雌豚め。ベックストレームは昼食の盆を棚に戻しながら思った。

「どうやって事情聴取の了解を取りつけたんだ」その二時間後、ベックストレームはローゲションとともに車に座り、リンダの父親の家に向かっていた。

「電話して、お話ししたいのでお邪魔してもいいですかと尋ねただけだ」

「それでなんの問題もなかったのか？」

「ああ。何も」ローゲションはそう言って、頭を振った。

リンダの父親への事情聴取は約二時間かかった。邸宅の二階にある書斎に三人で座り、基本的にはローゲションに喋らせ、ベックストレームは時折質問を挟むくらいにしておいた。リンダの趣味、交際範囲、友人、それに父親がぜひ話しておきたいような出来事や人物はいないか。

ただし、あるふたつの話題だけは慎重に避けた。ひとつはリンダの日記や別の形態の個人的な記録について。もうひとつは父親自身の具合を尋ねることだった。

約一時間経った頃、父親がやっと、何か飲み物でもいかがです、と二人に尋ねた。コーヒーか何か——？

「これが仕事でなければ、よく冷えたピルスナーをと言いたいところだが」ベックストレームはそう言って、弱々しく微笑んだ。「だがこのローゲションは車を運転しなければいけないので、よく冷えたジュースで」

「それならご希望に添えるかと」リンダの父親はそう言うとソファから立ち上がり、書斎の角に立つ古い民芸調の棚の扉に近づいた。ベックストレームの驚いた顔を見て、彼はこう付け足した。「何物も、見た目がすべてじゃない」

棚の中には多種多様な酒瓶やグラスが入っていた。おまけに小型の冷蔵庫が内蔵されていて、氷やミネラルウォーター、炭酸飲料やビールまであった。

「わたし自身はビールを」とヘニング・ヴァッリンは言った。「ぜひ付き合ってくれたまえ。最悪の場合はヴェクシェーまで歩いて帰ればいい。もしくはうちの下男に送らせよう」

「ありがたい」ベックストレームは礼を言い、この男なら悲しみを乗り越えて生きていけるはずだと確信した。腐りかけたリンゴの芯みたいな顔をしているとはいえ。それに今朝髭を剃ったとき、うっかり顔を剃り落としてしまったようにも見える。

「この写真の人間に見覚えは？」ベックストレームはエリック・ローランド・レーフグリエンの写真をリンダの父親に渡した。そろそろ本題に入るとするか——。

父親はしばらくじっと写真を見つめていたが、そのうちにうなずいた。

「これはあのクラスメートだろう。皆にロナウドと呼ばれていたように思うが」

「リンダは彼と親しかったんでしょうか」ローゲションが尋ねた。

「いや、そんなことはないと思う。そうであればわたしに話しただろうから。わたし自身は一度会っただけで」

ローゲションは先を促すようにうなずいた。

「春ごろにここに来たんですよ。挨拶したのを覚えている。わたし自身はディナーに招待されていたため、町に出るところでね。サッカーの試合を観ると言っていた。リンダの部屋のテレビには驚異的な数のチャンネルがあって……いや、あったんです」

「じゃあこの男のことは記憶にあると？」

「ああ。だって、一度見たら忘れられない顔だろう。少なくとも、わたしのような父親ならね」彼はなぜかそう付け足した。「あなたがたが何を知りたいのかはわかっている。だから言っておくが、リンダがあの男と正式に交際していたとは断じて思わない。それ以外のことには首を突っこむつもりはないが」

「この男が失礼な態度や暴力的な態度をとったということはないですか」

「いや、むしろ愛想がいいくらいだったよ」それから付け足した。「だが義理の息子にしたいような男じゃない」

リンダの父親は急に疲れたように頭を振り、親指と人差し指を目に押し付けた。

「気分はどうかと訊くつもりはありません」ベックストレームが言った。「わたしも最近……非常に近しい者を……リンダと同じ形で亡くしてね。だからお気持ちはよくわかる」

「そうなのかね？」リンダの父親は驚いてベックストレームを見つめた。

「ええ」ベックストレームは真剣な表情で続けた。「だから気分はどうですかとしつこく訊くつもりはない。続けてもかまわないですかな？」

「ええ。今は完全に日常が戻りましたよ。そうそう、忘れる前に……懸賞金を出そうと思っているんだが、それが何か役に立ちますかな？」

「いいや」ベックストレームが首を横に振った。

「なぜです」

「どちらにしても我々が捕まえるからです」ベックストレームはそう言って、警官らしい視線で相手を見つめ返した。

「よろしい。では後々やはり懸賞金があったほうがいいということになれば、いつでも連絡してくれ」

それからローゲションが尋ねた。「ここにリストがあるんです。リンダの知り合いや会う機会があった人たちの。あなたがご存じの方はいますか？」

ヘニング・ヴァッリンはその人々のリストに素早く目を通したが、すでに警察が知っていること以外にとりたてて知っていることはなかったし、コメントが飛び出したのはそのうちの一人だけだった。それはリンダと同じマンションに住むマリアン・グロスだった。

「ああ、この男ならリンダが話していたのを覚えている。滅多にいないくらい気味の悪い男だと言っていた。わたしよりあとに引っ越してきたんだろうな」

「あなた自身も住んでいたんですか？　あのマンションに」ローゲションが尋ねた。

「あれはもともとわたしが所有していた不動産なんだ。それを離婚時にリンダの母親に譲ったんだが、そのあと彼女がそれを分譲マンションにした。いつだって金にだけは興味のある女だったからな」

「ではあなたは一度も住んでいないんですね」

「ああ。わたしがオーナーを務めるスウェーデンの会社がしばらくそこに事務所を構えていたことがあるが、わたし自身が足を踏み入れたことはほとんどないね。つまり、購入を決めたとき以外。マリアン・グロス——こいつの仕業なんだろうか」

ローゲションは肩をすくめた。

「確認する理由のある人間をすべて確認しているだけです」

「完全にシロだと確信するまでは、誰も除外はしない」ベックストレームも言った。「それで最後に残った人間を牢屋にぶちこむ——一生です」

「それはいつになりそうなんだ」

「間もなくですよ。ところで、失礼する前にべん……いやお手洗いを借りてもいいですかな？ 午後のビールは年寄りにはちょっと水分が多すぎたようで」ベックストレームがうそぶいた。

「わたしのバスルームを使ってくれたまえ。左に出てひとつめの扉だ」

「ご協力に感謝いたします」ベックストレームが膀胱の圧力を緩めるために出ていくと、ローゲションが言った。「何か話しそびれたことはありませんか？ 付け加えたいことは？」

「リンダを殺した人間を捕まえてくれ。それ以外は自分でなんとかする」

「わかりました」


「運転できないくらい酔っぱらってないだろうな」その十五分後ヴェクシェーに戻る道すがら、ベックストレームが尋ねた。

「いいや。ビール一本じゃあ酔わないよ。話は変わるが、お前に絞殺された娘がいたとは知らなかった」

「そうとは言ってないだろう。とても近しい者と言っただけだ」

「それがイエゴンのことなら、おれは絞殺してないぞ。どうも溺死したような形跡があったが。それにあいつは金魚じゃなかったか？」

「グニッラのことだ」こいつは絶対にイエゴンのことで嘘をついている。じゃなきゃなぜイエゴンの話ばかり持ち出す？

「どこのグニッラだよ」ローゲションの声は苛立っていた。

「お前も知ってるだろ、グニッラだよ。グニッラ殺害事件の。彼女は絞殺された」

「何言ってんだよ……グニッラは売春婦じゃないか」

「だが明るいいい子だった。彼女がまだ元気に売春してた頃、立ちんぼをしていた道路で何度か出くわしたことがあるんだ。それに、結局うまくいったじゃないか。リンダの父親が、不幸を分かちあう兄弟がいると知ったとたんに元気になったのに気づかなかったのか？　ところでこの車に証拠品を入れる袋はあったかな」

「このポンコツ車にはなんでもあるはずだ」ローゲションが言った。「グローブボックスの中を見てみろ」

「ちちんぷいぷい」ベックストレームはすでにビニール袋を取り出し、苦労して身体をねじると、ポケットから血のついたティッシュを取り出した。

「お前、それでトイレを借りたのか」

「ああ。しょんべんをしたかったわけじゃない」ベックストレームは得意げに言った。「パパはこれを自分のバスルームのゴミ箱に捨てたんだ」

「ベックストレーム、ひとつ言っておくが……お前はまったく正気じゃないよ。いつかとんでもない目に遭うぞ。悪魔がわざわざお前だけのために地獄からやってくるはずだ」ローゲションは真顔でうなずいた。

30

二人が警察署に戻ると、アドルフソンとフォン＝エッセンがベックストレームの部屋で座って待っていた。ベックストレームが部屋に入ったとたん、アドルフソンは椅子から飛び上がった。その友人のほうは、頭と上半身だけを礼儀正しく回転させるというごく一般的な反応だった。

「勝手に入って申し訳ありません」アドルフソンが言った。「廊下で待っていると目立つと思って」

「座りたまえ、アドルフ。いいから。大丈夫だ」ベックストレームは自分も腰をかけながら嬉しそうに言った。音を立てて吐息をつき、デスクに足を上げる。いやはや、この子は相当出世するぞ――。

エリック・ローランド・レーフグリエンはリンダが殺された金曜の夜にはすでに事情聴取を受けていた。聴取は電話で行われ、彼の携帯に電話をしたのはアンナ・サンドベリィ巡査部長だった。調書によれば事情聴取は約二十分に及んだ。聴取の内容はもっとも重要な三点の質問に絞られ、調書はその内容を総括したもので、たったの二ページだった。

〝レーフグリエンはリンダとここヴェクシェーの警察大学でクラスメートであるが、個人的な付き合いはなかったという。大学外で会ったのは大学関連の社交イベント、あとはヴェクシェーのレストランやその他の娯楽施設でたまたま居合わせたことも何度かあった〟

〝レーフグリエンはリンダのことはよく知らなかったが、明るく感じのよい学生で、スポーツが好きで、クラスの全員に好かれていることは理解していた。彼の知るかぎり、リンダは大学のクラスメートや彼の友人とは交際していなかった。レーフグリエンによれば、基本的には女友達とばかり付き合っているようだった……〟

〝該当の夜スタッツホテルにいたことについて、レーフグリエンは次のように述べている。クラブには警察大学の友人二人と木曜の夜二十二時ごろ到着し、帰ったのは金曜の朝四時十五分前だった。歩いて家に帰り、就寝した。というのも週末はエーランド島にある両親の別荘を訪ねる約束になっており、そこまで運転するためにしっかり睡眠をとりたかったからだ。クラブでは、リンダの姿は見かけたが、ちょっと挨拶した程度だった。彼は自分の友人と一緒にいたから。クラブ内はかなりの人出だったが、特別なことは何も起きなかったと思う。もちろん、自分のクラスメートの身に起きたことには非常にショックを受けている〟

「端的に言うと、彼自身の供述はこうでした」フォン＝エッセンがベックストレームにうなずきかけた。

「それから調書にはひとつ追加点がありまして」アドルフソンも言う。

「それを今言おうと思ったところで」フォン＝エッセンが落ち着き払って言った。「レーフグリエンを聴取したサンドベリィが、調書に一点加筆している。このように……読み上げますよ。〝該当の日時にはわたし自身もスタッツホテルのナイトクラブにいた。本日十三時十五分に捜査責任者ベングト・オルソン警部にも口頭で伝えたとおり、レーフグリエンが朝の四時前にわたしが同僚たちと一緒にいるところに別れの挨拶をしにやってきて、家に帰って寝る、明日は朝早いからと話した。彼の話では週末は両親を別荘に訪ねるということだった。わたし自身はそれ以前にも一度だけレーフグリエンに会っている。警察大学で家庭内暴力についてのセミナーを行ったときに。アンナ・サンドベリィ巡査部長〟

「これについてどう思う」ベックストレームは部下たちを鋭い視線で見つめた。

「リンダとは個人的な付き合いがなかったというのは、残念ながら嘘です」アドルフソンが言った。

「なあ相棒」フォン＝エッセンが優しくアドルフソンの腕を叩いた。「全員を手に入れることはできないし、一人振られたらあと千人待ってると言うじゃないか」それからとりなすような口調で付け加えた。「このアドルフは被害者のことがちょっと気になってたんです。警察署の受付に座っていたときに、何度か冗談を言い合ったりして」

「そうかそうか」ベックストレームはあきれて空を仰いだ。「アドルフ、お前のこともDNA採取したほうがいいか？」

「それについてはエノクソンとすでに話をつけてあります」アドルフソンは珍しくそっけない態度だった。

「なぜだ」ベックストレームは興味津々に尋ねた。なぜだ――？

「だって、自分がリンダを最初に発見したじゃないですか。それに犯行現場であちこち動き回った。リンダに覆いかぶさって涎《よだれ》をたらしたわけじゃないが、彼女とは知り合いだったし、死んでいるかどうかを確かめたんです。だから、口に綿棒を突っこむとエノクに申し出たんです。自分からね」

「それで、そのとおりになったのか？」ベックストレームが笑顔になった。

「はい」

「いい子だ。だが本題に戻ろう。小さなロナウドは被害者とどの程度の知り合いだったんだろうか」

「彼自身が複数の友達に話したところによれば、リンダと寝たらしいです。遺憾ながら、それは真実のようで。ボスは詳細まで知りたいですか？」

「そうか。詳細は無視していい。女ってのはまったく頭がちょっと……。ところで女といえばだが、きみらの同僚サンドベリィ……彼女はどんな女なんだ?」

「まあ、自分たちのお気に入りとは言い難いですね」アドルフソンが言う。「普段は所属している部署も別だが。警官と結婚していて、その男について言及するのは避けますが、カルマルの地域警察で働いているというだけで最悪の事態を想定したほうがいいでしょう」

「自分たちがサンドベリィと距離をおいているのは、二人とも彼女に任務中の暴力で訴えられたことがあるんです」フォン=エッセンが言う。「彼女が目をかけている悪党を拘束するさいに暴行をしたとね」

「その男はなんの罪を犯したんだ」

「男じゃありません、女で」アドルフソンが言う。「車に乗せようとしたら、男爵の喉に嚙みつこうとした。HIV陽性だということを考えると、口輪を嚙ませてリードをつけるのがいいと判断したんです」

「パトカーに口輪を積んでいるとは知らなかった。それは実際的だな」

「上着を脱いで、それを彼女の顔に巻きつけたんです。内部調査課だって誰一人としてそれに異論はなかった」

「ではこうしよう。今の話は、この部屋の外にいる人間には一言も話すな」ベックストレームはデスクから足を下ろし、今の発言を強調するために身を乗り出した。

31　七月十九日（土曜日）から二十日（日曜日）、スコーネ地方

週の初め、国家犯罪捜査局の長官はスコーネ地方に飛んだ。現在国内でもっとも危険視されている極悪人の捜索の陣頭指揮を執るためにだった。ダールビィの狂人。大量殺人犯。ニィランデルのような男が生きることを余儀なくされている世界では、そういう人間はかなり高い可能性で連続殺人鬼にもなる。彼の忠実なる国家特殊部隊がダールビィ周辺の捜索エリアに配備されているため、彼自身もルンドのグランドホテルに駐留することに決めた。

ホテルは彼を作家フリーチョフ・ニルソンの愛称にちなんだ〝海賊〟スイートに案内するほど配慮に欠けていたが、ニィランデルは口頭ではっきりと今回は野戦に参加しているのだからと告げ、スイートを普通のバスタブ付きのダブルルームに変更させた。まったく、緊急事態の意味も解さない呑気な市民どもめ。

しかし土曜の夜遅く、彼のホテルの部屋で、残念ながらちょっとした事件が起きた。

ニィランデルはその日十五時間も荒野で過ごし、疲れきっていた。ひどい暑さだったし、食事も文句を言い出せばきりがない。就寝するにあたって自分の拳銃の弾倉を抜いたとき――いや入れたのか――その状況についてはその後も結局明確にはならなかったが――うっかり発射

してしまい、弾がバスルームの鏡に当たった。それ以上の実害が出たわけでもないので、ニィランデルは速やかに歯を磨き、出張時はいつもそうしているように拳銃を枕の下に入れた。そして布団にくるまってうとうとしかけたときに、部屋のドアを激しく叩く音に起こされた。不運なことに、流れ弾が隣の部屋のテレビに当たったようだ。パニックを起こした隣人はフロントに駆け下り、ドナルドダック柄のトランクスの格好で泣き叫んだ。ホテルのスタッフは即座に警察に連絡し、「国家犯罪捜査局の長官の部屋で激しい銃撃戦が起きている」と伝えた。その二分後には地元警察のパトカーが到着し、念のためマルメの機動隊も現場に向かっていた。

　そこからは、もうどうしようもない状況になった。ニィランデルは冷静に順序よく何が起きたのかを説明しようと努め、家に帰って寝るよう皆に勧めたが、誰も聞く耳をもたなかった。つまり地元の同僚たちは、起きてしまった状況に対してプロらしからぬ対応をしたわけだ。彼らはニィランデルの拳銃を押収し、真夜中にもかかわらず、事情聴取のために彼をルンドの警察署まで引きずっていった。そして聴取が終わってからやっと、ホテルへと送り返した。

「残念だが、この件は本部に報告しなければならない」ホテルの正面玄関の前で解放されたとき、ニィランデルはそう言って機動隊の指揮官を睨《にら》みつけた。

「どおぞやーってください、ニィランデル」指揮官はきついスコーネ弁で答えた。「たーだし、今後はおイタはやめてくだせえよ」

　その翌朝には捜索中の犯人がみつかった。場所はオーフス郊外によくある漁師小屋で、それを特殊部隊ではなく小屋の所有者がみつけたのは、そこが捜索エリアとまったく逆の方向だったからだろう。臭いとウジ虫の数からして、犯人はかなり長いことそこに滞在していたようだった。

「あの野郎は、口に銃を突っこんで引き金を引いたんです」指揮官がニィランデルにそう報告した。

「そいつにDNAを提出させるんだ。それをヴェクシェーの同僚に送れ」ニィランデルは言った。田舎の保安官どもめ——。おかげで何もかも自分でやるはめになる。

32

七月二十日（日曜日）、ヴェクシェー

日曜の夜遅く、クヌートソンとトリエンがベックストレームのホテルの部屋のドアを叩いた。ストックホルムの同僚たちが、エリック・ローランド・レーフグリエンの携帯電話の通話記録を送ってきたのだという。

「なんだと？　そいつらは週末なのに働いていたのか？」ベックストレームは驚きの声を上げた。

「残業手当がほしかったんでしょう」クヌートソンが答えた。

「で、あの男はまだ別荘にいるのか。それともずらかったのか?」ずらかっていたとしたら——そう思うと、急に馴染みのあるバイブレーションを感じた。

「通話を分析すると、先週の中頃からエーランド島にいるようです。その前はヴェクシェーに」

「いちばん最近に検知されたのは、メールビィロンガのマストです。そのあたりに両親が別荘をもっているから、おそらくそこで腹を日に焼いてるんでしょう」

「何か手がかりになるようなことはわかったのか」このバカどもめ。レーフグリエンのようなやつが腹を焼く必要などないだろうが。

「おそらく」トリエンが嬉しそうな顔になった。

「そのようです」クヌートソンも同意して、思わず笑顔を浮かべた。

「なんなんだ、じれったいな。秘密にしておきたいのか?」

「サンドベリィが繰り返しレーフグリエンに電話をかけているんです」トリエンが言った。

「最初はリンダが殺された日です」

「それはそうだろう」ベックストレームはため息をついた。「すごくおかしなことではない。彼女が電話であの男を聴取したのだから」こいつらは本当に天才的におめでたいバカだな。

「自分たちも最初そう思ったんです」トリエンが言う。

「それからもう少し深く追求してみました」クヌートソンも言う。

「それで?」ベックストレームは不機嫌に答えた。こいつらはいったい自分を何様だと思っているんだ——。

サンドベリィが執筆し署名した事情聴取の調書によれば、ロナウド・レーフグリエンへの事情聴取は七月四日金曜日の十九時十五分から十九時三十五分の間に電話で行われたという。

「彼の携帯にかけています。おそらく警察署内の固定電話で。発信はヴェクシェー署の代表番号になっていますから」

「わたしはそこまでバカじゃない。それで問題はなんなんだ?」

「通話が短すぎるんですよ」クヌートソンは賢そうな表情でベックストレームを見つめた。

「四分後には通話が終わっているんです。十九時十九分に」

「だからどうなんだ。どうせレーフグリエンがサンドベリィに固定電話にかけ直すよう頼んだだけだろう。電波が悪いとか、バッテリーがなくなりかけているとか。で、固定電話のほうは確認したのか?」

「今やっている途中です。テリア社の電話契約で、彼の下宿部屋につながるんですが、そこはヴェクシェーの中心部のドクトル通りにある大邸宅の一室で、町の病院に勤める医者の家です。おそらく父親の昔の同僚か何かでしょう。電話の契約がレーフグリエンではなく父親の名前になっているので、閲覧許可を取るのに少々手こずっていて」

「そこはストックホルムに頑張ってもらうしかないな。で、他に問題は?」

「端的にまとめるとですね……」

クヌートソンが端的にまとめたところによると、問題というのはこうだった。十九時二十分には誰かが警察署の代表番号を通じて新たにレーフグリエンの携帯に電話をかけているが、相手は電話を取っていない。それからさらに五度も同じ電話番号から電話がかけられ、どの場合も通話時間から推測するに、携帯の留守電につながったようだ。最後の一度は真夜中過ぎにかけられていた。その後の十五日間で、レーフグリエンの携帯には警察署の代表番号からさらに十回の通話がかかってきている。しかしいずれも応答されていない。

それでも足りないみたいに、サンドベリィは自分の業務用携帯から五度も彼に電話をかけていた。それも一度も出てもらえなかったようだ。最後には自分の個人携帯からも一度かけている。

「それが木曜の午後です。木曜の昼過ぎに」クヌートソンが言う。「そのときはどうやら話せたみたいですね。通話時間が九分だから」

「怪しいな……」ベックストレームが言った。いったいあの女は何を企んでいるんだ。木曜の昼過ぎというと、食堂でおれのところにやってきたときじゃないか。

「ええ、なんだか怪しいですよね」トリエンが同意する。

「あえて言えば、ミステリアスに思えるほどだ」クヌートソンも言う。

「この点について、引き続き様子をみてみようじゃないか」ベックストレームが決定した。いったい何が起きているんだ――。

「もうひとつ」ベックストレームは二人がドアから出ていく前に呼び止めた。

「このことについては誰にも一言も話すなよ」

「もちろんです。ベリー・ハッシュ。つまりシーって意味です」クヌートソンが親切にもスウェーデン語に訳した。「映画の中で五〇年代のロサンゼルスの同僚たちが言うようにね。『L.A.コンフィデンシャル』です」

「登場人物の一人がベリー・ハッシュ・ハッシュと言うシーンがあるんですよ」トリエンが説明を補足した。「印象深い映画だ。ジェイムズ・エルロイの小説の映画化で。ベックストレーム、あれはあなたも観ておいたほうがいいですよ」

あいつらはホモに決まっている。それ以外の説明はない――。眠りに落ちる前にベックストレームはそんなことを考えた。人類にテレビとビデオが与えられて以来、映画館に行くのはホモだけだ。ホモと、もちろん女も。若者でさえも今どき映画館には行かない。そこまで考えたところで眠気が打ち勝ったようだ。というのも次に目を開けたときには、外はすでに明るく、いつもと同じ無慈悲な太陽がカーテンの隙間から差しこんでいた。

今日こそあの悪魔をとっ捕まえてやる――そう思いながらシャワーで冷水を浴び、一瞬のうちに目が覚めた。さあ、また殺人事件捜査官としての新たな一日が始まる。

33　七月二十一日（月曜日）から二十七日（日曜日）、ヴェクシェー

ヤン・レヴィン警部は、最近ではスモーランド・ポステン紙を読むことにしている。嫌でもいずれかの新聞は読まなければいけないからだ。一般的なメディアの世界観を把握するため、とりわけリンダ・ヴァッリン殺害事件の捜査への見解を知っておくために。

大手の地元朝刊紙であるスモーランド・ポステン紙も、リンダ殺害事件がニュースの中心ではあったが、基本的には勝手な憶測は排除されていたし、他のメディアよりもバランスが取れていて配慮も感じられた。ヴェクシェーで事件が起きたことを考えると、地元市民のほうが全国紙の記者よりもずっと、リンダとその家族を襲った悲劇に憤慨していていいはずなのに。

それに、紙面にはまだ他のニュースのためのスペースもあった。それがこの月曜の朝の――人類を取り巻くありとあらゆる悲惨な出来事を考えるにおいても――ちょっとした癒しになった。というのも、リンダ殺害事件の最新情報と一面を分かちあったのは、おそらく世界最大と思われるイチゴのニュースだったのだ。

新聞にはそのイチゴの写真が載っていた。比較のために、もちろん古典的にマッチ箱が横にあって、イチゴが小さめのカリフラワーか巨大な男性の拳《こぶし》くらいあることが推測できた。新聞

をめくると、立役者であるスヴァンテ・フォシュルンド七十二歳への長いインタビュー記事と、それよりは短い妻ヴェラ七十一歳の記事が載っていた。

スヴァンテ・フォシュルンドは年金生活を始めて約十年になるが、その前はヴェクシェーの高校で生物と化学を教えていた。現在は夫婦で、以前は別荘にしていたアルヴェスタ郊外の家に通年暮らしている。現在のフォシュルンド夫妻は家庭菜園に情熱を燃やしていて、庭の畑は五千平米にも及び、栽培できるものはほとんどなんでもあり、それが日々の糧《かて》と喜びを与えてくれていた。花、スパイスハーブ、薬草、果物、それに考えうるかぎりの野菜。ジャガイモに、各種の根菜類に栄養満点の野菜。当然養蜂箱もあって、私立天国の繁栄を保証していた。最後とはいえ捨てておくわけにはいかないのは、数種類のフラガリア・アナナッサだ。イチゴはスヴァンテ・フォシュルンドの生きがいだった。

そのイチゴは近年アメリカで交配された品種で、学名フラガリア・モンストルム・アメリカヌム――つまりアメリカン・モンスター・ストロベリーという名前だった。フォシュルンドは例の一粒を夏至祭の一週間後に認めたが、そのときすでに、同じ畑の列に並ぶ他のイチゴよりも遙かに大きかったという。

フォシュルンドはすぐさま特別栽培プログラムを導入することに決めた。無駄に栄養を奪い合うのを避けるために、同じ苗についた他の実はもぎ取った。水やりと肥料についても特別措置が図られ、その実がなっている苗は虫やナメクジ、鳥、ウサギ、鹿などの攻撃からとりわけ手厚く守られた。その十四日後にフォシュルンドは自分の実が最大限のサイズになったと見極め、イチゴは収穫され、撮影され、新聞に掲載されたのだった。

純粋に園芸価値が高いだけでなく、スヴァンテ・フォシュルンドは自分の巨大イチゴに莫大な経済的展望を見出した。販売用のイチゴの栽培面積は、現在のところスウェーデン国内で二千三百五十ヘクタールに及ぶが、このアメリカ産巨大イチゴの生産に計画的に投資すれば、わずか数年で年間収穫量を四百パーセント近く上げることができるという。それもまったく同じ耕地面積で、水と肥料のコストも現在とたいして変わらない範囲で。

彼の妻ヴェラも記事の中で発言している。彼女は夫ほど興奮してはいなかった。総括すると、夫のモンスターイチゴは水っぽく味も薄く、つまりキッチンで使おうとは夢にも思わない。ヴェラ・フォシュルンドの世界では、本物のイチゴというのは彼女が子供のときに食べたイチゴのような味がするべきだった。いちばん好きなのは実家で栽培していたかなり小さめの赤い実で、歯ごたえのある果肉に強い甘み、何よりも魅力的なのは森の野イチゴのような風味だった。ヴェラはその苗を両親から受け継いだ。現代のカール・フォン＝リンネ（分類学の父と称されるスウェーデン人の植物学者）である夫さえ、そのイチゴの出どころを分類することはできなかった。どちらにしてもそのイチゴが、夏が巡ってくるたびに子供や孫、その他の愛する人々のために彼女が作る有名なイチゴケーキの主材料なのだ。

シンプルなスウェーデンの夏のケーキ。記事の最後で、スモーランド・ポステン紙の読者のためにそのレシピが公開されている。薄くスライスしたスポンジに自家製のイチゴリキュールを数滴たらし、次にふんだんにイチゴのジャムを塗り、たっぷり生クリームも挟み、サイドは薄くスライスしたイチゴで覆い、とりわけ美しい形の実はよりわけておいてケーキの上に並べ、彼女の芸術作品を飾る王冠となるのだった。

シンプルで美味しそうだ。子供の頃にママがよく作ってくれたケーキに似ている——レヴィンはそう思って記事を切り抜き、ヴェクシェー訪問の旅の思い出に加えることにした。

34

ヴェクシェー周辺において、自主的にDNAを提出するプロジェクトは大成功としか言いようがなかった。その数は速やかに四百人分に近づいており、SKLではリンダ殺害事件お抱えの分析官が配置され、DNAを提出した男性の半分がすでに除外されていた。

「同僚や未来の同僚はどうなっている?」なぜかオルソンがそう尋ねた。

「順調ですよ」クヌートソンは自分の書類に目を落とした。「八人分のDNAが提出され——全員自主的にです——最初に提出した四人はすでに除外できました。あと提出していないのは二人だけ」

「ああ、そのうちの一人はわたしがなんとかすると約束した件だ。間もなくちゃんと手に入れてくる」オルソンがそう言ってから、素早く付け足した。「だから心配しなくていい。わたしが個人的に取り計らうから」

「あとは巡査見習いが一人」クヌートソンが言う。「ええと……」クヌートソンはそこで書類を読むふりをした。「リンダと同じクラスで、あの夜リンダと同じクラブにいた男。大学の名簿によればエリック・ローランド・レーフグリエンという名前です」

「彼のことならわたしがすでに電話をかけています。しかも何回も」サンドベリィが言った。

「で？」ベックストレームが訊いた。いったい何を企んでいるのかさっさと話すがいい。

「今は夏の休暇の時期だし、単にそれが理由なだけですが、先週末にやっと連絡がついたんです。エーランド島にある両親の別荘にいて、ヴェクシェーに戻り次第連絡するということです」

「それはまったくご親切なこった」ベックストレームがあきれてうめいた。「じゃあいつ会えるんだ？　秋になって大学が始まってから？　いちばんいいのはカルマル署の同僚に頼むことだな。橋を渡ってエーランド島に行き、やつのDNAを採取してくるように」

「また電話してみますから」サンドベリィが言った。「約束しますよ。それにこれは自主的な提供だというのを忘れないようにしましょうよ。彼にはなんの容疑もかかっていないんですから」

「ちゃんと仕事をしろ」ベックストレームが言った。「学生くんにこれがどういう状況なのかを説明するんだ。でなければわたしが自ら赴いて連行しよう。そうなったら流血は避けられないし、綿棒どころじゃなくなる」

「きっと大丈夫だ」オルソンが言う。「うまくいくと思うよ。お互い、こんな些細《ささい》なことで興奮するのはやめないかい？」

「わたしはちっとも興奮などしていない。警官になりたいなら、容疑をかけられた悪党みたいな態度を取るのは止めろと伝えるんだ。これは善意からのアドバイスであって、それ以上特になければわたしは仕事に戻らせてもらう」ベックストレームはそう言ってテーブルを離れた。

午後にはオルソンが、少々話す時間をもらえないかと頼んできた。

「きみと意見を戦わせるためにじゃないんだ。経験豊かな同僚から、賢明なアドバイスをもらいたくてね」

少女の前でソーセージを振り回した男のことか――？　お前がDNAを提出するよう要請したせいで、家の屋根裏で首を吊ってしまったんだろう。オルソン、きみはベックストレームおじさんの胸に顔を埋めて泣くためにここに来たのか？

間もなく、問題はまったく別のことだったのが判明した。リンダが殺されて以来、ヴェクシェーでは強い不安が広がっている。とりわけ若い女性たちの間で。社会的な見地から言うと、実際のところ、大多数の市民の生活の質が下がってしまった。

「夜、外に出て楽しむのが怖いんだ。襲われる可能性を常に考えているから」オルソンが現状を総括した。

「なるほど、実に興味深い話だ」ベックストレームが言った。そうか、思っていたよりもかなりましだった――。

「我々警察がそういった安全を保障できたのは、もうずっと昔のことだ。今は必要不可欠なことにすら人手が足りないのだから」

この田舎で何が起きるというんだ。駐車違反と逃げた犬捜しくらいじゃないのか。

「いや、まったくだ」ベックストレームは同情の表情を浮かべ、ため息をついた。

「知人何人かと、他に解決策がないかどうか検討してみたんだ。実はこのアイデアを思いついたのはローなんだが」

「それは聞くのが待ちきれないな」ベックストレームは真顔でうなずくと、身まで乗り出した。ほう、あの小さな雌鶏ちゃんが？　聞きたくてうずうずするよ。

「ヴェクシェーの女性に対する暴力に立ち向かう男たち――つまり、まともな普通の男性のことなんだが。隣人……そう、隣男とでも言おうか。いや実はこのプロジェクトでは、隣男という呼び方をしようと思っているんだ。善き隣人として、夜中に町をパトロールして回る。町中にその姿があるだけで、安全性が増す。それに例えば、娯楽施設から独りで歩いて帰る女性をエスコートすることもできる」

なんと画期的なナンパテクニックだろうか――。それならあのローでさえ、視力の悪い隣男をみつけて自分の部屋に上げ、最悪のレパートリーを繰り広げることができるだろう。

「ベックストレーム、きみはどう思うかい」

「素晴らしいアイデアじゃないか」まったくお前はどこまでバカになれるんだ――。

「ドイツの自衛団か何かのように思われると不本意なんだが、そういうリスクはあると思うかい？」オルソンは急にちょっと不安そうな顔になった。「もしくはもっと最悪なのは、不真面目な輩《やから》がこのプロジェクトを私欲のために利用しようとすることだ」

「その危険性はあまりないと思う。つまり、参加する男性の身元をしっかり調べておけば」エロ・カールソンやソーセージを振り回すような男を入れないようにすればだ。

「そうか、そう思うかい」オルソンは安堵し、嬉しそうな表情になった。「プロジェクトチームの次のミーティングのときに、きみの見解を聞かせてもらうことはできないだろうか」

「もちろん見解は述べさせてもらおう。わたしなどでよければだが」ベックストレームは謙虚にそう言った。ああ、楽しみだ。もう待ちきれない――。


アドルフソンとフォン＝エッセンが続けているレーフグリエンの調査は、週末もスピードを緩めることなく続き、レーフグリエンの周りには数々の不利な状況が集まり始めていた。彼自身が複数の男友達に話したところによれば、春学期じゅう、六月半ばの学期末までリンダとセックスをしていたらしい。

それと同時に、レーフグリエンは若く、自由を謳歌《おうか》するタイプだったので、リンダとの秘密の関係は終わらせることにしたという。レーフグリエンによれば、リンダは彼の好みにしては頑固で注文が多すぎた。かといってそれが大騒ぎに発展したわけでもない――とこれも本人が友人に話したことなのだが、穏便に、今後は彼に興味のある若い女性の長い列に並んでくださいと説明しただけ。リンダがそれにどういう反応を示したかは不明だ。女友達にはレーフグリエンとのことは一言も洩らしていないし、新しい彼氏や恋人――それが犯人だったとして――もいなかった模様だ。

「つまりサンドベリィの事情聴取にあった発言内容とは一致しないわけか」ベックストレームが言った。

「ええ」アドルフソンが頭を振った。「しかも、ただの自慢話ではないようです。この青年はヴェクシェーのスロットマシーンらしい。複数の証言があります。スモーランド人の半分と兄弟になったようなもんだ」アドルフソンは最後の部分で重いため息をついた。

「判明している範囲では、リンダの最後のセックスパートナー」フォン＝エッセンも言った。「こういう場合、犯人の手がかりにもなるんじゃないですか？」

「いいぞ！」ベックストレームが叫んだ。「いや、いいどころじゃない。鉛のように重い手がかりだ」意外にも、この貴族野郎も全然わかってないわけではなさそうだ。

「いい子だ、よくやった」ベックストレームが続けた。「運が良ければ、これほど単純な話ですむわけだ。他の女性たちはなんと証言している？　ベッドではやつに虐められたのか？」

「革とラテックスと鎖の懐かしい香りってとこですか」フォン＝エッセンが言った。彼自身、スモーランド地方の農村地帯で生まれ育っているのだ。「まあ、こんなこと普通は人に話さないでしょうしね。こう言えばいいでしょうか。レーフグリエンは、夜遊びを楽しむための三種の神器は持ち歩いていなかったようだと」

　レーフグリエンは若く体格が良く、身体を鍛えていて、チャーミングで非常にハンサムだった。二十五歳にしては、性行為という分野での実体験を豊かに重ね、計り知れない才能にも恵まれているようだ。ある女性の情報提供者によれば、彼は伝説の黒い男が有しているとされるものを、ちゃんと有しているらしい。まさに白い男たちの悪夢のような存在だ。

「ロナウドは本物のセックスマシーンよ」女性は嬉しそうに笑った。「頭をすっきりさせたかったら、それよりいい方法はないわ。すごいのよ。それに本当に、本当に、いいんだから」

　優れた狩人と同じってわけか——女性に話を聞いたアドルフソンはそう感じた。必要なのは鍛錬《たんれん》とセンス、それに立派な太さの猟銃。

「あなたみたいにね、パトリック」アドルフソンの情報提供者《UL》が突然そう言った。「でもあなたの問題は、うっかり惚れそうになってしまったところ。覚えてる？　あなたが、最初のヘラジカを撃った物見台に連れていってくれたときのこと」

「本題に戻ってもらえないかな」アドルフソンが言った。調書に書けるようなことを話してくれ——。

変わったセックスをしたことは？　珍しいセックスは？　キンキーセックス、SM、サド――？

「わたしとはそういうのはなかったけど」情報提供者はそう言って肩をすくめた。「女友達がこぞって彼の話ばかりするんだから、もちろん好奇心が湧くでしょう。だけど彼と結婚するつもりはない、純粋にセックスだけよ。最高に素晴らしいんだから」

「でももちろん」と彼女は付け足した。「もしそういうセックスをわたしが望んだら、彼が聞き入れてくれた確信はあるわ。彼なら絶対に怖気づいたりはしない。頼む必要もなかったんじゃないかしら。向こうから勘づいてくれたと思う。だってその道のプロみたいなものだし」

しかし、それ以上ではなかったわけだ。

「こいつは絶対に、禍々しい悪魔のはずだ」ベックストレームが嬉々として言った。やつのクローゼットの中を探ればすぐに判明することだ――そして馴染みのあるバイブレーションを感じた。今回は、とても強く。

ベックストレームはヴェクシェーのスタッツホテルでの新しい人生に慣れ始めていた。イエゴン恋しさは予想外に早く落ち着き、ここ数日は思い出すこともなかった。警察署での過酷な任務から戻ると、ホテルの部屋はきれいに掃除され、新しいシーツがかかっている。ひとつだけ憶えておかなければいけないのは、朝仕事に出かける前に、バスルームの床に使用済みのタオルを山にしておくこと。そうしなければホテルのスタッフに潜む環境過激派が、新しいタオルに交換することなく、古いのをまたタオルかけにかけてしまうからだ。それにそろそろ服をクリーニングに出さなければいけない。今回は純粋に職場の規定どおりに。仕事でかいた汗なのだから。

基本的なルーチンはわりとすぐにできあがった。部屋に入った瞬間に、まずはよく冷えたピルスナー。それからちょっと昼寝をして、部屋でもう一本ピルスナー。それから食事。就寝前には、同僚のローゲションと教養溢れる会話。さらにピルスナー数本、時折は控えめに強い酒も挟む。日常のスパイスとなっているのは、お気に入りの地元ラジオ局記者との定期的な電話だった。ベックストレームのほうは会う時間などないことを、残念がらせてあげるために。彼女が気高くも神かけて仕事の話はしないと誓ったにもかかわらず。

例えば今夜のように。

「今はちょっと余裕がないんだ」ベックストレームが言う。

「ベックストレーム、あなたったら気を持たせてばかりなんだから」カーリンがため息をついた。

こんなに必死なのは、おれのスーパーサラミの噂をどこかで耳にしたにちがいない。そう思ったとき、馴染みのあるドアのノックが聞こえた。

「悪いが切らなくては。これからひとつ解決しないといけない件があってね。ではまた」

ローゲションは六本入りのよく冷えたピルスナーのパックを携え、珍しいほど機嫌がよかった。

「ストックホルムの同僚たちと話したんだが」ローゲションは頬のこけた傷だらけの顔でにやりと笑った。「ニィランデルのことで、信じられないような話を聞いたんだ。とりわけおれの同僚のオーストレーム警部が喜びそうな話だぞ」

「なんだ?」おいおい気をつけろよ、酔っ払いロッゲめ。

ローゲションの話には、いつの世にも人の口から口へと伝承される瞬間に加味されるディテールが含まれていた。とりわけこの話は、グランドホテルのバスルームの鏡の前から、知りたがり屋のローゲションの耳に入るまでに、数えきれないほどの口を通ってきたのだから。

「まるでストゥーレプランの殺戮《さつりく》(一九九四年に起きたナイトクラブでの無差別銃撃事件)だな。ホテルの半分を破壊したらしいぞ」五分後、ローゲションは話を終え、非常に満足そうな笑みを浮かべていた。

「銃のメンテナンスをしているときに、どうせあのアゴがトリガーガードにでも引っかかったんじゃないか?」ベックストレームが推理した。「それがおれやお前なら、今ごろマルメの同僚たちのところで留置場に座っていただろうよ」

「人生は平等か?」ローゲションは頭を振り、一本目のピルスナーの残りをグラスに注ぎ切った。

「ドリー・パートンはうつ伏せで寝るか？」ベックストレームも同調した。

「そのことが新聞に一行も載っていないのは不思議だ」

「そのことなら任せてくれ」ベックストレームが笑みを浮かべた。「同僚のオーストレームにちょっと相談してみるから。馴染みのハゲタカに伝えてくれるはずだ」

35

翌朝のスモーランド・ポステン紙は、ヴェクシェーの町でわき起こった文化芸術活動論争のことを長い記事にまとめていた。ヤン・レヴィンは即座にそれを切り抜き、今回の旅の思い出に加えようと決めた。

検事長であり近頃はキリスト教民主党所属の国会議員でもあるウルフ・G・グリムトルプが、ヴェクシェー市文化芸術振興課の活動内容を支配する大衆主義、そして長期的には市民の道徳観さえも毒するような視点を激しく批判していた。

彼がとりわけ不満を抱いているのは、文化芸術振興課のあるプロジェクトだった。それは市内の若い移民の女性を対象としたもので、〝自転車水泳プロジェクト〟と呼ばれていた。端的に言うと、若い移民の女性たちに自転車と水泳を教えるというものだ。夏の盛りの六月に三週間、自然の癒しに囲まれた宿舎と、泳ぐことのできる湖、専門のインストラクター、それに自転車と浮き輪が用意された。参加者十四人は全員、自転車の乗り方と水泳を覚え、最終試験を見事な成績でクリアした。

そのうちの三人が新聞のインタビューで、プロジェクトのおかげで身につけた技能が、今後の人生において知的活動の発展にも寄与してくれるはず——と口をそろえて証言している。彼女たち、そしてその同胞姉妹たちを縛る普遍的な家父長制という足かせから解放されたのだと。力と自由と自信を手に入れることで、もっとも単純で必要不可欠な前提条件が備わり、従来の文化芸術に対する関心と価値観を養い始めたのだ。

市の文化芸術振興課の担当者ベングト・モーンソンは、このプロジェクトやその他の単発プロジェクトと呼ばれるものの責任者で、〝自転車水泳プロジェクト〟は他に例を見ないほどの成功だったと説明していた。

「これが文化芸術活動となんの関係もないと言うなら、そもそも文化とはなんなのかをまったくわかっていない証拠です」モーンソンはそう断言した。そして冬にはこの活動のフォローアップとして、今度はスキーとスケートを習得する〝スキースケートプロジェクト〟を企画しているという。

国会議員グリムトルプいわく、こんなプロジェクトは愚の骨頂に他ならない。単なる自称文化人の極左的で非常識な言い分である。納税者が捻出した財源を使って、自分が若い女性たちに囲まれて腹を日に焼きたいだけなのが透けて見える。

「二十万クローネだぞ」グリムトルプは声を轟《とどろ》かせた。「それが文化芸術活動にどう関係あるんだ？」

グリムトルプの確固とした見解では、その予算は本来、ヴェクシェーの市立劇団、地元の室内合奏団、図書館や図書館でのイベントのために使われるべきである。このようなプロジェクトが、ヴェクシェー郊外にアトリエを構える将来有望な若きガラス作家や画家、彫刻家のための助成金の存在までをも危険にさらしているのは言わずもがなである。

このグリムトルプという議員はつまらない男だ。ヤン・レヴィンはそう思いながら、なぜか五十年近く前の夏、初めて本物の自転車をもらったときのことを考えていた。赤いクレセント・ヴァリアント。おそらくヴァリアント王子の漫画に出てくるヴァリアント王子のことにちがいない。少年が父親に尋ねると、高貴なる王子で騎士のヴァリアントについて教えてくれた。ヴァリアント王子はずっと昔に生きていた人だった。まだ自転車もない時代で、その代わりに馬に乗っていた。強靭《きょうじん》な赤い雌馬で、ヤン・レヴィンの初めての自転車と同じくらい手に負えず乗りこなすのが難しかった。父親によると、雌馬の名はアルヴァクといって、アルヴァクルという別の馬からもらった名前だという。アイスランド神話に出てくる馬で、空で太陽を運ぶとされているから、五十年近く前の夏――ヤン・レヴィンが自転車に乗ることを覚えた夏は、かなり忙しかったにちがいない。

以上はすべて――それにもっと――週刊誌〈アッレシュ〉に連載されていたヴァリアント王子の漫画で読むことができた。ヤン・レヴィンとパパは、別荘の古い牛小屋の屋根裏で、夜じゅうかかっていくつもの箱や段ボール箱の中を探した。そうやって、高貴なる騎士ヴァリアント王子が描かれた雑誌を、おそらく百冊くらいみつけていた。そして毎晩少年が眠りにつく前に、二人は王子のスリル満点な人生について漫画を一編、ときには二編、読むのだった。

しかしちょっとおかしな点があることに少年は気づいていた。彼自身はクレセント・ヴァリアントという名前の自転車を持っているが、その名前の由来は、父親から教わったとおりヴァリアント王子である。その一方でヴァリアント王子は当時まだ自転車はなかったのでアルヴァクという赤い雌馬に乗っていた。それではなぜぼくの赤い自転車はヴァリアント・アルヴァクではなく、クレセント・ヴァリアントなのだろうか。そもそも、クレセントって誰？

王子のファーストネームがクレセントだったのかもしれない――と少年は思った。クレセント・ヴァリアント王子。朝になったらパパに訊いてみよう。パパなら何でも知っているはずだから。しかしそこで眠ってしまい、その五十年近く後に覚えているかぎりでは、結局父親にその質問をせずじまいになった。一方でそれについて散々考えを巡らせてはいた。だって、ちっとも簡単なことじゃないのだ。弱冠七歳で、すでに神話とはなんたるかはわかっていたとはいえ。

スモーランド・ポステンの紙面で文化芸術論争が勃発したのと同じ朝、ストックホルムのGMPグループがリンダ・ヴァッリン殺害事件の犯人プロファイリングの結果をメールで送ってきた。おまけにグループ長のペール・イェンソン警部自ら、もう一人の同僚とともに昼過ぎにヴェクシェーに到着するという。自分たちの発見を、捜査班のメンバーと直接討議できるようにと。

36

ベックストレームは午前中を二十一ページにわたるGMPグループからの報告書を読むことに費やし、その間じゅう、うめき声とため息を交互に洩らしていた。内容そのものについて言うと、GMPグループの分析結果はどんな警官でも自分で考えつくようなことばかりだった。

犯人が暴力を行使してマンションに押し入ったわけではないこと、前から被害者と知り合いだったこと、比較的穏便に始まったようであること——ましてやそのあとに起きたことを考えれば。被害者と犯人はまずリビングのソファでセックスをしたが、それが自由意志なのか強制的なものだったのかはわからない。それから彼らは寝室に移動し、そこで暴力性が激しく増し、行為の種類も変化した。肛門への強姦の最中か終了後に、犯人は被害者の首を絞めた。それからシャワーボックスに入り、自慰行為を行い、身体を洗い、最後に寝室の窓から犯行現場を離れた。

そのあとは、名を名乗る価値のある殺人捜査官ならなんの役にも立たないとわかっていて、晩の悪夢にとっておくしかないような、よくある内容ばかりだった。それにリンダがドアに鍵をかけ忘れた可能性も否定できない。犯人がこっそりマンションに忍びこんだのか、リンダを騙して中に入ったのか。最初から彼女の喉にナイフを突きつけて脅したのか——例えば犯行現場で採取されたカッターナイフで脅して、アクセサリーと腕時計と洋服を外させ、リンダは激しく怯えながらも様々な性行為を行ったのか？　リビングのソファから寝室のベッドまで？　そこで彼女は絞殺され、最悪の場合犯人はリンダが今まで会ったこともない人間だと？

送られてきたプロファイリングと被害者の人物像を組み合わせて考えると、その〝最悪の場合〟がもっともらしいように思える。プロファイリングによれば、犯人は二十歳から三十歳の男。犯行現場の近くに住んでいるか、以前住んでいた。もしくは別の理由でそのエリアに馴染みがある。おそらく独り暮らしで、これまでも女性との関係に問題があり、周囲からは変人だと思われており、社交グループに属する能力が低く、個人的な連絡は誰とも取っていない可能性がある。失業者、または単発的な単純業務に従事している。

おまけに極度の精神障害を患っている。精神が錯乱《さくらん》していて、矛盾した行動を取る。女性関係に常に問題を抱えてきた。子供の頃のトラウマのせいで、女性自体を憎んでいるが、本人や周りがそれに気づいているとは限らない。サディストでもないし、奇想天外な性的妄想があるわけでは断じてない。

感情を爆発させやすい。ちょっとしたことで、完全に理性を失い、すぐに暴力的になる。そのような傾向はこれまで色々な場面で露呈しているだろうから、すでに警察のデータベースに登録されている可能性が高い。各種の暴力行為だけでなく、麻薬関連の犯罪で。そして最後とはいえ見捨てておけないのが、身体能力が高いことである。女性とはいえ巡査見習いの二十歳を押さえこみ絞殺したのだ。被害者は、男女を問わず同年代の誰よりもよく身体を鍛えていて、ベンチプレスでは自分の体重より二十キロ重いバーベルを使っていた。犯人はまた、地上四メートルの高さの窓から飛び降りられるほどの機敏さも兼ね備えている。

それに靴棚に靴を並べてもいる。きっちり丁寧《ていねい》にそろえて。現場から逃げるとき、誰にも姿を見られなかったようだが、靴のサイズは五十五だった——そこまで考えて、ベックストレームの口からは深いため息が洩れた。

それでもペール・イエンソン警部は、聴衆の心に強い印象を残した。自分独りで一時間ひっきりなしに喋り続けたあと、ここからは自由に質疑応答の時間だと宣言したときに。

「ここに座っているきみたちは、きっといくつも質問があるだろう？」イエンソンはそう言って、一同に穏やかな笑みを送った。「というわけで、思いついたことはなんでも質問してくれたまえ」

そうか、それはよかった。ではなぜ国家犯罪捜査局の本物の警官たちがお前のことをペッレ・イェンス（道化師の名前）と呼ぶのか説明してもらえないだろうか。

「他になければ、わたしから始めさせてもらおうか」オルソンが上司らしい目つきで素早くテーブルを見回した。

いいぞ、オルソン。まずは、なぜ国家犯罪捜査局の同僚たちがGMPグループをアーカイブXと呼ぶのか訊いてみろ。

「まずは遠路はるばるヴェクシェーまで来てくださったことに感謝の意を表したい。しかし何よりも、耳を疑うほど興味をそそられる話の内容にね。わたしも、このテーブルを囲む同僚たちも、あなたの分析が捜査に決定的な意味をもたらすと信じて疑わない」

だがおれたち本物の警官はそうは思わないぞ――とベックストレームは心の中でつぶやいた。そこまで落ちぶれてはいない。ペッレ・イェンスの思いつきに希望を託すほどには。

「報告書を読ませてもらって、とりわけ目を引いた点がありましてね」オルソンが続けた。「つまり犯人の描写のことなのですが、目の前には、長い犯罪歴をもち、社会からつまはじきにされた若い男の姿が浮かんでやみません」

「ああ。我々が捜しているのがそういう男だと示唆する点は多い」それからあわてて付け足した。「断定するには程遠いが」

「リンダがドアを開けてその男を中に入れたことを考えると……ということかね？」エノクソンが質問した。

「ああ、まあそうだな。だが家に帰ったときに鍵をかけ忘れることはよくある。もしくは被害者が人を疑うことのない性格で、本来なら入れるべきではないような人間を入れてしまったとか」

「そのどっちなんだろうなあ……」エノクソンはわざと大きな声で独り言を言った。

「自分からも質問があります。もしよければ」発言するのが信じられないくらい末席に座っているのに、アドルフソンが急に声を上げた。

「もちろんだとも」イェンソンはそう言って、とびきり民主的な笑顔を浮かべた。

「ＳＫＬが言っていたことを思い出したんです。犯人のＤＮＡからして、ランド人を捜すべきだと」

「ランド人……？」イェンソンは質問者を不思議そうな顔で見つめた。

「ええ、つまりスモーランド人じゃなくて」アドルフソンが説明を補足した。「別のランドの人間という意味です」

「その言葉の意味はよくわかったが」イェンソンは突然警戒した顔になった。「そういう類《たぐい》の仮説については、非常に慎重になるべきだと思う。その分野の研究はまだまだ未じゅ……いや黎明期にあり……」イェンソンは思わず舌の先まで出かかった言葉を飲みこむことができた。

「それでも、犯人のプロファイリングはこの町にいるランド人たちによく当てはまっていると思うんです」若きアドルフソンが食い下がった。「実際のところ、かなりいい線いってる。自分は普段、生活安全部所属なもんで」

「その点については推測の域を出ない。言ったとおり、わたしならばそういった仮説には非常に慎重になる。他に質問は？」

それからもまあ色々な発言が飛び交い、結局のところ三時間かかった。地獄のように無駄な三時間だった——やっと終わったとき、ベックストレームはそう思った。

「よい空の旅を、ペッレ」イェンソンが帰路につくさい、ベックストレームはそう別れの言葉を告げ、とびきり陽気な笑顔を浮かべた。アーカイブXのお友達によろしくな——。

「ありがとう、ベックストレーム」イェンソンは軽くうなずき、ベックストレームほどは愉快そうではなかった。

夕食のあと、ベックストレームはまた自分のホテルの部屋に、信用できる仲間だけを集めた。ローゲションにはすでに事の詳細を説明し、その話を聞いたとたん彼もベックストレームと同じ心地よいバイブレーションを感じたようだ。今回はアドルフソンとフォン＝エッセンも招かれていた。この件の立役者はその二人だし、情報は調べた本人の口から聞くのがいつだっていちばんいいのだ。なのであとは、レヴィンとスヴァンストレーム嬢を巻きこめばいいだけの話だった。レヴィンがどういう反応をするかは、口を開く前からわかってはいたが。

　さてさて、おれの予測は正しいかな？　それともおれの予測は間違っていないかな？　予定の時間の十分前に、レヴィンがベックストレームの部屋のドアをノックした。ベックストレームと二人きりで言葉を交わしたいのだという。

「レヴィン、きみのために何ができるかな？」ベックストレームは客に対して温かい笑顔を向けた。

「何かしてもらえるかどうかはよくわからない。これは前にも言ったし、もう一度言うが、何人もの同僚をのけものにして、ひとつの捜査の中で別の捜査を進めることはできない」

「では、毎日捜査結果を新聞で読むほうがいいのか？」

「何を言ってるんだ。もちろんわたしがいいと思っていないのはわかっているだろう。きみや他の皆と同じようにだ。だがあえて言おう。これを続けるくらいなら、仕方なく後者を選ぶよ。今きみがやろうとしていることには協力できない」

「なあ」ベックストレームは朗らかな笑顔を客に向けた。「まずはアドルフソンとそのお友達、それからうちのクヌートソンとトリエンの話を聞こうじゃないか。それから判断してもらいたい」

「そんなことをして何か変わるとは思えないが」レヴィンが肩をすくめた。

「そのあとであれば、今後どうするかはきみに決めてもらおうと思ってる」

「そうなのか?」レヴィンが驚いた顔になった。

「ああ、もちろんだ」さあ、今の言葉を噛みしめるがいい。

まずはフォン＝エッセンとアドルフソンが自分たちの調査結果を発表した。

「今のところ判明しているかぎり、レーフグリエン巡査見習いがリンダの最後のセックスパートナーで、その点について事情聴取で嘘をついています」フォン＝エッセンが言った。「本人や友人の話では、彼は三時半から四時の間に独りでクラブを出た。早足で歩けばリンダの家まで五分で着くはずだ。クラブを出たあとのアリバイはない」

「靴やトランクスについてはどうだ」レヴィンが訊いた。「彼の女性の知人たちは、それについて何か?」

「その情報はまだ一般に公開していないので、尋ねていないんです。ですがこの季節、スウェーデンの男の二人に一人が使っているようなもんですから」

レヴィンはうなずいただけだった。

そのあとにクヌートソンとトリエンが自分たちの発見を報告すると、レヴィンまでもが懸念する顔つきになった。とりわけ、サンドベリィがレーフグリエンにかけた最初の電話の話を聞いたときに。

「事情聴取の調書に書かれた内容を考えると、四分間で全部質問したとはとても考えられません」クヌートソンが言う。

「実に能率よく仕事をする女性のようだ」トリエンが嬉しそうに言った。

「だがサンドベリィがレーフグリエンの固定電話にかけ直したという可能性は捨てきれないぞ」レヴィンが言う。

「ええ」トリエンが答えた。

「ええ、まだ」クヌートソンも言う。「固定電話の番号は父親の名義になっているので、電話会社のほうで手こずってます。いつもの担当者が弱気になってて」

「で、どう思う?」ベックストレームは余裕の表情でレヴィンを見つめた。「これから、どうすべきだと思う」

「確かに当惑するような話だな。それは否めない。何か辻褄《つじつま》が合わない……」レヴィンも同意した。「では明日の朝に検察官に話してみるとしよう。強い姿勢を貫《つらぬ》く有能な検察官だと聞いているし、きっとその青年を拘束する決定をしてくれるはずだ。それでも青年が協力的なところを見せないようなら、検察官に容疑をかけてもらえばいい。そうすればDNAを採取できる。本人の意志とは関係なく」

「それは素晴らしいアイデアだ」ベックストレームは笑みを浮かべた。「きみが検察官に話をつけてくれるなら、わたしはここにいる坊やたちに買い出しを頼んでおくよ。悪魔をやっと塀の中にぶちこんだお祝いだ」

37

ローゲションからルンドのグランドホテルでの殺戮《さつりく》エピソードを聞いたとたんに、オーストレーム警部は信用のおける三人のジャーナリストの耳にそのことをささやいた。それなのに、どの新聞もこの大事件について一行も載せていない。ハゲタカどもは死体の後始末すらできなくなったのか——？　ベックストレーム警部は不満だった。

その代わりに、今朝のタブロイド紙や普通の朝刊紙は、いつもどおりのニュースを載せていた。ダールビィの大量殺人事件はもはやずっと後ろのページに追いやられ、涙なしには語れない遺族の談話にとどまっている。紙面ではリンダ殺害事件が再び首位に立ち、ヴェクシェーのスタッツホテルの朝食ビュッフェの混雑ぶりは目を疑うほどだった。

朝の会議で、ＤＮＡの採取が四百件を超えたことが判明し、自主的な犯罪科学捜査においての史上最高記録を樹立しつつあった。その旗の下で新たに自主的に立ち上がった五十人も、ＤＮＡ型不一致のため除外された。そのうちの一人がリンダと同じマンションに住むマリアン・グロスで、誰に惜しまれることもなく、捜査線上から消えていった。ましてや今のベックストレームにはもっとずっといい犯人の候補がいるのだ。その上オルソン警部が、今後の捜査に非常に有意義なアイデアを思いついた。

GMPグループのプロファイリングをヒントにして、オルソンは人口統計を調べた。そして、ヴェクシェー周辺でそのプロファイリングに一致する人間をカバーするには、最高でも五百人のDNAを採取すればいいのだという結論を導き出した。さらに市役所の統計係と話をしてみると、実は状況はそれよりもっといいということが判明した。

「統計係の話では、統計には期待値というものがあって——数学の魔法みたいなものらしいんだが——とにかく、わたしの理解が正しければ、その五百人のうち半分くらいでいいんだ。まったく無作為にやったとしてもね」

まったく、なんの話をしているんだ——会議が終わったあと、ベックストレームはそう思った。彼の辞書には今、たった一人のDNAしかないのに。

「老いた警官の助言がほしければ、例のランド人に限定するようアドバイスしよう」

「親愛なるベックストレーム、心配しないでくれ」オルソンは珍しいくらい機嫌がよかった。

「わたしもそれなりの期間警官として働き、うちのパッペンハイム胸甲騎兵のことはちゃんとわかっている。イッヒ・ケンネ・アウフ・マイネ・パッペンハイマー」オルソンは誇らしげに教科書どおりのドイツ語の慣用句を付け足した。昨年の夏にライン川のワイナリー巡りをして以来、妻と一緒にカルチャースクールでドイツ語を習っているのだ。「ところで、我々のミーティングに来るのを忘れないでくれたまえ」

「ああ、大丈夫だ」この件にパッペンハイムがどう関係あるっていうんだ？

朝の会議のあと、ヤン・レヴィンはこの事件を担当している女性の検察官と捜査責任者であるオルソン警部と三人で話し合いをもった。一方のベックストレームは影も形もなかったが、レヴィンにとってはむしろ好都合だった。

「つまり、その若者は少々不審な点があるんです」レヴィンがそう締めくくった。

「事前予告なしの連行でいい？」検察官が尋ねた。

「ええ。ただ、それを拒否するようでもＤＮＡの採取はしたい。それ以外に彼を除外できる理由がなければね」

「そんな子供っぽい態度で嘘をつき続けるなら、逮捕しましょう。留置場の中で状況をよく考えてもらい、指紋と血液を提出させます。これは本物の殺人事件なのよ。そんな態度、ちっとも面白くないわ」

「だが本当に必要だろうか」オルソンが居心地悪そうに座り直した。「いやつまり、レーフグリエンは警官志望でしょう。ＧＭＰグループが分析したプロファイリングにはちっとも当てはまらない。だからわたしなら……」

「問題ありません。決定を下すのはわたしなんだから」検察官がオルソンを遮《さえぎ》った。そして鼻で笑った。「ＧＭＰグループねえ……。まったくの絵空事ばかりよ。わたしの知るかぎり、一件も事件を解決できていない。少なくとも、わたしの事件はね」

その午後ベックストレームはオルソンへの誓いを守り、結成されたばかりのNPO〈ヴェクシェーの女性に対する暴力に立ち向かう男たちの会〉の定例理事会に出席した。コーヒーと人参ケーキとクッキーが配られ、理事長である心理カウンセラーで心理学者のリリアン・オルソンが、ベックストレームに温かい歓迎の言葉を述べた。

「ええと、わたしと、あなたの同僚でもあるベングト・オルソンにはもうお会いになってるわね」ローはそう言った。「そうそう、ベングトはこの小さな理事会に代理理事として関わってくれることになったんです。でもそれ以外のメンバーとは初対面だと思うから、あなたからも自己紹介していただけるかしら。こちらがモア、そしてもう一人のベングト」ローが背の高い金髪の男に微笑みかけ、彼のほうも同じくらい嬉しそうに微笑み返した。「それから三人目のベングト。ベングト・アクセルよ」ローはテーブルのいちばん奥に座る痩せて小柄な茶髪の男に優しくうなずきかけた。

「今日はご招待ありがとう、ロー」ベックストレームは大きな腹の上で手を組み、とりわけ今紹介されたばかりの三人に向かって、普段よりさらに敬虔な笑みを浮かべてみせた。ズボンをはいた三人の腰抜けに、あと一人はピンクの布みたいなのを被っている。それになんて覚えやすいんだ。腰抜けが全員ベングトという名前だなんて。

「えええと……」ベックストレームは母音を伸ばした話しかたで切り出した。最近ではこういうメンバーにどのような対応をすればいいかわかっているからだ。

「名前はエーヴェルト・ベックストレーム……しかし友人からはエーヴェという愛称で呼ばれていて」とベックストレームはうそぶいた。人生で一度も友達などいなかったし、国民学校一年生のときからずっとベックストレームと呼ばれてきたのに。

「いやああ、他に何を言えばいいかなああ……。ご存じのとおり、国家犯罪捜査局の殺人捜査特別班の警部で……今まで人生で幾度となくあったように、悲劇がわたしをこの町に導き……」ベックストレームはそこで重々しくうなずき、ため息をついた。

「エーヴェ、ありがとう」ローが温かい声で言った。「ええと……じゃあわたしたちのほうも続けましょうか。どうぞ。ベングト」ローが小さな痩せた茶色の髪の人影にうなずきかけた。テーブルのいちばん奥で、コーヒーカップと人参ケーキに隠れてしまっている。

「ありがとう、ロー」ベングトが神経質そうに咳ばらいをした。「ええと……ぼくがつまりベングト・モーンソンで、ええと……市の文化芸術振興課で働いていて、特別プロジェクトと呼ばれるものを担当してます。そこに……ええとこの新しいNPOがサポートプロジェクトとして関わってくるわけです」

おやおや、可愛い坊やだな。政府の男女平等大臣にべらぼうによく似ているじゃないか。ほらあの、母親が馬と付き合ってる——ああなんて名前だったか。普段から、チンピラや犯罪者や普通の同僚たちの名前以外で記憶に負担をかけないようにしているベックストレームには、どうしても思い出せなかった。

「なるほど、それは大変な激務でしょうな」ベックストレームは言った。「だってほら、そんなにいくつもプロジェクトを抱えていて」

「ええ」ベングト・モーンソンはすぐに嬉しそうな顔になった。「実に色々な苦労があってね。ぼく自身はコストに目を光らせているんです。あとで大変なことにならないように……」

「じゃあ、次は二人目のベングト」ローが遮った。理由は不明だが、大変なことの詳細については踏みこまないでほしいようだった。そして、今発言を遮られたばかりのベングトのお友達で、金髪碧眼《へきがん》、小さなベングトより倍くらい大きな男にうなずきかけた。温かさと隣人愛を全身から放ちながら、世にも不思議な体勢でテーブルと椅子の両方に覆いかぶさっている。

「ぼくがつまりベングト・カールソンで、この町の男性シェルターの代表をしています」大きなベングトがそう言った。「ここヴェクシェーで暴力にさらされた男性たちにアドバイスやサポート、それに行動療法も行っていて。暴力にさらされた男性ですよ、暴力にさらした、じゃなくてね」彼は強調した。「おわかりのとおり、仕事に困ることはありませんね」

確かに想像はつく。世間には意地悪な女がどれほどいることか――とベックストレームは思った。それにお前さんは元ワルだろう。この手の診断において、ベックストレームは僻地《へきち》の医者と同じくらい見る目があった。それがおたふく風邪なのか、扁桃腺が腫れているだけなのかまで見分けられるのだから。

「あら、じゃあ残るはちっぽけなあたくしだけね」ピンクの布を被った女が甲高い声を出した。

そこまで小さくはないだろう？　だって小さなローちゃんの三倍は大きいぞ。それが慰めになるかどうかは知らないが。

「ええと、あたくしはモアと言います。モア・ヤッティエンです。で、あたくしみたいなのが何をやってるかって、エーヴェ、あなたきっと不思議に思ってなさるでしょ?」

どうせ女性シェルター、犯罪被害者支援センター、その他のお涙ちょうだいセンターの理事長ってとこだろう――ベックストレームはそう思いながらも、先を促すように笑顔を浮かべた。

「ええ、つまりこの町の女性シェルターの代表をしてるんですの。あと犯罪被害者支援センターの理事長と……あとはなんだったかしら……」

おれは正しいのか? それとも間違っていないのか?

「ああ、それから私設のホームも経営してます。強姦されたり暴力を受けた女性たちを匿う場所ね。それ以上は……さすがに時間がないのよね」

そりゃおめでとう。そんなのを個人で経営できるということは、まったくの能無しというわけではなさそうだな――。

それから理事会は、残忍な暴力犯罪に関しては国内でもっとも詳しいベックストレームの知識を仰ぐ機会を得た。同僚のオルソンがすでに述べたように、懸念される点はふたつだけ。自衛団のように思われないかどうかと、不謹慎だったり怪しかったり、最悪の場合犯罪を犯す魂胆のある男を招き入れてしまうリスクについて。

ベックストレームは彼らを落ち着かせるために最善を尽くした。

「すでに言ったことをもう一度まとめると、その点をあなたがたが懸念する必要はない」ベックストレームはそう締めくくった。聖霊の加護を受けた存在であることを考慮しても、ちょっと調子に乗りすぎたかもしれない。

「もう一点のほうについては、あなたがたはすでに人間性を見抜く能力をおもちでしょう。稲と麦の見分けはつくはずだ」それにおい、お前。お前についてはしっかり犯罪歴を洗い出してやるぞ——ベックストレームはベングト・カールソン理事にとりわけ温かな笑顔を向けた。

定例理事会のあとは各マスコミを呼んでの記者会見が予定されていたが、ベックストレームはそのような場合における国家犯罪捜査局のポリシーに言及し、参加を断った。

「どれほど力添えしたくとも、どうしてもかなわないのです」ベックストレームはすべてが始まった二時間前と同じ、敬虔な笑みを浮かべたままだった。

ローとそのお友達は「それはもちろんお察しします」と言い、ベックストレームは今摑んだ手がかりの調査をしようと捜査班のフロアへと戻った。

「この男をデータベースで調べてくれないか」ベックストレームはベングト・カールソンの名前と特徴を書いたメモを渡した。

「もちろんです」トリエンは驚いた顔で答えた。「質問して申し訳ないですが、なぜこの男を？　これはあの……」

「ベリー・シーッ・シーッだ」ベックストレームはにやりと笑い、人差し指を唇の前に立てた。

検察官から了解をもらったのち、レヴィンはレーフグリエン巡査見習いを警察署に連行するために、フォン＝エッセンとアドルフソンをエーランド島に送った。レーフグリエンがかけた直近の携帯通話によれば、まだメールビィロンガの郊外にある両親の別荘にいる可能性が高かった。行くのがアドルフソンということで、ベックストレームは自分の警察車両を貸してやることにした。さらに、いくらか助言も与えた。

「住所を打ちこめば、あとは車が勝手にそこへ連れていってくれるから。それと、あの野郎のお尻をぺんぺんする場合は、車の外でやってくれよ。シートに血の汚れがついては困るからな」

「新記録だ」その一時間半と百七十キロののち、アドルフソンはそう言ってレーフグリエン一家の別荘の前庭に車を停めた。大きな黄色の木造の邸宅は伝統的な大問屋屋敷の造りで、前庭の小道にはじゃりじゃり鳴る砂利が敷きつめられ、立派な樹木が木陰を作り、カルマル湾の雄大な景色が広がっていた。おまけに邸宅の前の芝生には、彼らが連行することになっている人間が立っていた。ジョギングシューズに半ズボン、タンクトップという姿で、筋肉質な長い脚を熱心にストレッチしている。

「どういうご用件で？」レーフグリエンが愛想よく尋ねた。

「お前に話があるんだ」アドルフソンも同じくらい愛想よく答えた。

「じゃあ明日にしてくれ。今からジョギングに出るところなんだ」レーフグリエンはそう言うと同時に手を振り、駆けだした。ヴェクシェーとは真逆の方角に。

フォン＝エッセンは反射的にそれを追いかけた。なおフォン＝エッセンの名誉のために言っておくと、最初の数百メートルはちゃんとレーフグリエンが視界に入っていたのだ。しかしそのあとレーフグリエンは荒野に飲みこまれていき、追跡者は身体をふたつに折って激しくあえいでいた。

「日陰で二十五度あるとはいえ、黒い男に追いつけなかったのか」同僚が戻ってきたとき、アドルフソンはガーデンチェアにもたれていた。

「両親とは話せたのか？」フォン＝エッセンが家のほうをアゴで指した。

「誰もいないようなんだ」

「レヴィンに電話をしよう」フォン＝エッセンが決めた。

「何⁉　逃げただと？」その五分後、レヴィンが電話口でそう言った。

「何⁉　逃げただと？」さらに十分後、オルソンが同じ言葉を口にした。

「逃げた？　いきなり逃げたの？」そのさらに十五分後、検察官が携帯でそう訊いた。

「ああ、そのようだ」レヴィンが答えた。「で、どうする?」

「で、どうする?」レヴィンがこの三十分で二度目にオルソンに電話したとき、オルソンもそう言った。

「検察官はとりあえず様子を見て、もし明日までに本人と接触できなければ、本人不在のまま逮捕の決定をすると言っている」

「なぜ追いついて殴り倒さなかったんだ!」ベックストレームが怒鳴った。その顔は数時間前のフォン=エッセンの顔のように赤かった。ベックストレームのほうは午後じゅうずっと座りっぱなしだったというのに。

「そういう状況じゃなかったんです。ボスもおわかりのとおり」アドルフソンが言った。

「適当に撃って、今後の事情聴取をおじゃんにするわけにもいきませんし」フォン=エッセンもとりなすような口調で言った。それが貴族の血筋のなせるわざなのだ。

いい加減にしろよ、この腰抜けどもめが——。ベックストレームは男爵的な部下たちを鋭い目で睨《にら》みつけた。おれならば、一瞬も躊躇《ちゅうちょ》せずにエーランド島へと渡る唯一の橋を封鎖し、警察犬とヘリコプターを出動させたのに——。

38

翌朝の朝食時、ベックストレームは生まれて初めてスモーランド・ポステン紙を読んだ。その大手地元朝刊紙は、新しく結成された〈ヴェクシェーの女性に対する暴力に立ち向かう男たちの会〉にかなりの紙面を割いていた。まずベックストレームの注意を引いたのは、一面の半分を占める理事会のメンバーの写真だった。真ん中に理事長のロー・オルソン、その右と左にモア・ヤッティエンとベングト・オルソン警部、両端に小さなベングト・モーンソンとその二倍はありそうな大きなベングト・カールソン。全員が手を握り合い、真剣な顔でカメラを見つめている。

なんとばかばかしい――ベックストレームは感動したほどだった。

しかし新聞はベックストレームと同じ見解ではなかったようだ。この新しい支援団体に対して最初から最後まで好意的で、おまけに編集長自身が社説でもそのニュースを取り上げていた。社説にしては珍しいくらい詩的な文章で、冒頭で警察を〝日に日に残忍化する現代社会において、あまりに間隔が広すぎる木の柵〟に例えていた。同編集長によれば、民間レベルの犯罪対策が必要とされているだけでなく、そのことをこれまでになく真剣に受け止める時機がきたのだった。〝平素は安全なヴェクシェーでも犯罪は常に増加の一途をたどり、残忍化し続けている。そこに暮らす我々がそれに立ち向かうことこそ〈我々全員の責任〉（一九九六年に法務省が発表した犯罪防止プログラム）なのである〟と記事を締めくくっていた。

いったいどこからそんなバカげた話ばかり思いついてくるんだ——ベックストレームはそう思いながら、新聞をポケットに突っこんだ。自分のオフィスのドアを閉めた瞬間に、独りでゆっくり、脱腸するくらい大笑いしてやる——。

レヴィンは過去の数えきれない夜と同じように、この夜もまたエヴァ・スヴァンストレームのベッドで過ごし、彼女が眠ってしまってからもさらに一時間以上寝つけないまま、若きレーフグリエンはいったい何を企んでいるのかと思い悩んだ。翌朝は職場に着いたとたんに、捜査書類をあれこれ取り出してじっくり読んだ。さらにもう一度よく考えてみて、これがいったいどういうことなのかやっと全体像がつかめたと思った。しかし自分が間違っていたことも過去にはあるので、フォン＝エッセンとアドルフソンを呼び、ある情報を確認してほしいと頼んだ。

「きみたちに事実確認をお願いしたいんだ。かなり前に入ってきた情報なんだが。実はわたしはそのことを七月六日日曜日の朝の会議で口《UL》にしたんだが、皆を熱狂させるような内容ではなかったようだ。しかしきみたちに、この情報提供者に話を聞きにいってほしい。男の名はヨーラン・ベングトソン。情報はここにすべてあるから」レヴィンはそう言って、使い走りのフォン＝エッセンに書類を手渡した。

「おや、青地に黄色のギュッラじゃないですか。こいつなら知ってますよ」フォン＝エッセンはあきれたように頭を振った。

「なんだって？　今、ベングトソンのことをなんと呼んだ？」

「青地に黄色のギュッラですよ。もしくは単に、青地に黄色。この町ではそう呼ばれてるんです」アドルフソンが説明を補足した。

「理由のひとつは、よく言えば政治活動に熱心で……」

「……政治パレット上の茶色いやつら（国家社会主義）の影響を受けているんですよ」フォン＝エッセンが先を続けた。

「もうひとつの理由は、何年か前にこいつが全国の仲間とここヴェクシェーでスウェーデンの国旗の日を祝ったときのこと。そのときに極左暴力団体のチンピラも大量にやってきて、ギュッラと仲間たちはひどいお仕置きを受けた。我々が事態を収拾する前に、愛する国旗のごとく青地に黄色のアザだらけになっていて」アドルフソンはなぜかそこで満足そうな笑みを浮かべた。

「この男は、リンダがでかいニ……いや大柄な黒人男性と一緒にいるのを見たと主張しているんだ。リンダが殺された朝の四時ごろに」

「それはあの男の観察眼では珍しい物の見方ではないし、この平和な田舎町に黒人の男がレーフグリエンたった一人というわけでもない。まあ最近ではね」フォン＝エッセンが言った。

「それでもギュッラの自宅に行って、話を聞いてほしいんだ。それから写真で面割りもしてほしい。まずはレーフグリエンから」そう言って、レヴィンは透明のビニールフォルダを手渡した。そこには九人の黒人の若者の写真が入っていて、そのうちの一枚がレーフグリエンだった。「それからリンダもだ。必ずその順序でやってくれ」レヴィンが念を押し、次のビニールフォルダも渡した。そこには金髪の若い女性の写真が九枚入っていて、そのうちの一枚に彼らの殺人捜査の被害者リンダ・ヴァッリンが写っていた。

フォン＝エッセンとアドルフソンがヴェクシェー中心部のアーラビィにある青地に黄色のギュッラの貧相なワンルームアパートの呼び鈴を鳴らしたのと同じ頃、エリック・ローランド・レーフグリエン巡査見習いが警察署の受付カウンターに立った。彼は弁護士を伴っていて、その弁護士というのは家族の親しい友人だった。レーフグリエンの到着は、まさに間一髪だった。というのも、ちょうど検察官が、レーフグリエンを本人不在のまま身柄を拘束する決定をしようと思ったところだったからだ。

青地に黄色のギュッラはパソコンの前に座って、アメリカの白人至上主義団体ホワイト・アーリア・レジスタンス（ＷＡＲ）のホームページからダウンロードしたゲームを楽しんでいた。ＷＡＲ所属のパソコンオタクが、かねてから人気の『コンフリクト・デルタⅠ－Ⅲ』に人種差別的な概念を加味したゲームを作ったのだ。フォン＝エッセンとアドルフソンがやってきたとき、青地に黄色は夢中でそのゲームをプレイしているところだった。

「新記録だ！」青地に黄色は頬を紅潮させながら言った。「たった三十分で眉毛のつながったやつらを三百八十九人も殺《や》ったぞ！」

「ちょっと話す時間はあるか？」アドルフソンが尋ねた。

「もちろんサツには協力するさ。それがスウェーデン国民の義務だ。今は戦争だからな。ガイジン野郎に征服される前に、陣営を固めなきゃいけない」

　取調室に座るレーフグリエンは、意欲的な態度とは言い難かった。ローゲションが取調責任者でレヴィンが取調立会証人となり、レーフグリエンは少なくとも最初のうちは、自分より倍も年上の法定代理人よりも他人行儀な口調だった。

「なぜきみをここに呼んだと思う、レーフグリエン」いつもの必要事項をテープレコーダーに吹きこんだあと、ローゲションが尋ねた。

「それを教えてもらえると思って来たんですが」レーフグリエンは礼儀正しくうなずいた。

「自分では心当たりはないのか？」

「ありません」

「では教えてやろう。きっと聞きたくてうずうずしてるんだろう？」

　レーフグリエンはまたうなずいただけで、うずうずしているというよりは急に警戒した表情になった。

「おれはなあ、何度も警察に電話して、せっかく提供した手がかりはその後どうなったのか訊いたんだよ。やったのはあのニガーに決まってるだろ」青地に黄色が言った。「お前らの仲間の誰かがやつをかばってるだけだ。警察にも急にガイジン野郎がうようよ増えたからな。そいつらを調べれば、殺人犯なんて簡単に捕まえられるさ」

「その二人を見かけたとき、お前はどうしたんだ?」フォン＝エッセンが尋ねた。

「リンダに挨拶したんだよ。彼女のことは知ってたからな。警察署で何度か見かけた」

「正確に言うと、なんと声をかけたんだ?」フォン＝エッセンが食い下がった。

「ベッドで黒いリコリスを食べるよりもっと楽しいことがあるだろ、と言ってやったんだ」ギユッラは嬉しそうな顔で二人を見つめた。「それからそうだな、エイズの危険性なんかも指摘しておいたよ。親切だろ? だってあのリコリスの棒どもは歩く生物兵器みたいなもんなんだから」

「それでどうなった」アドルフソンが口を挟んだ。

「ニガーが激怒して、顔を真っ青にしてこっちに向かってきたから、これはえらいことになったと思って逃げたんだよ。触られたらヘルペスで死んじまうだろ。運がよくてそれだ」

「そのとき時刻は朝の四時ごろで、それはすべてスタッツホテルから五百メートル離れた北エスプラナード通りで起きた出来事なんだな?」

「答えはイエスだ。だいたい四時ごろ、地域診療所のあるロータリーのところだ」

「お前に見てもらいたい写真があるんだ」フォン＝エッセンが言った。「この中に、知っている顔はあるか？」そう言って、レーフグリエンと他の八人の写真を並べた。

「うちの警官がきみを聴取したとき、きみはリンダと性的関係にあったことをはっきりと否定したね？」ローゲションが言った。「きみの言葉を借りれば、リンダはただのクラスメートだった」

「大学で同じクラスでした。でもそのことはもう知っているんでしょう？」

「ああ。知っている。それにリンダとセックスをしていたことも知っている。なぜ話さなかった？」

「なんの話だかさっぱり」レーフグリエンが反抗的に答えた。「リンダとは付き合ってない」

「単純な質問をさせてもらおう。リンダとは寝たのか？　イエスかノーで答えろ」

「それが事件とどう関係あるのかさっぱりわからない。それにこういう話は人にするもんじゃないだろ。おれはそんな男じゃない」

「友人たちの話では、きみはまさにそういう男のようだが？　複数の友人に話を聞いたが、ここ数カ月はリンダとやるたびに自慢していたそうじゃないか」

「作り話だ。おれはそんな話は絶対にしない。だから作り話に決まってるだろ」

「作り話だって言うのか。寝てないんなら、ノーと答えればいいだけだ」

「おれの話をまったくわかってないようだな……」

「お前の話はまったくわかっているよ。それに警察の事情聴取で嘘をついたこともわかっているし、今この耳で、お前が単純な質問にも答えようとしないのをしかと聞いている」

「事件とはなんの関係もない質問のことかよ。おれはリンダを殺していない。あんたたちまったく、正気じゃないよ」

「無実だというなら、DNAを採取させてもらってもかまわないだろう？　そうすれば捜査から外せる」ローゲションは先生のような態度でテープレコーダーの横に転がっている綿棒の小さな管を指さした。

「そんなつもりは一切ないね。おれは無実だし、あんたたちだってなんの容疑もみつけられないんだろ？　結局、未来の黒人同僚を排除したいだけなんだ。そういうことだろ？」レーフグリエンは本気で怒っているようだった。「結局そういうことなのさ。それ以外の言い訳なんかくそくらえだ」

「おれの意見ではこうだ。お前は嘘をついているし、殺人事件に関して警察に嘘をつくという行為自体が――しかも被害者はクラスメートだというのに――おれや同僚たちに疑念を抱かせる。おれたちにとっては、それだけの話だ」

「じゃあそう思ってりゃいいじゃないか。どうせおれの話なんか……」

「おれたちだけじゃない」ローゲションが遮《さえぎ》った。「検察官も同じくらい疑がっているぞ」

「すみません、口を挟んで」そのとき急に弁護士が口を開いた。「検察官の意向を聞かせてもらってもいいですか」

「非常に単純な話だ。レーフグリエンが嘘をつき続け、本当のことを話そうとしないなら、検察官は容疑に低度の蓋然性があると見なし、逮捕する意向だ」ローゲションはレヴィンを見つめ、レヴィンもうなずいた。

「ではこちらはその見解に同意できないと、供述調書に記載してください」

「わかった。ただ、この決定に不満がある場合、弁護士は警察ではなく検察官に申し立てるのはわかっていますね？　では最後の質問だ、レーフグリエン。きみが逮捕される前の」

「おれにはアリバイがある」レーフグリエンが叫んだ。「あんたらの世代の警官は、習ったことないのか？　アリバイの意味を」


「こいつだよ」青地に黄色のギュッラは勝ち誇ったような笑みを浮かべたまま、エリック・ローランド・レーフグリエンの写真をつまみ上げた。

「急ぐ必要はないぞ、ギュッラ」フォン＝エッセンが言った。「じっくり考えてくれ」

「おれなんか全員同じに見えるぞ」アドルフソンも加勢した。「なぜそんなに確信があるんだ」

「あんたらが話を聞きにきたのはその道の専門家だ」青地に黄色は誇らしげに言った。「エスキモーが雪に詳しいくらい、ラップ人がトナカイに詳しいくらい、おれはニガーに詳しいのさ。例えばこいつ」青地に黄色はそう言って、レーフグリエンの写真を振ってみせた。

「典型的なブルーニガーだ。アフリカだろう。だがアフリカならどこでもいいってわけじゃない。エリトリアやスーダン、ナミビア、ジンバブエではない。それにブッシュマンやマサイ族でも断じてない。キクユ族でもワッチ族でもウフル族でもないし、ズールー族やワンベシ族でも……」

「おい、ちょっと待て」アドルフソンが手で相手を制した。「それで、アフリカのどこなんだ？　関係ないニガーの話は今はいい」

「西アフリカ、あえて言えばコートジボワールあたりだな。無難なアドバイスとしてはフランス領西アフリカ。つまりフランス人どものニガーだ」青地に黄色は自信満々にうなずいた。

「アドバイスに感謝するよ」フォン＝エッセンが言った。「あとはもうひとつ質問があるだけだ。女のほうの写真も見てもらいたい」

「おいおい、男爵。おれの言ってることをよく聞けよ。おれはサツの館でその子と喋ったんだ。絶対彼女だよ。百十パーセント確かだ」

「じゃあこのうちのどれだ？」アドルフソンがリンダとその他の八人の若い女性の写真にうなずきかけた。

「話せよ」ローゲションが言った。「そのアリバイとやらを」

「クラブから帰ったとき、独りじゃなかった。別の人間と一緒に家に帰ったんだ」レーフグリエンが言った。「その人とは、朝の十時くらいまで一緒にいた」

「おや、聴取では独りで帰ったと言っただろう。つまりそれも嘘だったのか？　それなら名前を教えろ。一緒に帰った人間の名前は？」

「その点についてはもう説明しただろう。名前を言うつもりはない」

「それはあまりいいアリバイにはならないな」ローゲションがため息をついた。「とりあえずおれが学校で習ったアリバイではない。しつこい先生たちの話でおれが唯一覚えているのは、アリバイを証言する人間が重要だということだ」

「名前は言わない」レーフグリエンが繰り返した。「それを理解するのがそんなに難しいか?」

「さあどうだ」青地に黄色が自信満々に、選んだ写真を掲げた。

「この女だという確信があるんだな?」フォン＝エッセンとアドルフソンは目配せを交わした。

「確信ってなんだよ。百十パーセントだと言ったじゃないか。お前たちのサツの館に行ったときに何度も話したことがあるんだ。おれに言わせりゃ、あれは本物のビッチだな」

「お前の言うことは、実はちょっと面白いんだよな……」ローゲションが探るような目つきでレーフグリエンを見つめた。

「なにが面白いんだ。おれには全然わからないが」

「お前のお友達によれば、お前は〝リンダとやる〟たびに自慢していたというじゃないか。お前自身の言葉を借りればだ。リンダともやったし、他の何人ともやった。それより下品な内容は、お前にもお前の法定代理人にも聞かせるつもりはないが」

「好きにすりゃいいさ。おれは何も言ってない」

「クラブからの帰りの話だが、お前はお友達にも独りで帰ったと言ったそうじゃないか。お前が独りでクラブを出るのを見たやつまでいる。皆には、家に帰って寝ると言ったんだろ？」

「ああ。だからどうした。他のやつがなんて言ったかを、おれがここに座って聞く必要があるのか？　それに、あんたと話したいやつがいるみたいだぞ」レーフグリエンがドアのほうにうなずいてみせた。控えめなノックのあとに、そっと開いたばかりのドアに。


「二分もらえますか、レヴィン」

フォン＝エッセンがドア口で尋ねた。

「このテクは太古の昔からあるやつだ」レーフグリエンが弁護士にささやいた。「大学の授業で……」

「二分だ」レヴィンが立ち上がった。そして部屋から出ると、きちんとドアを閉めた。

「ちょっと問題が」フォン＝エッセンがレヴィンに言った。

「今朝からそうだろうと思っていたよ」レヴィンがため息をついた。

「だから言っただろう」レーフグリエンが勝ち誇ったように叫び、弁護士の腕を軽く叩いた。

「もう五分経った。二分どころじゃない。だから言っただろ？」

「中座して申し訳なかった」レヴィンがそう言って、なぜかローゲションを見つめた。そして続けた。「きみはアリバイを証言できる人間の名前を言いたくない。その理解で正しいか？」

「やっと理解してもらえて嬉しいよ。そのとおり。それはあんたらの仕事であって、おれじゃない」

「とりあえずその点についてては合意ができてよかった。それではきみに伝えよう。七月二十五日金曜日の十四時〇五分。検察官がエリック・ローランド・レーフグリエンの逮捕を決定した。取り調べは中止。後日続行される。検察官は指紋とDNAの採取も決定した」

「ちょっと待ってください」弁護士があわてた。「クライアントと二人きりでゆっくり話してもいいですか。この些細《ささい》な問題には、もっと現実的な解決策が……」

「その件については検察官と直接話すほうがいいかと」レヴィンが言った。

「なんだよ急に」五分後、レヴィンと二人きりになると、ローゲションが不満げに言った。

「きみだってそうしたはずだ」

「なぜだ。あと一時間くれたら、相手の名前も、本当にあるならアリバイだって白状させていたのに。それに、自分で口に綿棒を突っこませていた」

「それを危惧してのことだ。書類を山ほど書かなきゃならないからな」

「正直、意味がよくわからないが」

「今説明しようと思ったところだ」

「じゃあぜひ教えてくれ」ローゲションは皮肉な笑みを浮かべ、椅子の中で心地よく後ろにもたれた。

「くそっ、なんてこった」五分後、ローゲションが言った。「このことを、いつベックストレームに教えるつもりだ」

「今すぐ。みつかり次第」

「じゃあおれも一緒に行くよ」ローゲションが意を決したように言った。「あのチビのデブが家具に襲いかかろうとしたら、一緒に押さえつけよう」

今日という日は記憶に残る日になるだろう――ベックストレームは思った。つい十分前にアドルフソンとフォン＝エッセンがうちひしがれたレーフグリエンを間に挟んで廊下を歩いていくのを見たし、その方向は明らかに留置場だった。それでもまだ足りないみたいにトリエンが部屋に現れ、〈ヴェクシェーの女性に対する暴力に立ち向かう男たちの会〉の理事ベングト・カールソンの調査結果を報告した。

「このカールソンてやつは相当に性悪のようですよ。親切なお兄さんには程遠い」トリエンが言った。

「どういう意味だ?」困ったぞ。どうすりゃいいんだ。留置場にはもうニガーが入っているというのに。

「犯罪歴データベースは十一章の物語ってところでした。専門は、ドメスティックバイオレンス」

「適材適所ってやつだな」ベックストレームは満足気に言った。ローちゃんと腰巾着《こしぎんちゃく》のオルソンのお尻を叩くにはまさに適任だ。

「ただ問題は、最新の記録が九年前だということです」

「テクニックを学んだだけだろう。殴る前に柔らかいバスタオルでくるむとか。捜せるかぎりの悪行を捜し出せ」ベックストレームはそう締めくくった。というのも、ドア口にレヴィンとローゲションが二羽の病気の雌鶏みたいな顔で立ちはだかったからだ。

「入りたまえ、きみたち。入りたまえ。若きトリエンはもう帰るところだ」

「さあ、教えてくれ」トリエンがドアを閉めて出ていくと、ベックストレームが興奮を抑えきれずに訊いた。「ニガーに吐かせたのか？　アドルフソンと男爵があいつを留置場に連行するのは見たぞ」

「ベックストレーム、がっかりさせて申し訳ないが、わたしもローゲションも犯人はレーフグリエンではないという確信がある」

「面白い冗談だ」ベックストレームは無邪気に笑った。「じゃあなぜ留置場に用があるんだ」

「今説明する。だがきみもやつがやったという考えを捨ててもらわなくては」

「なぜだ」ベックストレームは思わず椅子の背を摑んで身体を支えた。

「アリバイがあるんだ」

「アリバイだと?」ベックストレームが鼻で笑った。「いったい誰がアリバイを証言したっていうんだ。マーチン・ルーサー・キングか?」

「それを言おうとしないんだ。だから反省させるために留置場に入れておくことにした」

「だがどちらにしてもレヴィンが気づいたんだ」ローゲションが嬉しそうに言った。

「で、誰がアリバイを証言できるんだ?」ベックストレームは身を乗り出し、目を細めて二人を睨《にら》みつけた。

「こういうことだと思うんだ」レヴィンが話し始めた。「レーフグリエンは朝の四時十五分前にクラブを出た。その前に、独りで帰って寝ると大げさなほど皆に話して回った。しかしクラブから数街区離れた場所で立ち止まり、クラブ内で誰にもばれないように会う約束をした女性を待った。彼女は四時過ぎに現れ、二人はレーフグリエンの部屋に帰り、普通その状況下でやるようなことに精を出した」レヴィンはそこでため息をついた。

「で、その女というのは誰なんだ」うすうす気づきながらも、ベックストレームは尋ねた。

「うちのアンナ・サンドベリィだ。警察が話を聞いた目撃者によれば」

「あの女、ぶっ殺してやる!」ベックストレームが叫び、ガバリと椅子から立ち上がった。

「くそ、あの女……」

「ベックストレーム、お前はもちろん彼女をぶっ殺したりはしないだろ?」ローゲションがあきれたように頭を振った。「その代わりに椅子に座って心を落ち着け、脳出血やなんかは起こさないようにしてくれ」

脳出血以外に何を起こすっていうんだ。ベックストレームはへなへなと椅子に座りこんだ。あの女、死刑だ——。

レーフグリエン巡査見習いは独房のドアががちゃりと閉まる前に、警察署を去ることができた。約一時間後、彼は弁護士とともに車に座り、エーランド島にある両親の別荘に戻っていった。検察官にはこれからしばらくいつでも連絡がつくようにしておくと名誉にかけて誓い、ヴェクシェー警察がなんらかの理由でまた話を聞きたい場合には電話に出るとも約束した。若きレーフグリエンに、検察官は人生の助言を与えた。彼女は詳細に踏みこむことなく、将来の職業について冷静に考え直すよう諭した。レーフグリエンは指紋とDNAのついた綿棒を提出し、おまけとして毛髪も何本か提供したが、どれもこの殺人事件捜査には一切関係ない可能性が非常に高かった。

ヴェクシェー警察の留置施設の担当者がレーフグリエンの指紋とDNA採取の事務作業を進めている間、レヴィンは自分と仲間たちの尻ぬぐいに時間を費やしていた。まずはベックストレームの極秘任務に携わった側近たちに黙秘を誓わせてから、サンドベリィ巡査部長と真剣な話し合いをもった。

ベックストレームは間もなく落ち着きを取り戻し、当初の猛烈な怒りは収まった。それでもまだ、粉々になった破片の中を這い回っているような気分だった。破片というのは、うまくいっていたはずの捜査の破片だ。無能な上に罪人としか形容しようのない同僚が割って壊したのだ。今度ばかりはベックストレームでもしたたかに落ちこみ、自分に対する不当な扱いを呪った。しかも周りはバカばかりだ。そろそろ、もうちょっとましなことが起きてもいいはずだ――。その五分後、ベックストレームは警察署から震えるような猛暑の中へと進み出た。向かった先はよく冷房の効いたホテルの部屋の柔らかいベッドと、その道中にある国営酒屋だった。

まずはすでにミニバーの中で冷えているピルスナーを飲み干すところから始めた。そうしないと、買ってきた瓶が入らないからだ。しかしいつもの心地よい落ち着きが頭と身体に行きわたらない。最悪の場合、あの雌豚が捜査だけでなくおれの魂にまで破壊活動を行ったのかもしれない――。他に思いつかなかったので、ベックストレームはテレビをつけ、寝そべったまま茫然と文化討論番組を眺めた。テレビ番組表によれば、リンダ・ヴァッリン殺害事件がテーマだという。実際には、いつもの腰抜けどもがソファに座って、お互いにいちじくを投げつけ合っているだけだった。

『ロビンソンの冒険』と『ロビンソンの冒険ＶＩＰ』の両方に出たロビンソン・ミッケ――マルメの演劇研究大学の二年生でもある――が、リンダ殺害事件をドラマ仕立てにしたドキュメンタリー番組製作のために助成金を申請したという。ヴェクシェー市の文化芸術振興課にはもちろんきっぱり断られたが、支援してやろうという個人の投資家が現れた。脚本は基本的に完成していて、リンダの役を演じるのはカリーナ・ルンドベリィという若い女性、スウェーデン国民にはビッグブラザー・ニーナとして知られている女性だ。『ビッグブラザー』と、新しい経済チャンネルで放映された『若き起業家たち』に出演し、しばらく演劇学校にも通い、このたび国営テレビの文化討論番組に参加できることになったのだ。それにミッケとは前から知り合いだし、未来の演出家である彼を無条件に信頼していると語った。殺される役を演じるのは簡単なことではないが。今いちばん悩んでいるのは女性とのラブシーンで、不安なのは相手役の子と一緒に警察の制服を着る場面だという。

いったいこいつは何を言ってるんだ——？　ベックストレームは音量を上げ、ベッドの上に起き直った。

「ええ、かなり大勢の若い女性警官がレズビアンなんです」ニーナが説明する。「まあ、ほとんど全員ね。警官をやっている女友達から聞いたの」

「伝統的な三角関係の愛憎ドラマに仕上げたんだ」ミッケも言う。リンダと、彼女が愛した女性。パウラという名前で彼女も警官だ。それから犯人の男——憎しみと嫉妬と絶望を秘めた殺人鬼。もちろん去勢不安も抱えている。つまりこれはアウギュスト・ストリンドベリィであり、ラーシュ・ノレーンであり、古典的な男のドラマなんだ」

「なるほど、まさにそういう犯人像なんですね」番組司会者はミッケの話に熱心にコメントを挟んだ。「やはり、去勢された男の登場ね」

このバカ者どもはぎゃふんと言わせるだけじゃ足りないか。そんなの甘すぎる——ベックストレームがそう思いながらテレビを消したとき、電話が鳴った。下のフロントには電話はつなぐなと言ってあるのに。

「もしもし」ベックストレームはため息とともに出た。

なんてことだ——そう思いながら、受話器を置いた。

犯罪捜査官ピエテル・トリエンは、〈ヴェクシエーの女性に対する暴力に立ち向かう男たちの会〉の理事ベングト・カールソンに激しく興味をかきたてられ、ベックストレームにこの件は口外しないと誓ったにもかかわらず、クヌートソンを調査に引き入れることにした。まあでもあの気の毒な巡査見習いの件を考えると、そんな誓いなどもう無効だろうが。

ベングト・カールソン四十二歳は、二十歳から三十三歳の間に合計十一件の判決を受けていた。当時十三歳から四十七歳の計七人の女性に対するドメスティックバイオレンスで。判決は暴行罪、重暴行罪、脅迫罪、強要罪、強姦罪、各種の強制わいせつ罪で、そのせいでカールソンは七度にわたって合計四年と六カ月の判決を受け、その半分ほどの期間を実際に服役している。

「興味深い親父だな」トリエンがまとめた情報に、クヌートソンも素早く目を通した。警察のありとあらゆるデータベース、パソコンそしてキーボードを叩くテクニックを駆使して調べ上げた情報だった。

「だが、なぜ止めたんだろう」トリエンが言う。「最後の判決は九年も前だ。それ以来、小さな注記ひとつない」

「犯行の手口《モーダス・オペランディ》を変えたんだろうよ」クヌートソンが言う。「覚えているか、強盗犯からATM爆破魔に鞍替えしたやつのこと。おれたちが捕まえるまでに、一ダース近くのATMを爆破していた。その間本人ときたら、更生した犯罪者として全国の学校で講演して回っていたんだ」

「ドメスティックバイオレンス――つまり同棲相手や交際相手から、見知らぬ女に鞍替えしたってことか……」トリエンは独り言のようにつぶやいた。

「その可能性はある。しかもかなり高い確率でね。だがもうひとつ気になったことがあるんだ。警察大学でこの春にFBI捜査官の講演があったのを覚えているか？」

「それなら覚えている。とにかくセックス狂の話ばかりで、その捜査官の専門分野だったのか、そのことしか頭にないみたいだった。セックス狂の犯罪者のことしか」

「じゃあ、捜査官と追いかけっこをして遊ぶ連続殺人犯のことを話していたのも覚えてるな？自分を追っている捜査官のすぐ近くにいることに凄まじい興奮を感じるという」

「ああ、確かにそう言ってたな」そんなに単純な話だろうか――。その瞬間トリエンは、先輩であるベックストレーム警部がエリック・ローランド・レーフグリエン巡査見習いに対して感じたのと同じ種類のバイブレーションを感じた。

「DNAだ」クヌートソンが言った。「その男のDNAを手に入れなくては。理事会の他のメンバーが——とりわけわれらがオルソンが——発狂しないような方法で」

「それならもう手を打ってある」トリエンは誇らしげに言った。「カールソンの古いDNAがマルメの同僚のところにあることは突き止めた。五、六年前のシャネット殺害事件の捜査で、無作為のチェックに引っかかったんだ。その事件はまだ解決していないから、そこではシロだったんだろうな」

「だがなぜマルメはDNAを捨てなかったんだ?」

「捨てるようなものじゃないんじゃないか?」トリエンが不満そうに言った。「SKLはもちろん自分のところにあるDNAサンプルは捨てただろうが。あそこはそういう決まりだからな。だがマルメでは捜査資料の中に解析結果のコピーが残っていた。すでにそれをSKLに転送したよ」

ベックストレームはベッドに横たわったままだった。背中にクッションをいくつか当てた姿は、よくいる肥満体の心臓病患者のようだった。これで我慢しやがれ、この小さな雌豚め——そう思いながらも、よく脂肪のついた手で力なくミニバーを指した。

「アンナ、よく冷えたピルスナーがよければ、そこのミニバーに入っているぞ」おい、聞こえたか。この罪作りな小さな雌豚め。

「もっと強いのはありませんか」アンナ・サンドベリィが尋ねた。「今日はもう仕事を上がるつもりだし、町に泊まりますから。強いのが必要なんです」

「ウイスキーやウォッカなら、そこの棚にある」ベックストレームはそちらを指さした。おい、これはいったいどうなってるんだ——。

「どうも」アンナ・サンドベリィはそう言って、ローゲションかと見まごうほどの量をグラスに注いだ。「あなたは飲まないんですか?」サンドベリィはベックストレームに向かって、ベックストレームのウイスキーの瓶を振ってみせた。

いったい何が起きているんだ——。まずはおれの捜査をめちゃめちゃにし、それからおれの部屋に押し入ってきたかと思うと、一分後にはおれの酒を飲まないかだと?

「じゃあ、少しだけ」ベックストレームは答えた。

アンナ・サンドベリィ巡査部長はベックストレームに謝罪しにきたのだった。まったくとんでもないことをしてしまった——本人の言葉を借りるとそういうことで、カノッサの屈辱ばりの懺悔《ざんげ》ツアーの停留所のひとつめがベックストレームだった。自分を弁護するとすれば、それはレーフグリエンが電話で、すぐにDNAを提出することを本物の紳士のように真摯に誓ったから。もちろん、完全に自主的に。実際には無駄な行為なのはわかっているが、こうなったからには二人にとってそれがいちばんいいはずだった。

しかしレーフグリエンはその誓いを破り、DNA提出を拒否した。それでもサンドベリィがベックストレームのところに行ってカードを表に返さなかった理由は、人間の弱さのまたひとつ新たな表現といってもいいだろう。レーフグリエンはきっと理性を取り戻してくれるはず、少なくともこのみっともない状況からわたしを救ってくれるはずだと心の中で願っていたし、ベックストレームと仲間たちが裏で手を回していることは夢にも知らなかったからだ。

「これから色々な人と話さなきゃいけない。まずはあなた、ベックストレーム。それから上司のオルソンに夫。とりわけ夫……」サンドベリィは頭を振ってから、グラスの中身をぐいっと飲んだ。

いったいこの女は何を言ってるんだ——。まったく女ってのはまともじゃない。

「お前は頭が悪いのか？　まさかオルソンにこのことを話そうなんて思っていないだろうな？」

もちろんサンドベリィはそのつもりだった。恥をかなぐり捨てて、一気に雄牛の角を摑んでしまったほうがいい。最悪の場合、警官を辞めなければいけないのはわかっている。別の仕事を探さなくてはいけない。

「口出しするつもりはないが、わたしがわからんのは、なぜオルソンにそれを話さなければいけないのかだ」

「彼が自分で結論を導きだす前にです」サンドベリィは苦々しく言った。「そんなことさせるつもりはないわ。オルソンにも他の人にも」

「わたしが間違っていたら言ってくれ。きみが言ってるのは、つまりベングト・オルソン警部のことか？　スモーランドの深い森の生贄《いけにえ》殺人捜査官の？　毎回便器から立ち上がるたびに、トイレットペーパーを手に持っていることに気づいて落ちこむあの男のことか？」

「つまり、オルソンには言わないほうがいいってことですか?」サンドベリィの顔が急に明るくなった。

「そうだ」ベックストレームは頭を振った。「それに他の誰にもだ。レヴィンやローゲションにはすでに話をつけてあるから、やつらに話そうとしても小さな頭を振るばかりだぞ。そのことはもう忘れろ」ベックストレームは言った。まったく女ってのは賢くない——。

「じゃあ夫は? 彼も警官なんです。それはもうご存じね」

「そいつは浮気されて燃えるタイプなのか?」ベックストレームは嫌悪の表情を浮かべた。だが地域警察で働いていることを考えると、最悪の事態も覚悟しておかなくてはな。

「それは非常に考えにくいです」

「じゃあ、それでいいじゃないか」ベックストレームは肩をすくめた。「知らなければ傷つくこともない」

アンナ・サンドベリィは考え深げにうなずいた。

「もう一杯、いいですか」サンドベリィは自分の空っぽのグラスを指した。

「もちろんだ」ベックストレームは寛容にそう答え、自分のグラスを差し出した。「わたしにもくれ。少しだけ」

ローがこの場にいなくて残念だった——。昔ながらの魂の救済者の仕事ぶりを見学することができたのに。だって見てみろ。サンドベリィはもう別人のように見える。いい人間になったような顔をしているし、おっぱいにまで活気が戻り、昔の形を取り戻しつつあるようだ。強いのを二杯と、いくばくかの賢い助言だけで。

「もう忘れろ、サンドベリィ」ベックストレームがグラスを掲げた。「警官とはなるものじゃない。警官は警官なのだ。そして本物の警官なら、仲間を裏切ったりはしない」相手が警官になるべきではなかった女だったとしてもな――。

夜には最近では義務化したホテルの夕食を食べ、ローゲションもベックストレームの部屋に来て、落ち着いた環境で静かに事件について話し合い、レーフグリエンなきあとどのように進めるのがいちばんいいかと頭をひねった。間もなくピルスナーも強い酒もなくなり、おまけにベックストレームは疲れきっていて、夜の仕上げにローゲションについてバーに下りる元気もなかった。翌土曜日は寝だめに徹し、怠慢で信用ならないホテルのスタッフは当然のように彼の体調を逆手に取り、部屋の掃除もタオルの交換も怠ったのだった。

検印
廃止

訳者紹介 1975年兵庫県生まれ。神戸女学院大学文学部英文科卒。スウェーデン在住。訳書にペーション『許されざる者』、ネッセル『悪意』、著書に『スウェーデンの保育園に待機児童はいない』など。

見習い警官殺し 上

2020年1月24日 初版

著 者 レイフ・GW・ペーション

訳 者 久《く》山《やま》葉《よう》子《こ》

発行所 (株) 東京創元社
代表者 渋谷健太郎

162-0814/東京都新宿区新小川町1-5
電 話 03·3268·8231-営業部
03·3268·8204-編集部
URL http://www.tsogen.co.jp
萩原印刷・本間製本

乱丁・落丁本は、ご面倒ですが小社までご送付ください。送料小社負担にてお取替えいたします。

ISBN978-4-488-19206-8 C0197

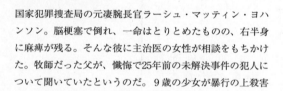

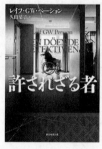